夜游

A
moveable
feast
of
middle aged

李黎 著

四川文艺出版社

图书在版编目（CIP）数据

夜游 / 李黎著. -- 成都：四川文艺出版社，
2023.9
ISBN 978-7-5411-6698-3

Ⅰ.①夜… Ⅱ.①李… Ⅲ.①短篇小说—小说集—中国—当代 Ⅳ.①I247.7

中国国家版本馆CIP数据核字（2023）第121723号

YE YOU
夜　游
李黎　著

出 品 人	谭清洁
策　　划	周　轶
责任编辑	黄　舜　周　轶
封面设计	李　扬
内文设计	史小燕
责任校对	文　雯
责任印制	崔　娜

出版发行	四川文艺出版社（成都市锦江区三色路238号）
网　　址	www.scwys.com
电　　话	028-86361802（发行部）　028-86361781（编辑部）
邮购地址	成都市锦江区三色路238号四川文艺出版社邮购部　610023
排　　版	四川胜翔数码印务设计有限公司
印　　刷	成都蜀通印务有限责任公司
成品尺寸	130mm×210mm　　开　本　32开
印　　张	10.25　　字　数　205千
版　　次	2023年9月第一版　印　次　2023年9月第一次印刷
书　　号	ISBN 978-7-5411-6698-3
定　　价	49.00元

版权所有，侵权必究。如有印装质量问题，请与出版社联系调换。联系电话：028-86361796。

自 序

最近这些年，我兴致勃勃地奔跑在成为一个职业文学编辑的道路上，虽然长路漫漫但没觉得疲倦和灰心。于是自己作品的出版、发表乃至写作本身都逐渐被抛在脑后，既无时间精力也没有应有的兴致。为了彰显职业精神，我甚至做好了退休前不出版作品的打算。为了安抚自己，我记下大量的开头和片段，也就是安排了诸多的计划。但看到朋友们的书一本接一本出来，高兴之余难免失落和自我怀疑。某个在北京的深夜和周轶兄喝酒时，我主动提及这本集子，他欣然答应并且使其快速问世。在此，感谢四川文艺出版社和周轶兄。

这本书里面小说的标题几乎都是"之夜"的格式，偶尔不是，也是为了调节气氛。之所以如此刻意，是因为我是一个规划大于执行的人，写作以来，产生过多个计划但全部半途而废。很多时候我用于写计划的时间和精力大于计划本身的写作。这个"之夜"系列，算是随着年龄增长而可以实现一些计划的标志，虽然历时五六年才写了十八篇（本书收录十四篇），实在也不能算高效有力。这些篇目陆续发表出来，汇集之后显得整齐而统一，无论标题还是内容都有清晰的线索，这也是集结出版的一点底气。

夜晚是本书所有篇目的主题，这并非我个人有着多么丰富的夜生活经验（事实上这一点不仅不能和年轻人比，也远不如同龄人），而是只有身在夜晚，独处的夜晚，我们似乎才过上了真正属于自己的也更为真实的生活。只有在深夜独处时，话语和思维才随着白天那个庞大舞台的撤离而变得真实和清晰。何况确实存在一种普遍的感受，那就是白天给人如梦如幻的印象，夜幕下的事物才有相对更多的真实感。在某个"创作谈"里，我大言不惭地说，夜晚是现代社会的集中体现和典型景观，是现代社会的产物，在漫长的农耕岁月里，夜晚的概念是不存在的。对这种缺乏学理的胡说，我觉得很不安，又觉得很必要。算命的说我"喜夜游"，这句话精准概括了我个人的习惯，也是这本书书名的由来。

至于本书内容，都是由生活组合而来的故事，我喜欢其中的粗糙和无助、辛苦而快乐。当生活和文字都被压缩在一个个具体的夜晚时，其中的凌乱、拥堵、意外和残酷，应当是有所对应的，也是最有趣味的。这批写于中年大幕缓缓拉开阶段的小说，基本反映了我对"高级"的排斥和放弃，这里的"高级"并非物质上的高级，更多指"小说的高级"，高级的小说有着诸多的定语，代表、承载、拓宽、赋予、时代、浪潮、史诗、群像、图卷等等，我相信2023年5月27日晚韩东在南京先锋书店做分享活动时所说的小说的"个人性"。除了作者个人，小说谁都不代表，同时它又深切地希望得到别人的喜欢，这一悖论让人深陷其中而不能自拔。

目 录

001　黄栗墅之夜

019　骄阳之夜

035　碰撞之夜

055　水花生之夜

077　龙虾之夜

095　饱食之夜

123　书房夜景

147　卷纸之夜

165　赞美之夜

191　登顶之夜

215　论坛之夜

233　平安夜

261　江岸之夜

279　盘山之夜

黄栗墅之夜

　　加了罗从周的微信后,赵怀之第一时间表示感谢,说一定会把"巴蒂"养好,一定把它当成自己从小养大的,让它成为最幸福的猫。罗从周一直沉默,赵怀之揣测,"最幸福的猫"可能让罗从周难过了,都送给别人养,还谈什么最幸福呢。几分钟后,罗从周发来十几张照片,一看就是"巴蒂",很多都是它小时候的。随后是一段语音:这些照片先发给你看看,你们再也拍不到它以前的样子了,以后翻出来看看,相当于目睹它从小长大,过程也就完整了。

　　罗从周的声音有点嘶哑,不知道是因为感冒还是因为伤感。赵怀之回复说:罗老师你想得真周到,我现在就感觉养了"巴蒂"很久了,然后是一个大大的笑脸和一朵鲜花,轻松愉快的架势。

　　客气完了就要谈正事,怎么交接。赵怀之问,罗老师,你哪天有空,我上门去接"巴蒂"吧。罗从周还是发来语音说,赵老师,按道理我应该送过去,但如果我亲自把"巴蒂"送走,心里会很难过,如果让你专门跑过来又太麻烦你了。要不然我们找个中间点交接一下？在高速公路上的服务区交接可不可以？

赵怀之笑了笑，回复说，罗老师，你知道黄栗墅服务区吧，沪宁高速往徽京的最后一个服务区。这几天你们还可以出城的吧，如果可以我们就在那里碰头。

罗从周说，知道，那个地方挺好的，目前可以出城，没规定不能出城。他紧接着又说，要不就今天晚上吧，现在是六点半，我们九点钟在那里见面。

这话把赵怀之吓了一跳，他感觉总要等几天才交接，大家再想想，没想到罗从周这么雷厉风行。看来正如何泰斗所说，事情十分紧急。

何泰斗是师范大学教授，这几年影响越来越大，各种活动都可以见到他的身影。同时何泰斗又是资深猫奴，于是，大半个中国的文学评奖、研讨和发布会，话题最后都离不开猫。赵怀之觉得这是何泰斗的第一大贡献，专业贡献屈居第二。今天下午，赵怀之刚到家，何泰斗就打电话问他要不要再养一只猫，他的一个学生在润州，养了一只美短，母的，两岁了，长得特别雄壮，特别漂亮——赵怀之感觉到，何泰斗如此强调，是因为知道自己养的也是美短，担心自己以已经有一只为借口拒绝，连忙插话说，我家也是美短，多一个一样的也挺好，算是亲人相聚。何泰斗接着说，最近他们那里都在传要捕杀猫狗防止传染疾病，他也担心被拉出去隔离，就特别崩溃，一个下午都在打电话求收养。他知道我爱猫，就找到我，问题是我已经有四只了。我看你最近兴致很高，你家丫头也每天都在发一样灯火通明，巨大的玻璃窗后面是雪白刺眼的灯光，超市货架上的商品也在白炽灯光中反射着各种颜色的光芒。虽然没有一个人在走动，但赵怀之总感觉有很多人在里面，否则灯光没有必要这么明亮夺目，何况他还感觉到有人在灯光里一闪而过。这让他有些害怕，仔细看了几眼，确实没有人，似乎人都化为了灯光。

赵怀之一直往里面开，停好车后，迅速点上烟抽了起来。深深吸了几口后他扭头一看，吓得心脏一阵猛跳，他就站在加油站门口。但赵怀之立刻冷静下来，虽然是加油站，此刻却一辆车也没有，也没有一丝灯光，所以他刚才完全没有意识到。

赵怀之踩灭烟头，往服务区中央的餐厅方向走了几十米，一边走一边看着入口，几乎没有车辆进来，如果有，很大概率就是罗从周。

十二月的夜晚寒意逼人，赵怀之后悔自己没有戴一顶帽子，或者穿一件自带帽子的羽绒服之类。正想着要不要去餐厅里坐一会儿，一辆轿车亮着远光灯冲到眼前，似乎是冲着自己来的。灯光突然转为近光灯，赵怀之看清了，是一辆大众，罗从周说他开的就是黑色大众。赵怀之往前走去，如果是罗从周，那么自己正好做到了道旁相迎。这时，没有任何征兆，一张年轻而苍白的脸和披肩的长发出现在赵怀之眼前，随即赵怀之看到了深色的嘴唇和挂在胸口微微闪光的项链亮片，在脸、长发、项链的外围是雪白的羽绒服，整个人像是由黑暗的一部分演化而来，正好堵在赵怀之眼前，她身上的一部分大概是为了极力摆脱黑暗而用力过猛，显得特别白。好在，她的目标不是赵怀之，而是小跑着奔向那辆大众。擦肩而过之后，赵怀之才反应过来刚才看到的一切，他扭头追着看，那女人速度惊人，超出了生活必须。更让他惊奇的是，大众车压根没有停，还继续往前开，但女人已经完成了辨认、逼近、开门和上车全部的动作，车子骤然加速朝出口方向开去，在拐弯时又打开大灯，一片光芒闪现，一阵轻微的轰鸣后，灯光、车辆和车窗玻璃后的身影全都消失了，像是从未来过此地。赵怀之长长呼出一口气，一时间思绪万千。他往回走，把车子挪到靠近入口的地方——因为几年都没有到过服务区，他刚才停得太靠里，都到了加油站跟前。

挪好车，赵怀之打开双闪，站在车右侧，一边盯着来路一边抽烟。几分钟后，一辆带着巨大音量的黑色越野车突然停在赵怀之眼前，一个光头大汉摇下车窗，同时推开了正在播放的现代古筝乐曲，用方言冲着赵怀之喊：你是赵总吗？

赵怀之吓了一跳，语无伦次地说，我是赵怀之，我不是赵总啊……

你怎么不是赵总呢！那个人居高临下怒吼。赵怀之也疑惑了，自己确实姓赵，但他已经恢复了理智，确实不认识这个人，罗从周也没有说让别人送猫来，就带着几分硬气说，你找谁，赵总是谁啊？

赵总就是赵总，赵昌西赵老板！我来送货，就在车上！那个人自豪地喊，但他也理解了眼前的人不是自己要找的赵总，于是叹口气，摇上车窗，周遭只剩下从车辆缝隙里奋力钻出来的音乐。赵怀之以为没事了，结果越野车一个癫狂加速弹射出去，不到五米又是一阵撕心裂肺的刹车，然后迅猛倒车，稳稳停在了自己车子里侧，随后，也亮起了双闪。

　　光头跳下车，站在车的左侧，不断做着伸展动作，好像接下来有一场恶战。两辆车，四盏大灯疯狂闪烁着，一边闪烁一边发出轻微的咔嗒咔嗒声，一辆车咔嗒咔嗒的间隙里另一辆车及时填补进来。两部车子是一个整体，有闪烁的灯光为标志；因为一左一右都站着一个人，两人两车又构成了一个整体。四盏大灯的光都落在服务区超市的玻璃墙上，玻璃墙也闪烁不停，这又是一个整体；而光头大汉车里的音乐此刻变成了交响乐，雄壮激烈的音乐四处流淌，让这个整体有了一种勃勃生机。

　　趁光头大汉一直在低头摆弄手机，赵怀之钻进车喝了两口茶，舒服地叹了一口气，想着是不是把车挪走，但又害怕光头大汉责怪他。这种人可能会无端发作，比如他完全可以堵住赵怀之说，什么意思，看不起兄弟我吗？没法说理。赵怀之想到这里，连双闪都不敢关掉。看看时间，已经过了九点，他顾不得罗从周开车是否安全，打电话问他到哪里了。罗从周带着明显的愧疚说，赵老师稍等啊，我大概还有五分钟，好久没上高速，刚才绕路了。赵怀之会心一笑，又觉得他作为教授、高级知识分子，理应把可能绕路的时间也算进来才对。等他钻出车子，才发现光头大汉也回到了车里，音乐立刻变成或动力火车或迪克牛仔的嘶吼，在嘶吼声中，大块头的越野车缓缓开走了，带走了车辆硬朗的身姿、风格多元的音乐和闪烁的灯光。赵怀之嫌冷,就钻回车里,关了双闪,靠在座椅上听着音乐。

罗从周迟了差不多十分钟才到,车子缓缓开进服务区停车场时,赵怀之几乎要睡着了。罗从周按了几次喇叭,赵怀之惊醒了,连忙下车,恭迎是做不到了,但他还是静候罗从周停好车。

罗从周忙了一会儿才拎着一个半透明的双肩包下车,这是专门给猫外出准备的包,透气,透明,赵怀之看到包的时候想到了一个问题,如果罗从周把"巴蒂"的用品都给留下,自己要不要给他一些钱呢?

罗从周走过来,先是不断抱歉自己迟到了,然后说,赵老师,我们到亮的地方,我给你展示一下"巴蒂"。

赵怀之"啊"了一声,心生疑惑,难道不应该速战速决,免得心里难受吗,但罗从周已经提着包朝服务区餐厅入口处那里走去,赵怀之只得跟着。在雪亮的光线下,罗从周小心翼翼地给"巴蒂"套上带牵拉绳的头套,然后把它放在地上,"巴蒂"对这个陌生的地方有所警惕,蹲在那里,四肢一动不动,脑袋缓缓转动,高贵又警觉。罗从周招呼赵怀之走近说,赵老师,长得不错吧?我们一直喂它牛肉,都是从做牛肉锅贴的老字号里买牛肉馅给它吃,猫粮也正常吃,经常换换牌子。赵怀之对这些事不关心,养"鳜鱼"之前他就和赵绎如谈好了条件,自己一律不管,全部由她负责,哪怕猫砂盆再臭自己都不会看一眼,她要负起全部的责任,像它妈妈一样。

罗从周非常在行地说，现在九点多了，再过一会它就要跑酷了，在家里到处冲到处跑，不知道今天它还来不来得及回家。赵怀之有些不耐烦了，这些事后续都可以通过微信加以介绍，介绍的过程也会给罗从周莫大的安慰，似乎猫还在，没必要蹲在这里讲解。但为了不失礼，赵怀之还是问了句，它为什么叫"巴蒂"？

罗从周说，我最早就是看巴蒂斯图塔踢球，在佛罗伦萨时期，我超喜欢他，家里一直贴着他的大幅海报，买房子了结婚之后都一直贴着，现在家里还有，还用镜框给裱起来了。它从小就特别喜欢玩球，还喜欢用爪子扒海报上巴蒂脚下的足球，肯定是扒不到了，但每天都要趴在那里挠几脚，我儿子就叫它"巴蒂"。

它喜欢玩球？赵怀之问，我家"鳜鱼"见到足球像见到鬼一样，我有次拿球踢它，它就横着飞出去了，尾巴全爹了。说到这里赵怀之想笑，又没好意思。

罗从周说，喜欢，它喜欢玩球，我现在早就不踢足球了，家里有个旧的足球给它玩坏了，还专门买了一个新的，欧洲杯正品足球，贵得很。我还拍了很多它玩足球的视频，非常有意思，我问过不少人，确实很多猫都不喜欢足球那么大的球。

赵怀之突然间疑惑了，罗从周说拍了很多"巴蒂"玩球的视频，但没有发给自己看的意思，似乎自己不配看。他站起来说，罗老师，具体的事以后再问你，要不今天我先把它带回家啊，在外面时间长了也不好。

罗从周缓缓站起身，过程漫长，以至于他的身体呈现出惊人的柔韧性和稳定性,让赵怀之觉得他此刻就是一只猫。罗从周背对着灯光,面向赵怀之说,赵老师,实在是不好意思,"巴蒂"我不能送给你养了,刚才之所以让你看看它,也是弥补一下我食言的过错。

赵怀之心里说,操!嘴巴动动,什么都没说出口。罗从周接着说,我是真心想把它送给你的,我们那里是太紧张了,小区里的流浪猫全部不见了,遛狗的人也基本没有了,你说狗不出来遛,能去哪里呢。所以我下午开始特别焦虑,本地是不太行了,就想到了何泰斗,印象中徽京没什么问题,处理问题也比较理性。但是我忘记一件事,就是和儿子沟通,晚上我跟你联系过后,就收拾东西打算一起带给你,他上完网课,知道这件事,立刻就炸了,死活不让我送。他在家里跟我发疯,冲着我喊,死也要和"巴蒂"死在一起,如果我们要出去隔离,他就准备无数的猫砂、猫粮和水,让它能活几个月的量,还要把家里钥匙给班上十几个同学,让他们有空就来照顾。我什么道理都跟他说了,怎么讲都不行,说不动。

赵怀之有些动容,难免想到,如果"鳜鱼"同样处境,赵绎如会怎么办,自己会怎么办。罗从周又说,最关键的是,儿子一直吵,阻止我收拾东西出门,抱着猫躲在房间里,后来他越想越生气,竟然冲着我吼,说我不负责任,没有担当,不是好爸爸,拿手砸桌子、砸门,结果邻居全都出来了,而且他们都表示愿意帮我们照看猫,如果有人来捉猫,他们会出面制止,他们很多人家也有猫狗的。如果我们要去隔离,他们负责带着一起养,不必送走，可以轮流放在他们家里。说实话，我以前都不怎么和邻居打交道的，感觉都是陌生人，一天一次面都见不到，但想不到有这么多邻居，据说隔壁单元也来了几个人，有一个是和我儿子在楼下一起喂流浪猫认识的。我更想不到他们都和我儿子态度完全一致，都愿意帮忙照看。

赵怀之说，太好了！一开始接到何泰斗电话，我是很兴奋的，但后来也有点担忧，毕竟"巴蒂"两岁了，换个地方能不能养好也不知道，既然这样那就没问题了。赵怀之顿了顿说，其实罗老师你打电话跟我说一下就可以了，不管几点钟告诉我都没事，你儿子是对的，要尊重他的意见，没有必要把"巴蒂"带出来，把它折腾得够呛啊。

罗从周笑笑说，就是带出来给赵老师玩玩啊。

赵怀之心里骂了一句，笑着说，罗老师你也太客气了，玩猫去店里就是了，什么品种都有。不早了，我们回去吧，拜拜拜拜。

赵怀之转身朝车子走去，想想，还是去上个洗手间、加点热水。这时他发现罗从周还站在自己车子旁边，明显在等自己。他笑笑说，罗老师还没走啊，我去加点热水。

罗从周说，赵老师，我想请你吃个饭，表示一下感谢，如果不是你答应养"巴蒂"，我儿子不可能大吵大闹，他不闹，我都不知道我有这么多邻居，更不知道邻居都愿意帮忙。说实话我以前对邻居有些不屑一顾，基本上都是自顾自过日子，比较封闭自大，这次实在是出乎我的意料。我要感谢赵老师，是你帮了我很大的忙。

赵怀之很担心他再说下去会说到重新做人什么的,连忙说,吃饭没问题,下次你来徽京,我们叫上何泰斗一起,还有小何泰斗、小小何泰斗。说完他拿上茶杯,身体也努力做出内急的姿势。

我想现在就请赵老师吃个饭,去附近镇上。

赵怀之愣了一下,现在?

对啊,就现在,赵老师你晚饭肯定没吃好,我们找一家土菜馆,好好吃点。

今天太晚了,也不能喝酒,要不改天吧,你早点带"巴蒂"回去啊,你儿子估计很紧张,怕你嘴上答应不送走,结果又送给我了。

这个我不敢,真送走的话,他会把家给砸了。不要改天了,现在这个样子,实在不知道什么时候能聚啊。今天的事是我不对,不请你吃个饭我实在过意不去。

罗从周说得诚恳,也有些悲伤。赵怀之问,很多饭店都倒闭了,时间又这么晚,有地方吃饭吗?

没问题,镇上的饭店生意都好得很,都是本地人在吃。我知道附近有一条街,几家饭店都很熟悉。赵怀之发现自己实在没办法拒绝,深夜不回家也很让人向往,就答应了。

于是,几分钟后,两部车,两个人和一只猫,驶出服务区,在高速上开了几公里后右转出高速,朝一个小镇开去。

他们在一家叫作"庆和土菜馆"的饭店门前停下来,穿过由香肠、咸鹅、猪肉组成的一面墙走进店里。里面挺热闹，甚至让赵怀之觉得温馨，既没有人声鼎沸那种拥挤，又满满当当看着心安。老板招呼他们在一个四人座的卡座坐下来，两个人相对而坐，"巴蒂"被罗从周放在沙发凳的里面。罗从周没看菜单，和老板商议着点了四个菜，腊味合蒸、湘西外婆菜、白灼菜心、蛇肉炖甲鱼，他扭头对赵怀之说，这是他们家特色，来这里就为了吃这个的。

赵怀之说，要不要给"巴蒂"点个吃的？

老板伸头看了看猫笼，对罗从周说，它喜欢吃什么，牛肉还是虾子，还是鱼？

家里一般给它吃牛肉馅。

那我弄几片清水牛肉，切碎一点，不要专门点菜了。猫可以放出来，我们店里以前也有一只，最近怀孕不来了。

"巴蒂"被放出来后还是很紧张，极为小心地观察着周围，身体蜷缩着不敢往前，罗从周也不多管，随意地在它脑袋上抚摸几下。随着它的牛肉和别的菜一道道上来，"巴蒂"胆子也大了一点，从凳子上跳下来，大概想四处看看，罗从周把它拽了回来，然后自己往里面坐了坐，让"巴蒂"蹲在靠外的凳子上。赵怀之表示欣赏地看了看"巴蒂"，问道，要不要把绳子给它套上。

在室内不需要了，它不会乱跑，脾气很好。

旁边一桌，一个和赵怀之并排、穿着紫色毛衣的女孩正在和对面的男人说话，听上去在讨论调动工作、编制之类的问题，赵怀之心想，这个世界哪来这么多的编制。这时女孩余光瞥到了"巴蒂",立刻跳了过来,在跳跃的过程中她喊了句,好漂亮的猫!然后把脸凑到猫脸跟前。赵怀之觉得在哪里见过她,又不敢多看她,旁边那个黑衣服的男人正脸色阴冷地盯着这边。女孩对周围的人全不在意,包括猫主人罗从周,只是不断抚摸"巴蒂"的脑袋,手法温柔娴熟,她一边撸一边把"巴蒂"从凳子上抱到了桌子上,又飞快地一扭身拿到自己的手机,对着"巴蒂"连拍了很多张照片。赵怀之微微往后欠身,不想被拍进去。这时他想起来了,长发、闪亮的大项链,暗蓝色的嘴唇,紫色的眼影,雪白的脸,还有堆在座位上的白色羽绒服,就是停车场见到的幽灵一样的女的,那么那个男的,就是开车的人了。赵怀之带着几分放肆看了看那个男的,他正低头看着手机,侧影确实和服务区见到的很像。

就在赵怀之确认了这个女孩时,罗从周主动对那个女孩说,它叫"巴蒂"。女孩笑了笑,似乎不太在意,然后用手搂住"巴蒂"的脑袋,想和它来个合影。"巴蒂"叫了一声,赵怀之不知道这是兴奋还是生气,但"巴蒂"在叫了一声后,跳下了桌子,在饭店里溜达起来。女孩猫着腰跟在后面,嘴里不断地叫着,喵喵,喵喵。

它叫"巴蒂",罗从周大声说。

女孩有点吃惊地扭头看看他,又转身喊,"巴蒂""巴蒂"!但"巴蒂"不见了,女孩随即大喊,猫呢,小猫呢,谁看到猫啦?

罗从周大声说,它不是小猫!然后也站起来看看情况,饭店里时刻有几个人走动,进门出门、上菜如厕之类的。女孩和罗从周视野里都没有猫的影子,两个人都紧张起来,对着十几桌的客人大喊,有谁看到猫啦?

一只美短!罗从周大声补充。因为天气很冷,饭店的大门是关着的,这让罗从周稍微安心一点,弯腰在各个角落里看。一个保洁大婶推门进来,对着门口处吧台后面的人说,刚才有一只猫冲出去了,正好有一个人推门进来,猫像飞一样蹿出去了。

罗从周听到几个关键字,几步跑过来问,是不是一只美短?

什么美短?大婶说。

罗从周反应过来,一时间不知道怎么形容它的"巴蒂",带着疑惑说,就是身上黑毛白毛都有的,两种毛混合在一起的。

女孩凑过来说,不要跟她说了,刚才跑出去的肯定是"巴蒂"啊,我们赶紧出去找吧。

说着她不顾没穿外套,走到了明暗交替、杂物堆积如山的饭店外面。罗从周也跟着走了出来,随后是同女孩一起的男人。赵怀之叹口气,跟在大婶后面也走了出来。

大婶指着外面空荡荡的路面说,刚才这里停着一辆车,还放着古筝的曲子,车后排门开着,我看到猫跳上去了,一个光头关上车门,把车子开走了。

罗从周和女孩同时大叫一声,啊!然后跳到路面上东张西望,罗从周又大声问大婶,你看到它朝哪个方向开的?

车头朝哪边?女孩问。

朝这边，大婶往右指指，右边是哪里大家也都不知道，或者说，右边地方太大，是任何地方。

赵怀之说，快问问老板认不认识刚才的车。

几个人朝饭店里跑去，赵怀之站在一侧，想了想，又大声喊了一句，问问这里有没有一位赵老板在吃饭，这个车子是给赵老板送货的。

赵怀之回到店里，左右看看，不见罗从周的身影，就拿上外套和茶杯直接就走了。离开前他看了看桌子上的菜，有些不舍，确实好吃，好吃到让人觉得今后很难再遇到的程度。他觉得罗从周应该能理解他，他帮不上忙。以后如果联系就联系，如果不再联系就不再联系吧，相当于这些菜、这家饭店，也相当于"巴蒂"。

赵绎如打电话问他，到哪里了，怎么还没到家，我都要睡觉了。赵怀之说，我把晚上的事情从头到尾跟你说一遍吧，等于睡前故事了。赵绎如不想听，赵怀之说，你一定要听，因为事情跟你想的不一样。

赵绎如只得听起来。说到服务区超市里灯光明亮，一个人都没有的时候，赵绎如插嘴说，柯南里好像有这样一集。赵怀之没理她，他没看过《名侦探柯南》。说到女人钻上轿车时，赵怀之有些犹豫，赵绎如还不能理解男女这样见面意味着什么，但还是说了。赵绎如一阵冷笑，大概是化解似懂非懂的尴尬。说到光头，赵绎如笑起来，反问道，你怕不怕？赵怀之说，怕，如果眼睛不近视我就不怕，我上初中的时候成天打架。赵绎如喊了一声。

说到猫不送了,赵绎如大叫起来,连着怪叫了几声,一个劲地说,有病吧!什么鬼!有大病!赵怀之笑着说,不送不是挺好的吗,大家还是老样子,"巴蒂"也不会有事,我也是觉得奇怪,电话告诉我一声就可以了,还非要跑来。然后他说去吃饭的事,说到遇到了那个停车场的女人,说到了猫跑到饭店外面,跳上车不见了。

不见了?赵绎如在那边喊起来,然后开始嘀咕,真是有病,非要带出来,好好的猫不见了。随后她发出一声悠长的哀号,引得她母亲都跑来问怎么了。

赵怀之等那边安静了,对赵绎如说,没有没有,没有丢。他们回到店里问老板认不认识刚才的人,有没有赵老板在吃饭,光头不是说要给赵老板送货吗,又停在这里,而且车门开着,很可能就是和赵老板碰上头了。

然后呢然后呢?赵绎如继续喊着,声音不大,但感觉到特别悲伤,她大概正在摸着"鳜鱼",心里希望世界上每一只猫都不要出事。

我不是说了没有丢吗,不然我怎么回来了呢。没几分钟,一辆车子放着巨大的音乐停在前面,吵得饭店里的人全都听到了,然后那个光头怀里抱着"巴蒂"站在门口,气势汹汹的,不知道是生气了,还是物归原主让他得意扬扬,像个大英雄。

赵绎如哈哈大笑起来,大概也在想象那个画面。赵怀之继续说:只见光头大喊一声,这是谁家的猫啊!跑到我车上来了,我车子上面又没有老鼠!他说得气势汹汹,又很像撒娇,还大喊一声:老板……

骄阳之夜

高铁站在郊区，本身像一辆火车那样即将路过这座城市。成尚龙一直在和司机客气，不断说着辛苦了、麻烦了。司机露出厌倦的表情，枯燥而重复的话可能让他想到了所有的不如意，只是碍于情面才没有发作。他选择性回应几声，一声比一声短促。等红灯时，司机刷了一会儿手机又锁上屏幕，成尚龙看到屏幕上的图片，是群山环绕的大湖，惊叹说，这是赛里木湖吧？

司机说，是博斯腾湖，暑假里带小孩去旅游的，不容易。

成尚龙不知道他说的不容易指什么，自顾自地说，很多事都不容易，正常也很不容易。

司机笑了，第一次主动看着成尚龙说，领导你说的太对了。

成尚龙觉得应该问司机叫什么名字了。他叫赵志明，非常客气地让成尚龙叫他小赵。但小赵看上去有四十岁，四十岁的人一般会有一个需要在假期安排旅游的小孩。成尚龙说，我几年前徒步在新疆走过一个月，和几个朋友一起，后来他们要徒步穿越沙漠，我实在没时间就回来了。听他们说起在沙漠里露营的故事，非常向往。我现在就喜欢露营，刚才我说家里有事，其实是觉得这个会实在没意思，有我没我不影响，就编个理由出来了。

赵志明怪异地看了一眼成尚龙，半小时前，他接到单位领导的电话，领导不急不慢地说，腾主任刚打电话过来说，从徽京来的成主任母亲病重，要马上回去，辛苦你到云天大酒店接一下，把他送到车站。赵志明不清楚腾主任是谁，但领导的话照办就是。现在成尚龙说不是母亲病重，但人怎么能诅咒母亲？

成尚龙笑笑说，老母亲住院是真的，不过不是什么突发的病情，她身体一直不好，不断住院，中午觉得不舒服就又去了，我两个舅舅会去照顾她的。我确实要去医院看看她，但主要还是不想在这边过夜，还是去露营舒服。

当成尚龙说露营时，车速带来的风正放肆地撞在他们裸露的胳膊上，初秋的气温恰到好处，有那么一瞬间他们觉得自己不是在城市的主干道上，而是在山林里、树丛间，在月光下和鸟兽之间。很快，堵车像疾病和死亡一样如期而至，汽车的顿挫让此前的飞驰变成了意外之喜。冷不丁加速、开不了几米就猛踩刹车，这才是生活本来的样子。成尚龙问赵志明抽不抽烟，赵志明点点头，两个人点上，赵志明露出微笑说，成主任，真羡慕你，又是领导，又能出去露营，我一天到晚跟在领导后面开车，时间都卖给单位了。

成尚龙笑笑说，我不是什么领导，开车也很有乐趣啊。

赵志明说，偶尔也有一点吧，领导有时候深夜才结束活动，我就在车上睡觉，也算露营吧，风吹得也很舒服。我在后备厢放了一块毯子，防止受凉。成尚龙打断说，露营其实也没有什么意思，要准备的东西太多了，手电筒帐篷干粮纸巾，雨衣保温壶药盒什么的，还有很多，和住家一样费神。不过熟练了也很有意思，有时候半夜醒来，周围什么都看不见，人感觉像是死了一样，各种难过的事情全都冒出来。等日光出现了，会觉得又活过来了。

领导你一般在哪里露营？

露营只能在没有人的地方，我最常去的地方是徽京郊区的飞马渡和老君庙，都在深山里，不过估计你也不知道就是了。

赵志明若有所思，不再说话，眼睛盯着前方。目光之中有数百辆汽车前后堆积着，抽搐一样往前，不少司机下车打探情况，各种喧哗声在路面上堆积起来。赵志明说，我也去看看啊，可能出大事了，成主任你要不要下车活动活动？成尚龙说，我不去了，休息一会儿。说完他把目光投向手机，表示自己对路面上发生的事真的没有兴趣。

十来分钟过去了，赵志明没有回来，成尚龙很奇怪。二十分钟过去了，赵志明还是没有回来，前面的车辆开始移动、加速和消失，后面的车辆开始按喇叭。刺耳的喇叭声传来，成尚龙手忙脚乱，按下双闪键，咔嗒咔嗒的声音让他更加烦躁。车辆纷纷从一侧绕过他，少数人还冲着这边狠狠骂一句。骂的人多了，就成了习惯，几乎每一辆车路过时都要骂一句，骂声中气十足或尖锐犀利，在耳边久久不散。成尚龙很伤心，不断在手机上翻着会务手册，想找到当地负责会议的联系人，找来找去没找到，只得打电话给另一家媒体的老总老杜。这次，就是老杜撺掇他一起来槐宁市参加城市发展规划大会的。上午过来的路上，老杜一边大骂这种会议无聊，一边大谈槐宁的美食美酒。说多了，他自觉失言，改口说，兄弟，我们做记者的说了这么多好话，也该说几句不中听的话了，这次我就要如实告诉当地领导，城市发展不是这么搞的，搞什么生态公园，生态是一个公园能放下的吗？作为多年兄弟，成尚龙理解老杜一切言不由衷的话，更理解他突如其来的激愤所代表的最后的尊严。

老杜在电话响了七八声后才接，成尚龙把情况说了，让他找人想办法，再联系一下司机赵志明。老杜答应了，最后笑着说，兄弟，你不要管有没有司机过来，先把车子开走啊，停在大马路上算怎么回事呢。

成尚龙突然觉得自己太机械了，应该先把车开走，让赵志明来找自己吧。车子没有熄火，成尚龙推到前进挡，小心往前开。他处在一条空旷得有些荒凉的大路上，车流量很大，但路两边没有什么门面店铺，标识也不多，整条路像是两个繁华街区之间的连接带。成尚龙不认路，逢路口就右拐，拐了两次后，看到前方辅路停了很多车，就在两辆车之间停下来。拉上手刹后，成尚龙打开了手机上的地图。

看看定位上密密麻麻的街巷图景，成尚龙依然不清楚身在何处，此前他来过三四次槐宁市，每次都是随队而行，自己像货物一样被运到指定的地方，再运到下一个指定的地方，再下一个地方，最后返回。成尚龙把地图缩小，继续缩小，小半个中国都出现了，自己生活工作的徽京也成了一个小小的圆点，距离此刻的位置大约三厘米。随后成尚龙把地图放大，屏幕上是目前的淮海路和高铁站之间的区域。直到这时，成尚龙才有了一点空间感以及时间感。他们一群人上午从徽京出发，坐一个小时高铁来到这里，有人负责接到酒店，入住和吃饭，饭后休息，两点钟，浮夸又充满仪式感的大会正式开幕，如果一切顺利，会议要开一下午，夹杂着合影、茶歇、自由交流、观看视频和总结陈词，晚上有一顿正式的宴请。机关的宴请一律不许上酒，宴请也成了前奏，一部分人会在结束后以私人名义再度聚集，大喝一顿酒。老杜早就招呼成尚龙，晚上有当地的朋友做东聚聚，第一顿少吃点。自己是在研讨会开始一刻钟后，接到了家的电话，说母亲病重，要立刻赶回去。自己带着巨大的愁苦和焦虑把消息告诉了会场上的某个人，这个人看上去像是现场负责人，他满口答应负责安排车辆。十几分钟后，自己收拾好行李下楼，带着莫大的喜悦和十足的得意，又带着焦虑和慌乱的表情上了赵志明的公务用车。二十分钟后，在距离高铁站不到三公里时，路上严重堵车，赵志明下车查看情况，但直到车祸现场（如果有的话）完全消失，交通恢复正常，赵志明都没有回来。自己等了很久，还给老杜打了电话，但一直没有人联系自己，也没有人到现场来，自己只得把车开到了淮海路边市级机关第九幼儿园的门前。

这是到目前为止发生的全部事情，地点就在距离徽京三百多公里的槐宁市淮海路。

右侧车窗外传来幼儿园特有的嬉戏喧闹，高高低低的童声像雨声一样在耳边响起。下午三点出头，幼儿园还有个把小时放学，已经有不少老人伸着脖子往里面看，影子落进校园里。成尚龙觉得此情此景有些怪异，看他们张望的样子，像是一辈子没有见过儿童，无比盼望自己有一个孩子，但他们显然有小孩，可能还不止一个，某一个小孩的小孩此刻在幼儿园里，确定无疑，这种焦急张望的意义是什么呢？

手机响了，老杜告诉他，这边找了一圈，没找到赵志明，不知道他去哪里了。随后老杜感慨起来，太奇怪了，一个机关单位的司机，大白天的送客人去车站，说不见就不见了，我这么多年都没遇到这种事，做记者三十年头一次遇到这种事情，有意思……成尚龙打断说，人家可能就是有一点点意外，又不是永远找不到了，有什么奇怪的，你帮忙问问，我接下来该怎么办。我可以打车去车站，车子怎么办，总不能钥匙不拔就走吧？还是我把车停在这里，钥匙带走，回头快递回来？或者我把车开回酒店，再自己打车去车站，这不是耽误我时间吗？

老杜连连称是，说了声兄弟等着，挂了电话。

几分钟后老杜打来电话，说刚才当面和槐宁市几个部门的人说过，他们真的开始联系了，相信一会就能找到赵志明，而且已经安排了别的司机联系你。

成尚龙说，除了你没有人联系我。

可能层层安排比较费时间吧。老杜说。

没道理这么长时间，机关的效率很高的。

那是看什么事，对什么人。老杜无情地说。

成尚龙转移话题说，其实我回不回去都无所谓，早一点晚一点都无所谓。老杜顿了一下问，你什么意思？

我没事，就是不想开会了，所以找个理由跑出来了，所以几点钟到徽京根本无所谓，就算换个方向去北京好像也行。

老杜说，你这就奇怪了，你不想开会直接说就可以了，为什么说你母亲生病呢。

成尚龙说，老杜，你做了三十年记者，什么时候见到能直接说的？我难道跟接待我们的几个领导说，我不想开会了，要回去了？

老杜大笑说，幼稚了，幼稚了。你母亲到底有没有事？

没事，她中午确实住院了，但这几年她基本上几个月就住一次院，这次也没多大问题。当然说到底还是有问题的，年龄大了。老杜哦了一声，感叹说，还是你年轻啊，编个理由就跑出来，说走就走。我他妈也想走，极其无聊，一群人对着明显不好的东西说好话，绞尽脑汁来描绘没有前途的前途，我觉得这个会有隐喻色彩。

成尚龙笑笑说，老杜，不说了，被人听到不好，你安心开会吧，你看我，跑是跑出来了，看上去能做的事也很多，但说到底也没什么，要么陪老娘聊聊天，要么去找王小融，要么自己钻到山里露营。我刚才想到了一个问题，我费那么大的力气，准备那么多的东西去露营，头一天下午出发第二天一早回来，这和出差开会有什么本质区别呢？

这是一个本质问题，老杜迅速回应，哈哈大笑，然后说，挂了，万一有人打你电话占线也麻烦。

又过去了十几分钟，幼儿园门口的家长渐渐聚拢，一些人甚至就站在车窗外，后背和屁股正对着成尚龙。这时一个槐宁本地的号码打了过来，成尚龙赶紧接听，一个浓重的当地口音传过来，边听边猜，成尚龙大致听懂了，意思是领导你在什么地方，我去接你来开会。

成尚龙努力字正腔圆地说，我不是去开会，我是从会场上离开的，你们有人送我去高铁站，但现在司机不见了，车子丢在了马路中间，我在市级机关第九幼儿园门口，你们要派人来把车开走，也要把我送到高铁站……

对方不等成尚龙说完就大声说：我们领导安排我去高铁站接你开会，我马上就要到了，领导你从哪个出口出来？

成尚龙说，我不在高铁站，我要去高铁站，但是我现在就在你们的车上，你们的司机不见了，他叫赵志明，车子我开到路边了，你们要来人把车开走。

对方说，我不认识赵志明。

成尚龙说，不管认识不认识，你们都要来把车开走啊，难道我把车开回徽京？

对方说，领导你在哪里，我去接你，我马上就到出站口了。

成尚龙说，我在市级机关第九幼儿园门口，在淮海路上，不在高铁站！

对方说，我们领导说你在高铁站啊！幼儿园在哪里，我也不知道，我刚到这边没两年。

成尚龙说，在淮海路。

对方说，我还是去问问我们领导吧，领导你先等一会儿啊。

成尚龙深深叹一口气说，好的，好的，你去问清楚，辛苦你了。随后他又打老杜电话，刚打通就挂了，一种厌倦涌上来，让他有些愤怒，愤怒之下，成尚龙打开导航，查到本地最有名的"骄阳书店"，距离淮海路六公里。成尚龙朝那里开去，嘴里不断嘟囔，厉害，厉害，厉害。

下午三点多的路上车辆很少，作为补充，电动车和自行车非常多，有的甚至在机动车道上疾驰，不同的车、不同的速度和身姿构成了一座地级市老城区午后热气腾腾的生活，路边的摊贩似乎是被阳光抛下来的一样，在树荫浓郁的道路两边卖着明晃晃的食物。成尚龙加快速度，似乎这样可以像本地人一样，融入本地的生活。

电话响了，成尚龙看了一眼后把目光挪开，很快出现了红灯，成尚龙又拿起电话拨了回去。王小融在那边问，晚上要不要去金山温泉，天气凉了，适合泡温泉了。不等成尚龙回答，王小融又说，你几点回来啊，我可以去车站接你。红灯只剩十秒，留给成尚龙说话的时间似乎也只剩下十秒钟了，他不由得紧迫起来，在黄灯亮起的那一瞬间他对着话筒说，我今天可能回不去了，对不住啊，出了点状况，赶不回去。

王小融说了声，哦，那晚上我找朋友一起吃饭了，正好《红玉米》的舞剧在演，我看看还能不能买到票。后面传来刺激的鸣笛，成尚龙松开刹车，狠狠踩下油门，车子在意犹未尽的静止状态中突然奔了出去，成尚龙的背部也像被狠狠推了一下，像多年前球场上让人过瘾的对抗撞击。成尚龙稍微松了松油门，对着电话说，小融，本来我四点就能到徽京，我买了三点一刻的票，不过搞笑的是，我在去车站的路上被人丢在车上了，路上堵车，司机去看热闹，就再没回来，也没有电话，我的电话他们能找到的，就在会务手册上，我也打给一起来的人让他解决这个事，问题是他们后来也没有找我，我要么把车子丢在路边自己打车回来，要么就一直等。我打算去这边的"骄阳书店"看看，他们家不是非常有名吗，你听说过这家书店吧。我估计我到了书店，他们也就会联系我了，不可能这么长时间不联系我的，车子总要还给他们。我在书店逛逛，如果还去车站，到徽京可能要八九点钟。

一口气说完这些事，又遇到了红灯，成尚龙有些后悔自己刚才说得太快了，现在反而没什么可说了。王小融沉默了一会儿说，要不我去找你吧，就在"骄阳书店"碰头好了。她的语气有些兴奋，和她一贯的冷淡随意相比有了很大变化，这是有求于人的特有语气。

成尚龙有点意外，王小融恢复了寻常的语气说，我马上去车站，最迟六点钟也能到吧，我们在槐宁过一个晚上好了。如果还有时间，明天我们回徽京，直接去金山温泉，上午温泉人少。你看上去还是在槐宁出差一天回来了，时间完全吻合。

成尚龙突然笑起来说，好好的一起出去玩，怎么被你说得像做贼一样，别人还以为我是背着老婆孩子有情况了呢。他笑得很大声。王小融一直不说话，成尚龙不得不继续说，结婚的事我会抓紧的，但今天你也没必要来找我了，我处理完这边的事就回去，上车后跟你联系。

今天一定要见面啊，今天是我们认识二十五周年。

成尚龙又靠边停车，点上一根烟说，你不说我差点忘记了，九月十七号，这个日子不好记。说着他带着歉意笑了几声，又认真地说，今天见不见真的不重要，说实话，我以前就最害怕记那么多日子，结婚纪念日、生日、第一次见面的日子，妇女节、七夕节、圣诞节，这要是一个个都记下来当节日过，又是庆祝又是送礼的，日子就没法过了。结婚的事我会抓紧，我妈妈住院了，等她出院我就跟她再说一次。

舅舅也告诉我了，让我不要担心，一些指标都正常。不过等她出院也没用，都说了两年了。王小融轻声说着，语气里没有抱怨，但肯定是在抱怨。成尚龙也理解，冷不丁地说，要不我们生个小孩吧，这样她反对也没用了。

你妈妈不在乎我们有没有小孩，她是不想要我的两个小孩，她不是一直强调，哪怕有一个跟爸爸也好啊，哪有离婚了两个小孩都跟妈妈的，这就说明这个女人自己有问题，看人做事实在没水平。这一次，王小融的语气非常严厉，像是辩论或者申诉，成尚龙没有说话，两个人在沉默中嗯啊几句就挂了电话。成尚龙点根烟，一边抽烟一边叹气，呼出去的厌恶随着叹息而浓郁浑厚起来。

两分钟后，王小融发消息说，我有点受不了了，我宁愿你现在有老婆小孩，趁着开会跑出来跟我约会，也不愿意被你妈妈看成一个恶人，要带两个小孩分你家财产，今天我不去找你了，你回来再说吧。

成尚龙在手机上写消息，写了删，删了写，最后他说，不来也行，太累人了，我回去找你，一起去露营。

老杜又打电话过来，一开口就感慨，神奇，实在是太神奇了，你知道那个赵志明去哪里了吗？

成尚龙以为赵志明去了一个让人想不到的地方，足够劲爆，老杜即将告诉自己答案，但老杜却说，到现在都没有找到人，到处都找不到。

成尚龙说，去他家找过了？

老杜说，当然，他家，他办公室，固定修车的地方，领导常去的酒店，都找过了，根本没有人。

成尚龙说，那他们有没有找过他的小学中学？有没有去他父母或者别的亲戚家里？有没有去过拆迁之前的住宅区找？

老杜笑起来附和说，我一会儿就去提醒他们，一般的地方要找，别的地方也要找，他最喜欢的小酒馆，他最喜欢去的浴室理发店，他外面的女人家里……

成尚龙说，他有个儿子，暑假里刚刚带出去旅游的，所以还要去他以前带小孩去过的景区找一下，尤其是经常去的几处。

老杜陷入沉默，又缓缓说，其实看看监控也就可以了，一个人能跑到哪里去呢。不过时间太短，应该看不了。

还有，成尚龙补充说，还要去每个领导和同事家里找找，万一赵志明和谁有仇，和谁有染呢。

老杜又笑起来，夸张而满足的样子，还要看看每个出城的路口，万一远走高飞了呢。笑够了他问，你在哪里？还在槐宁的话我去找你，这个会不能再开了，太无聊。

成尚龙看看左右，车子停在开放大道，再看看手机导航，距离"骄阳书店"还有两公里，几分钟车程，就对老杜说，我马上要到"骄阳书店"了，你知道这家书店的吧？

当然知道，我给他们做过专题报道，老杜自豪地说。

那我们就在书店碰头吧。

老杜答应下来，成尚龙甚至听到他冲着旁边喊出租的声音，看来他对会议确实忍无可忍了。

"骄阳书店"声名远扬，但并不是靠大量的书，或者某类特别的书，甚至不是一般意义上的好书，它靠的是极少数的书。"骄阳书店"的特色是，在任何时间它只允许阅读一本书。书店本身是一个废旧工厂改造而成，改后成了一幢颇为现代的建筑，由四个圆形组合而成，前后左右各两个，右边的圆厅进去后是一个展示大厅，中间空空荡荡，头顶上是玻璃屋顶，一样的空空荡荡，四周有六十六块电子屏，屏幕上滚动播放着一本书的内容。"骄阳书店"每周只推荐一本书，客人进来后，只能站立、抬头，看着墙上电子屏上的一行行文字，偶尔有一些图片。这个大厅更像一个展览厅，每次把一本书拆开来摊平了展示。随后的圆厅是一个会客室，空荡荡的建筑中部，只有一张可以写字签名的小桌子和两个单人沙发。如果推荐的书作者健在，书店会请他过来，在这一周的七天或者几天坐在这里，读者一一坐上对面的沙发，作者给读者签名，大家聊几句。

问题在于，书店迄今为止只展示了六位在世作家的书，六人当中一人年事已高，一人时间冲突，两人远在异国，只有两位作家曾经来到过现场，一个人在这里坐了五天，一个人只出现半天就匆匆离开。在开业近两年的一百多周里，书店展示更多的是已故作家的书。这些书的作者再也不会亲临现场，但那个单人沙发也没有空着，而是放上一盏灯，光线强烈发白，灼人双眼。这时，对面的小书桌和沙发上就空空荡荡的。

事情总是超出人的预料，很多次，总有人默默地在沙发上坐下，面对着刺眼的灯光，要么努力凝视要么闭目养神，要么长吁短叹要么左顾右盼。有人喃喃自语，有人泪流满面，有人神情严肃，有人挤眉弄眼，还有人不断对着一团亮光拍照。有的人坐十分钟，有的人坐半天，还有人坐整整一周,直到外面展示的书被换掉,例如展示《野草》的那次。很多次,因为坐在灯光对面的人过于光鲜,或者过于美丽,或者过于悲痛,或者过于僵硬,旁边的人会把此人和灯光一起拍下来,用一幅照片把一次凝视彻底定格下来。这样的照片明暗分明,一半是光芒一半是人身,似乎一个人正在直直地奔向我们的太阳。

有人觉得这就是"骄阳书店"的由来,还有少数人认为,店名的来历是前面那个展示厅,因为屋顶全透明,读者往往在骄阳之下看书,哪怕是阴雨天,里面的人也能通过明亮的光线感受到头顶上此前的和此后的骄阳。

书店还有两个圆厅,被隔成了收银台、卫生间和办公室等空间,一般读者不得入内。成尚龙回忆起老杜报纸的某一次报道,拍摄了几幅另外那两个厅的照片,工作场所而已。成尚龙还记得那次报道里对老板的采访,那个人一直在回避严肃的话题,在问到为什么一周只卖一本书的时候,他说,一周能读一本书就不错了,我有时候很想一个月只卖一本书,但害怕读者没有新鲜感,销售上不去。当问到这个书店最大的特色时,老板回答说,人比较少,人少是我们和所有书店的区别。

老杜问他,凝视不在场的、以强光代替的作者,是自然形成的特色,还是你们刻意策划的?老板说,是策划的,但也不是刻意的,我们也知道请不到作者,沙发也不能空着,想过很多办法,比如放一张大幅肖像,或者一堆书,但都不行。有一天我的助理王怡随手把一盏灯放在那里,我路过看到了,觉得很好,太好了。我们没有刻意安排读者和这个灯对视，应该是他们自己觉得需要面对什么吧。

老杜说，生活即强光！是不是这个意思。

老板说，呵呵。

成尚龙四点一刻到书店，展厅里展出的是《漫长的告别》，这本书成尚龙看过，买过三个版本。他也没有在意展示的是哪个版本、哪位译者，径直朝里面的大厅走去。那里显然不会有作者在，成尚龙期待对面的沙发也空着。

就要走进会客厅时，老杜发消息说，我在车上，还有十来分钟到。成尚龙回复说，不急，我也要找你聊聊，这些年我们光顾着喝酒了。

老杜迅速恢复说，好，在书店里聊聊本质问题，还有赵志明的问题。

成尚龙回复说，他的问题也是本质问题。

老杜回一个咧嘴大笑的符号，成尚龙没有再回复，迈出几步，在一团强光的对面坐了下来，周围没有其他人。因为周围的昏暗，灯光处在异常强烈的状态。成尚龙深呼吸一口，然后像投掷一件传家宝一样把目光扔向那团强光。不出意料，他迅速失明了，黑夜在下午四点多钟到来，他觉得自己来到了陌生的深林里露营，带着忐忑入睡，等待第二天的日出。

碰撞之夜

牛山一直在犹豫，不知道该不该和滕鹏去钓鱼喝酒。他犹豫得太厉害，手脚都不知道往哪里放，每个工作上的电话都让他觉得烦躁，恨不得用沉默来对待。他反问滕鹏：你怎么这么喜欢张罗大家出去玩？滕鹏没有回答，似乎答案是明摆着的。下午三点左右，滕鹏连续发消息问牛山：怎么说，到底去不去？你现在一个人在家，有什么不能去的？你都快五十岁了，出去喝酒也要想半天？那你打算等什么时候去呢？最后一个问题似乎有一股恶臭，牛山扫了一眼屏幕就背过脸去。情绪稍微平复后，恶臭变成了刺痛，一生随时都会结束的现实刺痛了他，他答应去。滕鹏说，那我们四点钟过来接你。

四点不到，滕鹏又打电话说，子弹的车坏了，你能不能开车？牛山答应了，收拾一番出门去接滕鹏和子弹。滕鹏还是一身正装，汗水不断渗在浅蓝色衬衫上，在肚子上聚集。子弹一贯轻松随意的打扮，脚下还穿着一双拖鞋。上车后，子弹一脸颓废地窝在后排，滕鹏非常兴奋，不停地恶心牛山说：你要是早点答应，我们中午就能出发了，这会儿已经打好几局了！想了半天不还是答应了吗，你太虚伪了。你看看，已经有点堵车了，今天周五，出城的车肯定多啊。牛山不想理他，设置好导航，朝隔壁的万松市梅岭区开去。

初秋的黄昏依然很热，但明朗空旷，给人一种天长地久的幻觉。上了高速眼前陡然开阔起来，铺展在眼前的蓝天纯净而深邃，牛山不自觉放慢车速。滕鹏提醒说，你开快一点啊，我们早点到早点打牌，神童一会儿就到。牛山轻轻点了一下油门，子弹伸头看了看仪表盘说：这个车厉害，刚过两千速度就上来了，牛山你怎么不早点买呢？滕鹏嘿嘿笑着说，要不是岳父去世后留了一笔钱，到现在也买不起。牛山又加快了油门，似乎汽车在发怒。子弹说，滕鹏你怎么到现在说话都不过脑子啊！滕鹏嘿嘿笑着说，我做事也不过脑子，干起来再说。他又感叹：我们混得太差了，你看看《海的女儿》里的那个王子，十六岁就在邮轮上开生日派对，我们都四十六岁了还只能开1.6排量的车。子弹干咳两声，像是奋力推开滕鹏的自嘲，问牛山这个车排量多大。牛山说：买这个车的时候我老婆在国外，我对她说，这应该是我们最后一辆车了，要买好一点的，就选了4.0排量的。最后一辆车，这个说法太可怕了！滕鹏感叹。

子弹问牛山：你老婆什么时候回来？这个问题牛山也没有答案，本来老婆没有必要去墨尔本陪女儿读书，只是她厌倦牛山，厌倦日常生活的一切事物，不离开她会疯的。夫妻两人也算开诚布公，实话实说后她毅然陪读去了。牛山说，估计到年底吧。这么说着，牛山带着烦躁踩油门，打方向，车子带着低吼漂移起来，不断变道超车。其他人看到一辆狂奔的奔驰车在秀性能秀速度，唯有用漠然来打发，每位司机大概都会在心里说，快死去吧。

高速只有四十公里，随后上省道往回开，直奔"曼陀山庄"。路越来越窄，按照一个巨幅广告牌的指示，牛山开上一段让人疑惑的小路，路面上石子密密麻麻，通过轮胎传到身上。两边笔直密集的松树构成了一面绿山墙，眼前有一种公墓的气息。差不多两公里后，一座巨大的门楼像一座天桥一样出现在眼前，"曼陀山庄"四个大字摇摇欲坠，每个字长宽都有一米，黑体字。子弹说：应该用手写的。滕鹏说：对！写得霸气一点，带点武侠气息，里面的人全都穿着古装，我们进去第一件事就换上汉服。说着，他好像想到什么，哈哈哈大笑起来。

从门楼下开进去，在乡间小路上忽上忽下拐了七八次，一路开到竹林后的停车场。刚停好车，五个穿黑西装白衬衫棕色皮鞋的小伙子就步伐杂乱地冲了过来，四个人手上拿着硕大的帆布，像大雨天盖住暴晒的稻子一样把车子完整地套上，注意不露出车牌，另一个小伙子领着滕鹏三人往主楼里走去。滕鹏出示了一下贵宾卡，说是订了一个临湖的大包间。对方把平板电脑举到眼前，回答说是"临江仙"，然后对着对讲机喊：临江仙客人到，临江仙客人到！目送他们进门后，小伙子停在大楼门口，和套车的几位集合，继续在竹林前的空地上巡视，脸上带着日子什么时候是个头儿的忧伤。

一楼大厅漆黑一片，十来米外的尽头有一簇光线，吧台在阴影中，几个服务员走进走出，看上去像剪纸。牛山走在最后，走在几人脚步的回声中。这是牛山第二次到这里，上一次是一年前，也是跟滕鹏一道。和上一次相比，很多地方都变了，有了一种深沉的色调，努力让自身看上去更为高档和奢侈，甚至神秘和高贵。子弹说，现在这个装修有问题，明明是农家乐，主要是钓鱼，应该多弄点泥土、污水、植物才对，现在搞得跟著名作家纪念馆似的。滕鹏突然喊起来：你不来也不早说，早知道我们去接你呢……现在怎么钓鱼，哪有下午钓鱼的，你这个鸟人！在牛山和子弹的错愕中，滕鹏停下来说，神童说不来了！他不来我们怎么打牌？太过分了，今天出来就是他提议的，现在说不来就不来了！滕鹏越说越气，站住不动了，服务员也只得停下来等着，他一只脚已经迈进门外的阳光里，身子的大部分还在大厅的昏暗中，于是他双腿分开站着，让明亮和昏暗在身上各自发挥。牛山和子弹站在暗处，也不知道该怎么处理一个不在现场的人。滕鹏不忍心再骂神童，或者说，作为多年老友，彼此之间的辱骂早就失效了，他只能一个劲骂时间。接下来的时间该怎么打发呢，说好了四个人痛痛快快打一晚上牌，明天早起钓鱼，每人拎几条鱼回去，度过一个完美的中老年周末。现在剩三个人能干什么呢？

牛山说，我们早点吃晚饭，然后回去吧，明天不钓鱼了。子弹有些泄气地说，现在才五点，吃饭的人只有三个，喝酒的人只有两个，有什么意思？滕鹏随口问走在最前面的小伙子，你们这里能找到喝酒的人吗？小伙子有些猝不及防，站在明晃晃的光线中思忖。滕鹏赶紧说，不要误会，我们喝酒缺人，我就是问问你们有没有人来跟我们一起喝酒，我看你们这里生意也不怎么样，不忙的话就一起坐下来喝一点。子弹笑着说，要是有人的话还是陪我们打牌吧。服务员还是似懂非懂，又机智地回答，三位贵宾要不我们先到包间里坐下来再说吧。

出了大厅就是山林，一条精心打磨的石子路在高高低低的山坡上小心翼翼地延续着，夕阳下的湖面在度假村深处时隐时现，白晃晃的水面和浓郁的绿色交替出现。神童为什么不来了？他没说原因吗？牛山问，滕鹏叹了口气说，我问他为什么不来，他就一个劲笑，嘿嘿嘿傻笑，笑得像哭一样，又小声跟我说他老婆不让他出来。我们就是正常聚聚，聚了这么多年了，今天为什么不让他来？子弹落在最后，东张西望，冒出一句：是不是他老婆想一起来，神童不愿意带她来？要不再打电话问问啊？牛山说，他老婆不喜欢跟着吧，神童肯定是其他事情，不然他不会对着滕鹏傻笑的，一看就是犯错误了。我们吃了饭就回去吧，不然一个晚上干什么呢？

带路的服务员突然说，山庄最近马场开放了，夜里也能骑马。牛山刚要说好，滕鹏没好气地说，我们晚上没事做骑马兜圈子玩啊？子弹笑了起来，似乎看到滕鹏怎么也跨不上马背的狼狈样。服务员又说，晚上还可以唱歌……牛山不耐烦地说，还能跳舞呢，先吃饭再说吧。

偌大的包间里散发出一股青草味，对着湖的那一面墙是打通的，外面是铺着木板的阳台。此刻阳台的窗户大开，湖光山色纷纷攘攘地从外面挤上阳台，就要挤到包间里来了。子弹踱到阳台上，冲着浓烈的田园风光喊了声舒服，又走回来在沙发上坐了下来。牛山问服务员，最近有没有什么特色菜？服务员带着一丝不安说，最近生意不是很好，原来的厨师已经离开了，新来的厨师刚到没几天，还在适应这里。服务员又强调说，新来的厨师是做西餐出身的，西餐比较在行。滕鹏觉得不错，牛山和子弹都表示反对，情绪激烈，像是受到了莫大的侮辱。子弹冲着服务员叫着说，你们不是以农家乐为主吗？我们想吃西餐怎么会到这么远的地方来！服务员略带惶恐解释说，我没说一定要几位领导吃西餐，我就是说现在的厨师是学西餐出身的，最近正在研究一些中式西餐。牛山冲子弹笑笑打圆场说，要不我们就吃点中式西餐吧，反正我也不能喝酒，西餐也挺好的，吃点牛排补充补充营养。滕鹏盯着外面看了一会儿扭头说，要不我们来一个全素宴吧，成天大鱼大肉的都腻了，干脆今天全部吃素。子弹倒吸一口凉气之后突然有些激动：对，干脆全部蔬菜吧。服务员看看牛山，似乎他说了才算数，牛山错开服务员的目光，对滕鹏说，那你直接去厨房点菜吧，反正你最懂。滕鹏猛一下站起来说，好，你们两个坐一会儿。

　　牛山和子弹各自埋头看手机，偶尔自言自语一句。子弹走出包间站在阳台上看风景，不断大声喊一嗓子，喊一个空洞的字。眼前过于开阔，没有任何回音。牛山也站起来走到栏杆前，看着外面的水面、远处的树林和更远的山影，突然叹了一口气，似乎眼前岿然不动的景物在他眼里发生了什么变化。子弹问，这里跟你老家那边很像啊，你现在每天都回家？牛山转身来说，也不是每天回去，大概三天回去两次。子弹点点头，又问道：你妈还好吧？牛山笑笑说，她现在最大的情绪是生气，我感觉她是在气我父亲这么年轻就去世了，好像我父亲做了什么对不起她的事情。子弹咳嗽一声说，我觉得吧，你爸爸之前话太少了，什么话都不说，久而久之，你妈肯定当他是一个物件，但是你爸去世后，你妈妈才发现他确实是个活生生的人。

牛山有点夸张地大笑起来，这个我倒没想过，这个你都能编一个桥段用在哪部剧里了。子弹叹口气说，编什么编，现在行情太差了，都是编了不用，或者用了拿不到钱。牛山问，外面欠你多少钱？子弹伸出一只手掌，五指分开，直直地停顿了一会儿说，不说这个了，你有次说你打算搬回家去住，你爸还有一套房子在小区吧，怎么不搬了？

女儿她们一走我就想搬回去住了，但前提是我父亲还在世，他们老两口住一起，我跟他们住在一个小区。他去世了我就不能搬回去住了，我一个人住一个房子太不像话，搬过去跟我妈一起住吧我又受不了。子弹说，我倒是想和父母一起住，他们不烦，但是太远了，要离开南京，我又经常在外面跟剧组，还是以后再说吧。

等你退休！牛山说。子弹没接话，牛山意识到等子弹退休，他父母可能早就不在了，就补充说，你把那几百万要回来差不多也可以退休了。子弹嘿嘿笑笑，说了句进去坐吧，有点冷。

刚坐下，牛山收到了女儿从墨尔本发来的五张图片，那边已经七点多，到了晚餐时间，四张图片上满满当当的海鲜，被切开的鱼片，色泽诡异的海胆，挣扎向上的钳子，还有一张母女二人花枝招展的合影，脸显得小而不真实。女儿有些闷闷不乐，大概是好不容易离开家，妈妈还非要陪着，老婆则努力表现出一种少女的神态，有一种被搁置了二十多年后突然迸发的热情。牛山觉得这些照片虽然在生活中时时出现，但和自己似乎没有关系，尤其是那种黄灿灿红通通的海鲜，有一种排泄物欣喜若狂的感觉，自己更喜欢的还是蔬菜的绿色，还有房前屋后大树小径之类。这种喜好和审美在十来岁时应该固定了，之后几十年纷至沓来的一切光彩夺目的事物，无非是见闻和消息，自己对它们的认可乃至追逐，无非是就让生活继续下去。老婆和女儿也是一种见闻和消息，只是出现的时间特别长久而已，在自己刚刚知道何为世界的时候，无论如何都想不到她们这样的人会出现在自己的生活中，并存在这多年。牛山给女儿打了个哈哈的表情，什么都没说。

十几分钟后滕鹏回来，进门就坐下来和牛山、子弹一样埋头看着手机，什么话都没说。包间里原有两个沉默的人，现在多了一个，显得更为安静。十几分钟后，一个男服务员端上一个硕大的托盘，里面绿油油一片，他后面跟着一个女服务员，神情紧张地看着托盘。两人站定后，女服务员把几道菜往桌子上端。一共六道菜，青椒茭白炒香干，蒜蓉秋葵，青豆菱角，芹菜炒荸荠，大蒜炒鸡蛋，还有一个茼蒿豆腐汤。女服务员每端到桌上一个，滕鹏就夸赞一下，既夸奖这道菜有营养又夸奖厨师做得好。牛山附和说，这些好，太好了，从小吃这些菜，我听说过一个理论，人在十岁之前吃什么，以后就应该一直吃什么。子弹没说什么，不断拍照，手机都被他塞进菜的热气和香味里去了。等服务员离开后，滕鹏突然后撤一步俯视着这几道菜，像当庭辩护一样说，我就是突然觉得吃得太荤了，没有一顿没有肉的，有时候一顿饭全是高蛋白，一天天的什么时候是个头儿！既然到这里来了，干脆来个全素的吧，刚才我看到度假村里很多有机菜地。我就跟厨师说了，火尽量大，油尽量少，以前哪有什么油水。看着滕鹏说得严肃，牛山有些忍不住想笑，子弹正忙着修照片，打算把这些照片发在朋友圈里。作为一个编剧，他发的每个朋友圈都有一段极长的话，简直就是一篇文章，此刻子弹就在写这篇文章，这对他很重要，很多编剧的灵感就来源于此。牛山觉得子弹不爱说话的原因就是写得太多了，而滕鹏则是靠说话吃饭。牛山陡然打断滕鹏的演讲，大喊一声，吃啊！你们倒酒！

牛山用茶水陪滕鹏和子弹，三个人不断碰杯，不断赞颂这些菜肴。三个人不断劝对方多吃一点，再来一点。牛山不断赞叹这些菜嚼着香，有以前的感觉。子弹反驳一句，以前哪有一顿饭吃这么多菜的，还有这么多鸡蛋。牛山说就是这个意思，不可能完全一样啊。滕鹏怕他们辩论，就问牛山母亲的情况和搬回去的进展。牛山说了一下，子弹总结说，牛山想回去的前提是父母双全，或者他们都不在了,现在只有一个人在世,事情反而不行了。牛山点头承认。滕鹏说,要不你把那个房子卖给我吧,我有事没事可以去住住,我也不忙,跟搞民事搞经济的那些比差多了。牛山说,我怎么好卖给你,你真想在那个小区买房子我可以帮你问问。子弹感叹说,看来大家对蔬菜都很有兴趣,都在我朋友圈下面说话了,有的还点评菜配得不够好,滕鹏这是你的责任!滕鹏问,神童呢,神童有没有出现?子弹说没有啊。牛山说,他今天肯定有事了,你们两个把他那份酒喝了,一个人再来一壶。滕鹏还处在咀嚼的兴奋之中,毫不犹豫加了酒,不断催子弹喝。子弹又翻翻手机说,顾老师点评说,三个中年人跑几十公里吃一顿全是素菜的饭还炫耀,是不是在炫耀失败的人生啊?哈哈哈!牛山也笑着说:你们干一杯,敬一下失败!滕鹏兴奋地站起来,子弹也不得不挪开椅子站起了来,两个人一仰脖子把剩下的半壶酒全部喝干,再盛一大碗汤,在呼呼啦啦的喝汤声中一顿饭宣告圆满结束。

八点出头,三个人酒足饭饱,起身准备回去。滕鹏建议带点蔬菜,牛山说算了,我一个人在家吃不了,子弹也说不要,不新鲜就不好吃了,最后三个人买了三箱草鸡蛋带着,约好过几天务必让神童再请一次。滕鹏睿智地说,让他提前过来,站在包间里拍好照片发给我们,然后我们再出发。

LED灯光把乡间的漆黑狠狠推向两边,眼前的路比白天还要清晰,一草一木看上去都像高清照片。牛山带着烦躁不断加速，快速往前，他担心女儿或者老婆跟他视频通话。车内一片安宁，子弹被滕鹏逼着喝多了，已经发出匀速有序的打呼声，仿佛一座钟表。滕鹏也有些迷糊，看着前方发呆，跟牛山有一搭没一搭地说几句。导航的声音不断响起。滕鹏带着嘲讽的口气说：自从用导航之后，前方两个字是听得最多的，前方前方前方。牛山笑笑，扫一眼导航，再看看前方。车子已经过了梅岭区文安镇，正在往高速入口开去。入口在一片树丛和破旧的建筑之间，非常不起眼，犹犹豫豫拐进去后是没完没了的环形辅路，一直绕圈子。牛山有点紧张，既担心后面的车嫌自己慢，又很恼火对面车道上猛然间打过来的强光，忍不住抱怨说，有些高速入口能把人活活气死，全都躲在不起眼的地方。说话间对面又打来一道灯光，牛山眯起眼睛，也不客气地推开大灯。或许是对面的强光给了牛山会车的错觉，他轻轻踩了踩刹车，车子尾部突然发出砰的一声，车子被狠狠往前推了一下，只是没有多大的力量。牛山第一反应是追尾了，一边打开双闪一边缓缓靠边，滕鹏扭头看看，骂了一句。子弹也醒了，扭头看看后面说：什么人啊，车子这么少也能追尾。

　　一阵高跟鞋的声音传来，牛山几个人下车，滕鹏朝高跟鞋迎了过去。牛山扫了一眼，是个身材娇小的女性，上身穿一件休闲西服，灯光下看不清颜色，下身是超短裙和长筒靴，显得时尚而青春，正在俯身看她自己的车头，背对着牛山。牛山也快步走到自己的车后面查看，刚买半个月，开了不到一百公里，这么一撞让他极为恼火，心想一定不接受私了,非要报警不可。那个女人不断跟滕鹏道歉,又大喊着,我的引擎盖都鼓起来了,肯定开不了了,怎么办啊。牛山走到她的车子前看看,确实,引擎盖高高鼓起,车门也鼓起来了,自己的车只是后保险杠瘪下去一点,一种自豪感油然而生。

这时女人喊起来,喂喂喂,你不是牛山吗,我是辛闻!牛山大惊失色,夸张地凑近了看了看,确实是辛闻,高中同学。辛闻苦笑一声说,我们快十年没见面了吧,想不到在这里碰到了,还真是碰到了。牛山也笑起来,带着几分害羞说,确实好几年没见了,不过不是每天都在群里说话吗?说着牛山对围过来的滕鹏和子弹说,这是我高中同学,辛闻,在万松市,小学校长。这位是滕鹏,大学同学,刑事辩护律师,每天都和犯罪分子打交道。这位是子弹,编剧。滕鹏和子弹打过招呼,识趣地后退几步。

辛闻问牛山,你这是去哪里?别管我去哪里了,牛山转移话题说,你怎么会在这里?辛闻叹口气说,我回家,下午接到我妈电话,我爸爸刚刚被送进ICU病房,我接了电话就往回赶。肾功能衰竭,好几年了,我没跟大家说过。牛山点点头,表示无奈和悲哀,又看看辛闻的车问,那你怎么走到梅岭这边来了?辛闻不好意思地说,实在是饿了,就下了服务区吃东西,不想在服务区吃饭,上网查到梅岭这边有一家特别好的全素自助餐,都是有机蔬菜,就拐到下面吃一点。牛山笑笑说,巧了,我们晚饭吃的也是全素的,这是不是我们追尾的原因啊?辛闻瞪了牛山一眼,没说话。两辆车前后四对大灯闪烁着,现场有一种急救氛围,从辛闻的车里传来的粤语歌又努力营造一点郊游野餐的气息。牛山犹豫着,不知道接下来怎么办。他的犹豫让辛闻也跟着惆怅起来,想打电话报修,又想把车开到服务区再说,她不知不觉中站到了牛山的对面,像一家人一样和牛山商议一个个办法。

滕鹏突然喊起来,牛山,你的车没问题,你开车带你同学走!那我的车怎么办?辛闻问。滕鹏大手一挥说,我们来负责修,既然你有急事那就让牛山赶紧送你过去!要是没有他你也不会把车子撞坏,他必须对你负责!牛山摊着手问:她的车都这样了你们怎么修?滕鹏说,没事,我们绕一圈调个头,回曼陀山庄去不就行了,他们肯定可以搞定,然后我们就在这里住一晚上。说着他果断地推了推牛山,牛山差点撞到辛闻。子弹说,等一下,我的包还在车上。滕鹏说,牛山你明天负责把鸡蛋给我们送到楼下!牛山也被滕鹏推搡得激动起来,抓着辛闻上车,坐定后对滕鹏喊:我们明天再联系,车子还要你给送回来啊。辛闻上车后举着手机跟家里人发消息,已经顾不上外面的事情了。

你都喝酒了,滕鹏你还是打电话给度假村,让他们派人过来开走!牛山交代一句,关上车窗,踩下油门,车子像感知了情况紧急一样冲了出去。几分钟后上了高速,牛山抖擞精神,车子飞驰起来,坐在车内能感受到势不可挡的气势。辛闻轻声说,反正已经住进去了,不急这一会儿,你慢一点。

你帮我导航一下,县城我能直接过去,但是进去之后我就不熟悉了。辛闻答应一声，埋头在手机上搜索地址，自言自语说，我直接导航到医院。辛老师多大了？牛山问。七十二，还没到七十三。辛闻说着，她本想开个玩笑，突然想到什么，又凝重起来。牛山感叹，他上课的样子我还能记得，后背上动不动就全是汗，看着像一个八字。

好多人都记得他板书时的背影，我都喊过他板书狂魔，在黑板上写那么多字，辛闻笑笑说。两个人沉默起来，车子急速往前。半夜跑高速有种听天由命的感觉，牛山尽量不变道。十几分钟后，收费站的指示牌出现了，牛山突然大声问，怎么就你一个人回来了？辛闻正在出神，被牛山的喊声吓了一跳，笑笑说，你小声一点啊，一个人有什么奇怪的。

你小孩在国外吧？牛山问。是啊，刚刚考上研究生，据说导师拿过诺贝尔经济学奖，他每次都说英文，我也说不上来名字。厉害，以后留下来工作应该没问题。牛山嗯了一句，没再多问。辛闻说，我老公也去了，他们集团在英国有一个分公司，他主动申请去了。

主动去？是照顾儿子，还是不想在国内待着？

辛闻叹口气说，儿子都二十多岁了，要他照顾什么，就是看着我没感觉了呗。牛山扭头看看她，辛闻报以一个微笑，甜美，但是眼角和脖子上的皱纹皱褶在收费站的灯光下清晰可见，微小的阴影也因为光线而清晰起来。牛山又瞄了一眼她的短裙和大腿，一种青春年少的感觉，只是和脸上的年龄有些反差，让人心酸，如果不是老同学，牛山会对这样的装束打扮敬而远之。他笑笑说，你老公怎么会对你没感觉呢，你当年可是我们心目中的公主，如果不是辛老师人高马大地天天骂我们，估计至少有十个同学要追你。

不止十个！辛闻笑着说，就你老实，有贼心没贼胆的样子。

你给其他人写过情书的吧，还不止一个女生。辛闻又问，牛山一阵郁闷，尴尬地笑笑就过去了。

缴费后他们往秣陵县城方向开去，岔路很多，牛山伸着脖子看着外面，又低头扫一眼手机屏幕。

辛闻问，你们刚才说的是什么山庄？牛山一边往右边车道挤一边说：叫曼陀山庄，就是一个度假村，有套房有别墅的，还有一大片鱼塘，很多人开车过来钓鱼。辛闻嘿嘿笑了几声问，度假村一般都花天酒地的吧？牛山说，不知道啊，我这是第二次来，可能以前有吧。辛闻笑笑说，有也没什么，你现在也是一个人在家吧？

老婆陪女儿去澳大利亚了，在墨尔本，不想回来。她找我认真谈一次，说机会难得，还是去一段时间，不然过了快三十年的日子再也过不下去了，让我理解。

你们没吵架？

有什么好吵的，都这个年龄了，想去哪里就去哪里，想干什么就干什么。

我们吵得一塌糊涂，东西都砸坏了好多个，辛闻说。

牛山不知道怎么接话，车内氛围有点尴尬，想到被辛闻说成有贼心没贼胆，牛山严肃地说，可惜你在万松市，不然我们俩搭伙过多好，小孩都走了，老婆丈夫的也就那么回事，过了这么多年又变得跟读书时一样自由了。辛闻没说什么，把脸望向车窗外，留给牛山一个挺拔甚至僵硬的背影，脖颈微微往后仰，仿佛她知道整个班的男生都在盯着她看。

他们穿过县城外围漫无边际的开发区来到老城区，医院就在老城区的十字大街附近。这一带牛山很熟悉，学校就在医院斜对面，后来搬迁扩建了。辛闻说，你们以前经常在这个路口逛吧，我记得这里面有家快餐店，叫楼外楼酒店，专门有个窗口卖冰啤酒，你们几个男生经常站在路边喝啤酒。牛山笑笑说，我现在想不起来和哪几个人一起了，肯定有赵志明，就是他带着我去的，然后我又喊别人一起去的。还有李欣荣和白峰，我中午回家吃饭会看到你们几个，有时候特别羡慕你们，有时候又觉得你们几个好可怜，大热天的捧一个扎啤杯子站在路边喝，像从很远的地方赶路过来的。辛闻说着，夸张地笑了笑。牛山说，是很可怜，几个农村小孩站在大街上喝着啤酒，买酒的钱应该买点好吃的才对。当时我有点自暴自弃，每天都担心考不好怎么办，只能回家种田了，你记得蒋洋吧，那段时间跟神经病一样。辛闻扭头看着牛山说，不会吧，你看上去一直都是开开心心的啊，而且那个时候你看上去还挺瘦的，还是很让人喜欢的。牛山哦了一声，悄悄收收肚子，轻轻咳嗽一声。你那个时候看上去确实有些怪，我们好几个女生听摇滚乐都是被你带的。你说的是"魔岩三杰"，是我最早买的，在东大街的新华书店里买的正版磁带，十块钱一盘！你们也听？是啊，你借给别人听，传来传去就好多人听过，我是自己去买的。牛山嘿嘿一笑说，那你怎么不告诉我一声？辛闻说，当时也不知道最早是你买的，后来大学里聚会闲聊才弄清楚的。弄清楚你也没告诉我一声啊，牛山笑着说，扭头看看了辛闻。辛闻好像苦笑了一下，没说什么，牛山把右手放在她裸露的腿上，辛闻僵硬了一下，轻轻地把左手放在牛山的手背上，用力地抓住牛山的手掌，不让这只手四处游动，当然也像是不让这只手离开。

在医院停车场，牛山说你上去吧，我在这里等你。辛闻说声好，拿起挎包往住院楼走去，行李在车上没动。牛山一直看着辛闻走进住院楼的门洞里，又盯着空无一人的门洞看了好一会儿。里面突然走出十来个人，铺天盖地的感觉，牛山被吓了一跳。他把空调调大一点，双手抱在脑后，狠狠伸了一个懒腰，一阵眩晕在脑壳里涌现，几秒后又消失了。车厢里有一股辛闻身上的香水味，牛山把窗户降下来散散味道，又觉得无所谓散不散，就又把窗户关严，把音响调到若有若无，自己安安静静地坐着。

十几分钟后，电话响了，滕鹏用非常低沉的声音说，牛山，告诉一个不好的消息。牛山以为是辛闻车子的事，随意嗯了一声。

神童之所以今天不来，是他几天前不舒服去医院看了一下，今天体检报告出来了，是肺癌晚期。周围很安静，音乐也识趣地停顿了一下，牛山不知道说什么。他看看住院楼，微微晃动的黄色灯光下有一个人进去，两个人出来，苦笑一声问，确定吗？滕鹏说，确定，这种事不确定我怎么敢跟你说。现在已经住院了，下午他给我打电话的时候就在办手续，找人帮忙才住了进去。

那他跟你傻笑的时候，应该是住进病房了吧。

差不多吧，他老婆说下周五做手术，这已经是最快的了。我们等他手术之后再去看他吧，手术前就不看了。

牛山咳嗽一声问：手术后如果看不到了怎么办？

滕鹏没回答，电视节目的声音透过他的沉默传到牛山耳朵里，应该是新闻节目，听上去缥缈而热闹。子弹呢？牛山问。他已经睡着了，他酒量本来也不大，晚上喝了有六七两吧，我还没告诉他神童的事情，他就是对你有意见，丢下我们不管跟美女跑了。

牛山笑了笑，想想滕鹏也看不见自己的笑容，就收敛了笑容说，我们还是提前去看看神童吧，你问问他老婆哪天可以去。

滕鹏答应了，又问牛山，你在哪里？

牛山看看车外，首先看到的是灯光，但更多的是黑暗，似乎黑暗是这里的主人，灯光是不速之客。我在医院这边，等我同学。她去看她父亲，我在停车场等着，可能要很长时间吧。

你一直等她？然后呢？滕鹏问。我不知道啊，能陪就多陪她一会儿吧。牛山补充说，辛闻父亲是我们高中数学老师，当时对我们都很好，我们几个数学吃力的人经常麻烦他下课之后单独讲题目，要是按照现在培训班的价格，我们都欠辛老师一大笔钱了。刚毕业那几年我们每次聚会都喊辛老师一起参加，后来联系少了，我们搞过一次毕业二十年的聚会，那好像是最后一次见面，一转眼也十年了，其实我们都把他忘记了，毕竟已经三十年过去了，想不起当时的事情。最近几年因为大家在网上联系频繁起来，也有人提过辛老师，但没什么人提议去看看他。辛闻好像也不热心，她从来不主动提她父亲，感觉他们关系不是很好，读书的时候她跟她父亲关系特别好，每天都跟辛老师一起到学校，辛老师步子大，辛闻就跟在后面一路小跑。要不是今天遇到辛闻，我根本不知道辛老师已经病危了，辛闻之前应该没跟谁说过。现在情况怎么样我也不清楚，她上去不到半个小时，也没说要多久。她是从万松市赶回来了，现在她跟我类似吧，小孩和老公在国外读书，所以一个人开车跑回来。这一回来不知道要耽误多久，路上我不忍心问她，可能明天就回去了，也可能住下来，看她父亲病情进展情况，等会儿她出来了我问问她什么情况。

滕鹏静静地听着，突然冒出一句，辛闻很漂亮啊，我没见过四十多岁还有她这么漂亮的，你以前追过她没有？她要是这段时间都在家，你不是正好可以陪陪她，反正你也没什么事。

牛山笑笑，不知道该怎么说，毕竟认识辛闻已经三十多年，其间只有最初三年是同学，然后很多年大家都没有联系，后来靠着网络大家恢复联系，也在恢复过程中妥善解决了此前长时间没有联系的问题，找到了合情合理的理由。但滕鹏的问题让牛山警觉起来，他叹了一口气对滕鹏说，陪陪她应该可以，就算我以后经常去万松市也不费事，但是我当时没喜欢过她，也没有追过她。她要是其他人就好了。

水花生之夜

哥哥已经喝多了，我们结束吧。一直不说话的程一宁收起整晚都挂在脸上的笑容，对着大伙儿宣布了一句。只是他此前的笑容太谦卑，偶尔发话也显得无力，韩飞瞪了他一眼说，我没喝多，大家这么多年第一次聚，应该多喝一点。就算你舅舅他们在这里，我也这么说。程雪莉笑着说，哥哥你还说没喝多呢，眼睛都红了。韩飞微微低头，像是打算把眼珠藏起来，又扭头叫服务员拿酒。服务员整晚都站在包间里，不忙的时候靠墙站立，和墙上的《向日葵》融为一体。听到喊声，她从画里走出来凑近说，韩总，您带的白酒喝完了，您看要不要在我们这里拿一瓶。几个妹妹弟弟连声说不要喝了，韩飞挥挥手说，再开一瓶红酒，喝完就结束。韩中天直了直身子说，那我们就再喝最后一瓶，哥哥我来负责送你，明年轮到我请客，今天送你就是为明年做准备了。他说着嘿嘿笑起来，韩飞也笑了笑，对服务员强调说，再拿一瓶刚才的红酒。服务员出门说了几句，又回来靠墙站着。随后就是等待，宽敞而温暖的包间里出现了一阵沉默，每个人都没什么好说的，每件挂在衣架上或椅背上的衣服也没什么好说的。他们之间的沉默已经持续了很多年，现在大家聚在一起，但沉默还在，似乎今晚的聚会不是兄弟姐妹们聚在一起迎接春节，而是沉默这个无所不能的怪物把大家召集到了一起。

宋楚楚想着提议大家一起敬宋楚江一杯，几次要开口都没有勇气。在等待最后一瓶酒的沉默中，韩飞一直看着宋楚楚，她红着脸说，你看我干什么？习惯了，韩飞说。其他几个弟弟妹妹笑而不语，宋楚楚清了清嗓子提议说，我们一起拍个照片吧。韩中天说，对对，要拍个照片，以后每年吃饭都要拍个照片。他招呼大家坐到沙发那边去，又大声对宋楚楚说，小妹姐姐，你就在中间坐下来吧，韩飞哥哥你最大，你坐在小妹姐姐旁边。弟弟中最小的周勇军站在人群外面，带着醉意问，为什么喊她小妹姐姐，这不是矛盾吗？韩飞妹妹韩榕也笑着问，这是怎么回事。宋楚楚说，不是因为有个哥哥嘛，你们两个太小了不清楚，韩飞他们几个，从小就跟着我哥哥一起喊我小妹，从来不喊我名字，后来发现我其实比他们大，就改喊小妹姐姐了。

大家笑着挤在沙发上，韩中天把手机递给服务员，请她帮忙拍照。长沙发前面是一个金碧辉煌的茶几，两边各有一个短沙发。韩飞让宋楚楚靠近一点，伸手搂住她的肩膀。宋楚楚左边是二姑妈的儿子程一宁和他老婆，韩飞右边是程一宁的妹妹程雪莉，她一个人过来的，老公留在老家照管饭店。小姑妈的大女儿周颖没来，她嫁到了南通，春节从来不回来。周颖弟弟周勇军和他老婆马艳坐在了程雪莉右边，又喊上韩榕站在旁边。韩中天走到对面看了看大伙，确认座次合理，满意地喊上自己老婆，坐到了程一宁夫妇左边。

韩飞冲着左边喊，一宁，让艾玛站到我跟楚楚中间来，今天要以她为核心。程一宁推了推女儿艾玛说，到伯伯那边去。艾玛欢欢喜喜地蹦过来，挤在韩飞和宋楚楚的中间，韩飞把左手搭在艾玛的肩膀上，宋楚楚也伸出右手搭在艾玛肩上，韩飞又把手放在宋楚楚的手背上，轻轻抓住她的手腕，两个人像一对夫妇在呵护自己的小孩。服务员后退几步，又往后退了两步，站到墙脚。韩飞问宋楚楚，你儿子回来过年吗？宋楚楚瞪了韩飞一眼，韩飞笑笑说，不能问啊。宋楚楚苦笑着说，他一般都在他爸爸那边，年后才过来住几天，每年时间都不一样，看他们那边办不办大事。

现在几年级了？

什么几年级了，都上初三了，大小伙子了。

哦，是的，上次见还是给韩雨办满月酒那次，都十年了，太快了。韩飞感叹着，对着镜头挤出笑容。十一个人连续喊了好几声茄子、耶、发财，服务员说了声好，大家放松下来。韩中天说，要不我们还是上桌吧，请服务员帮忙拍一段我们吃饭的视频。

大家纷纷起身回到各自的座位，韩中天从服务员手里拿过红酒直接倒进几个人的玻璃杯里。程一宁说，可惜周颖一家人没来，就缺他们了。韩榕笑着说，缺的人多呢，韩雨没来，我嫂子也没来。韩飞说，她本来就不想跟我们一起吃饭，今天有事情，更有理由不来了。韩榕带着尴尬说，哥哥你喝多了吧。韩飞说，喝多喝多了，我们再敬一下没有来的人吧，服务员，再拿一瓶红酒。几个人纷纷阻挡，但是韩飞像推开人群往外挤一样，大声强调一遍，一定要让服务员再拿酒。服务员看了看韩飞，没有动身，韩飞带着情绪说，快去快去，不然我给你们王总打电话了。服务员带着复杂的表情走了出去。程一宁说，哥哥要不我们休息吧，不喝了。韩飞摆摆手说，你们到那边休息去，我们几个再喝一点，小妹、勇军和韩中天几个能喝的留下来，其他人去打牌吧。几个人一边说着哥哥喝多了一边走向沙发那边，准备玩牌。韩榕有些犹豫，打牌她不会，喝酒她也不会，很想看大家打牌又不放心哥哥。

宋楚江突然站在门口冲着大家笑，每个人都看到了，七嘴八舌打着招呼。微笑寒暄铺成了一座桥，宋楚江走过它，来到韩飞跟前，拖开椅子坐下来说，韩飞我们两个喝一点吧，这么多年都没见了。韩飞非常兴奋，扭头对着房间的空白处喊道，服务员，把菜单拿过来！宋楚江说，菜不加了，主要是喝酒。韩飞坚持要加点什么，扭头对服务员说，刚才那个生煎包很好吃，再来一份吧，然后再拿一瓶白酒。

白酒拿过来后宋楚江没有推辞，带着微笑倒酒，笑容几乎要和酒一样落进酒杯里。他从小就笑容满面，加上长得英俊，韩飞一直觉得他像1983年那部《霍元甲》里的霍元甲。韩飞知道，这可能是误会，当时只有黑白电视，自己又只是见缝插针看几眼，印象深刻，但不真切。宋楚江似乎知道韩飞的想法，举着酒杯说，我们兄弟两个喝一杯吧，我们大概1983年就认识了。韩飞笑笑，扭头看看别人，似乎想说，你们看看，我们认识三十六年了，你们一个个都还没三十六岁呢。没有人理他，韩飞举起酒杯说，好多年不见了。宋楚江想了想说，十六年了，我是2003年走的。韩飞有些激动，干了一杯，又立刻倒上，把酒杯举到宋楚江眼前说，不止十六年，最起码二十年，之前那几年我回家很少，也没去找你玩。宋楚江哈哈笑笑说，你是我们这些人中间第一个读大学的，不找我也应该的。那几年你刚毕业，应该也比较忙吧。韩飞笑笑说，也还好，不算很忙，就是特别穷，不好再跟爸爸妈妈要钱了，上班也没什么钱，自己想办法。其实也没什么办法，有几个关系好的同学，跟他们轮流借钱，有时候借一两百，有时候借一两千，用一两千把之前一两百还掉，等不够了再借，差不多过了五六年才好起来。那段时间我在干什么一点都记不得了，宋楚江感慨一句，和韩飞碰杯，想了想又说，不过你到底还是不错的，越来越好了，现在又把大家都喊到一起聚一下，我做不到了。韩飞连忙打断说，哥哥你不要这么说，给你看看我们刚刚拍的照片，韩中天已经发在群里了。

宋楚江凑过来看照片，大概是角度的问题，他眼中的照片光线不太对，他笑着说，是不是没拍好啊，感觉除了艾玛你们都没照清楚，全部都虚了。

生煎包端了上来，韩飞连忙招呼宋楚江吃一个，非常好吃，刚才我连吃两个。宋楚江夹了一个往嘴里送，韩飞忽然说，小心汤，很烫。就在他说话间，一股浓稠的汤汁从宋楚江嘴边喷涌出来，朝他胸口溅去。宋楚江不为所动，继续往前俯身，一边吞咽一边给自己和韩飞倒酒，油腻滚烫的汤汁在宋楚江俯身的动作中消失了，似乎他的身体是一个漆黑的深洞。韩飞觉得喝得太快了，就摆摆手说，哥哥我们喝慢一点，我也不知道你到底能喝多少，以前好像没跟你好好喝过。宋楚江说，那时候我们都不喝酒啊，再说你到县城读高中我们见面就少了，也就是逢年过节聚半天，不像以前，有事没事就凑在一起玩，你骑自行车还是我教会的呢。

韩飞哈哈大笑起来，既得意自己一个多小时就学会了骑车，也是觉得当年好玩。我一直骑不过你，有好几次我跟在你后面拼命蹬，就是赶不上你，非常生气，回去还偷偷练习。记得有一次我们过了西湖的天桥就开始比赛，你还让我冲到前面去，突然又赶了上来，超过我了，我拼命骑，从万松开始赶，一直到陈塘都没赶上，后来还是你停下来等我，一起拐到程一宁家去玩。

宋楚江说，主要是我个子比你高，我初二的时候就一米七了，你到现在也没有一米七啊。韩飞点点头，若有所思，似乎脚下在用力蹬着自行车，要追赶宋楚江。他突然想起一件事，对正在满脸欢喜打牌的程一宁喊道，一宁恨不得我们每天都去他们家玩，我们去了，二姑妈会切盐水鸭给我们吃，一宁就能跟着吃，不然就吃不到。宋楚江说，吃不到，但是每天都看到，有时候还要帮忙去进货。两个人哈哈大笑起来，程一宁应该听到了，脸上露出满足的笑容，但没朝这边看，大概是手上的牌非常好。

宋楚江问，舅舅舅妈都还好吧？都还行吧，我爸爸几年前查出食道癌，不过发现得早，手术比较成功，也不需要化疗，明年满五年。我妈身体一直不是很好，也久病成医了。宋楚江点点头，没说什么。韩飞扭头对弟弟妹妹们喊，你们都过来敬敬楚江哥哥啊，他才是我们当中最大的，是真正的大哥。宋楚江连忙制止说，不要喊他们了，把我喝多了就不好了。

　　宋楚楚第一个走过来说，我敬你们两个吧，韩飞你其实比我小，但是从我记事开始，你们两个就是一起的，只要见面就黏在一起玩，害得我一直以为我有两个哥哥，你们也是的，一没有外人就欺负我。说着宋楚楚笑起来。韩飞心里说，都老了，笑起来看着很心酸。韩榕也走过来说，我也敬两位哥哥，我是你们当中最小的，本来不应该有我，我妈非要再生一个，耽误那么多年，我感觉你们都是叔叔伯伯一伙的，长大了才搞清楚是哥哥。宋楚江哈哈大笑起来，韩飞嗯嗯啊啊不知道该说什么。没有人再过来敬酒了，不然韩飞肯定要喝醉。宋楚江倒是若无其事，指了指桌子说，韩飞你吃点菜，不要一直喝酒啊。韩中天走过来，手搭在韩飞的肩膀上，低声对他说，哥哥，不早了，酒也喝得很多了，要不我们结束吧，他们回去差不多要一个小时呢。韩飞深吸一口气说，结束，明年再喝吧，韩中天你就不要送我了，我要跟楚江一起走走。

　　随着一阵挪椅子穿衣服的嘈杂声，大家像刚才拍照一样站起来，但没有在沙发上坐下，而是一一走出包间，往楼下停车场走去。

吃饭的"忘园"酒店在新区中央公园里面，出来就是公园的侧门，通向奥体大街，再上高速，奔向郊县和外省。大伙儿找到车，在接连不断的招呼声中纷纷关上车门。回老家那边还有一段路程，韩飞选在这里吃饭，也是不想他们穿过主城区。韩飞不要他们送自己，并且把每个人都打发走，包括一直在说要送他的韩中天。韩榕专门走过来对韩飞说，我又要回家听你老妈啰唆了，有没有对象啊？什么时候结婚啊？韩飞笑笑，挥挥手让她赶紧走。

宋楚江一直站在树林的阴影里，笑着看着这一切。最后一辆车在公园门口消失时，韩飞对宋楚江说，哥哥我们两个走走吧。

奥体大街每隔二十米就是一盏高悬的路灯，金黄色光芒铺满了整个路面，渗进每个缝隙，眼前是一片浮动的金黄色。宋楚江挺直了身体，走过来和韩飞并肩而行。韩飞才发现宋楚江比自己高很多，坐着看不出来，远远站在一边也不明显，现在感受很明显。他似乎离开了地面，飘浮在灯光之中，追逐忽明忽暗的灯光中最明亮的那一部分。

哥哥你还喝茶吗？韩飞一边走一边问，小时候我喝茶也是跟着你喝起来的，我爸爸他们都不给我喝茶。最开始几次，夜里睡不着觉，所以我失眠也是你教给我的。

宋楚江朗声笑着说，一直喝的，不喝茶觉得不踏实，而且越喝越浓。每次泡茶都提醒自己少放一点，很多事情都要少，话要少说，别人的事要少谈，吃东西要少，茶叶也要放少，但都做不到。韩飞不知道该怎么接话，两个人脚步很快，脚步声在深夜的喧嚣里显得非常沉痛。过了一会儿，宋楚江接着茶叶的话题说，其实最苦恼的事情，是别人送茶叶给我，很多根本不能喝，还欠人家一个人情。后来我订个一个规矩，就是不收任何人的茶叶，非要塞给我的话我就给其他人。但是这个规矩又不能公开说，只能遇到一个解释一次，告诉别人我很懂茶叶，你不要拿这个给我。有人还解释说，他这个好，正宗，我就告诉他，每个人都说自己的是最好的，是最正宗的，其实都不行，没有什么正宗的，所有名气大的茶叶全都是假的。

韩飞笑笑说，我不怎么喝茶，这些年主要喝咖啡。

喝咖啡好啊，对了，有一次遇到了你的同学马宝才，一聊才知道原来是一个地方的，他在推销咖啡机，几千上万一台，为了卖机器，就把咖啡说得天花乱坠，就像是包治百病一样。他说，他每次推销咖啡机都会遇到有人跟他谈茶叶，比较茶叶和咖啡哪个更好，说到最后他只有承认喝咖啡没有喝茶好，才能把咖啡机卖掉。宋楚江说着笑了起来，韩飞等宋楚江说完，感叹说，马宝才已经死了，还有孙国，两个人在学校门口那条路上飙车，以为夜里没什么人，开到了一百八，几个学生突然蹬着自行车从校门里冲出来，前面的马宝才猛打方向，连人带车从两棵树中间飞到了操场上，继续往前冲了三百多米，一直撞在旗杆的水泥底座上。孙国朝另外一边猛打方向，车子撞到路边工厂里的一大堆废钢筋上。

宋楚江没有悲伤的表情，脸上挂着似有似无的微笑继续往前走着，从后面驶过来的车辆让他前方闪过一道亮光，随后熄灭，另外一辆车又带来一次明暗交替。他突然叹口气，其实我记不得他们了，他们是你的同学，我记得跟着你到我家玩过几次，不是很熟悉，还有很多人，都记不得了。很多亲戚也记不得了，很长时间只跟父母打交道，连最亲的亲戚也会模模糊糊，可能是因为几年不见大家都老了，人开始和名字脱节了。韩飞说，也正常，刚才吃饭前，他们都有些生疏了，好像都有些怕我，喝了一壶酒才放松下来。

不过你的变化不大啊，韩飞打算岔开话头，宋楚江不等韩飞说完就抬高了声音问，不要总是说我了，你自己呢，这些年过得怎么样，你也不常回老家，但是每个人都看着你呢。韩飞有点不好意思，轻轻咳嗽了一下说，什么过得怎么样，最怕说这个问题了，哥哥你既然问了，我就好好说说吧。现在的生活就是四五条线索，梳理清楚了，好不好就一目了然了。宋楚江带着鼓励的眼光看着韩飞，这眼光和周围的灯光融为一体，似乎有更多的人和事鼓励韩飞说下去。

第一条线索就是工作，工作本质上就是不断有新的问题冒出来，每个人只能跟在后面不断调整，想要随心所欲是不可能的，尤其在我们这种单位。好在收入还可以，也有很少一部分事情自己是能把握的，只要慢慢推进总会有起色。但是工作是第一条线索，这本身也很有意思，好的一面是，毕竟工作是第一位，不是生病看病，不是穷，工作有时候还有一点希望。不好的就是，它排第一说明了我只能把它放在第一位，不能把家庭和儿女放在第一位，不能把自己享受放在第一位。宋楚江点点头，意思是懂了。

韩飞接着说，第二条线索就是韩雨，她上二年级了，小学还有五年，中学六年，还有十一年读大学，到时候这条线索肯定也就断了，可能还会提前，所以这条线索的性质是很快会结束，看起来很多年，其实是转眼的事，反正从她出生到现在就是转眼之间的事。第三条线索是父母，父母那边其实不要操心的，他们经济上问题不大，但确实都老了，一身毛病，不知道什么时候就出大事，然后就不在了。我能做的事就是等，让自己不要出问题，对他们报喜不报忧。我跟老婆关系虽然不太好，但是她父母也都七十岁了，我也只能等着。第四条线索是家，不管怎么样，家还是大事情，不然能去哪里呢？家里各种各样的事情多得很，最起码每天洗碗拖地洗衣服这些事都要我来做，有时候也会有情绪，不知道什么时候到头，但大部分时候我还是很喜欢的，特别是洗碗的时候，放着评书，慢慢弄，脑子里可以什么都不想，也可以好好想一些事情。

第五条线索才是自己的事，这个线索本来好像不应该单独当一条线索的，有工作又忙着家庭，哪有什么自己的日子，但我觉得人不能总是被别的事牵着跑，自己喜欢干的事还是要尽可能去做，这样既开心又不会去怪别人。当然这一条线索内容比较杂，特别是现在，有一部手机就能干很多事，看不完的电影电视剧，听不完的音乐和说书。不过我还是喜欢跟人一起玩，主要是打牌和踢球，最近四五年我开始玩野营，像我们小时候一样。天气好的时候，一周要外出一天，一般都是周五晚上，走的也不远，就在江北的山里，有时候也在紫金山里面。韩雨已经开始闹着跟我一起去，我想等她大一点再带上她。她妈妈也不让她去，说夜里进山就是和死人在一起。

韩飞说着，陷入了沉默，似乎发觉了其中的悖论，只能在韩雨长大后才能带她出去野营，而随着长大，她一定会和自己疏远的。

宋楚江问，就这么多？韩飞点点头说，够多了，每一件事展开说就没完没了的。宋楚江笑笑表示理解，问韩飞说，你小时候是最喜欢看书的，现在不看了？韩飞说，没时间。人人都说看书的好处，我当然也知道，但这一条确实最容易被放弃，也不觉得有什么可惜。

要注意身体，你这个年龄身体最容易出问题。宋楚江关心一句，只是声音很微弱，这个话题让他底气不足，不够自信。韩飞答应一声，又突然问，哥哥，你恨不恨你舅舅和姨妈他们？

你恨不恨我们？你有没有想过跟我们谁互相换一下？你有没有后悔生在大姑父家？你说大家都看着我，有没有想过你是我？韩飞一直问着，眼睛死死盯着宋楚江，但他眼前什么都没有，没有宋楚江，没有熟人，也没有答案。酒劲一点点上来，周围仿佛是小时候房前屋后和池塘里无处不在的水花生，黏稠密集，让他又恶心又恐惧。他加快脚步，夜色和灯光让熟悉的路蒙上了一层虚实难辨的色泽。有那么几分钟，韩飞想原路返回，顺着灯光围拢成的隧道，或者顺着黑色的河流般的路面往回走，似乎这样就能再遇到宋楚江，还有更多的人，大家聚在一起，完全不担心时间不够，不担心大家散开以后会怎么样。韩飞发现自己没有办法转身,最多回头看看,又被无形的力量扭回来,继续朝前走。

大家已经纷纷在手机上给他发消息报平安了,韩飞试着打字,他想写一句,我也快到家了,大家明年再聚,没来的人全都要来!但他的手指不听使唤,眼睛也看不清,总是写成"我也会和活的忽地的后记的惹的得到色"这种。韩飞叹口气,放弃了。

大约十五分钟后,韩飞像一棵从绿化带里脱身出来的树一样站在铁门前。他掏出感应钥匙开门,一声清脆的嘎嗒声之后,门松动了,韩飞伸手拽住铁门,缓缓往外拉。沉重的铁门让他深深叹了一口气,随着铁门缓缓张开,即将发生的事情也变得清清楚楚。韩飞可以看到自己挤进去,爬楼,身后的铁门会缓缓关上,在自己到二楼的时候传来和开门声相对应的一声咔嗒声。门完成了自己的一开一合,自己则继续往上,一直到六楼,拐角处有一辆女儿的自行车,现在已经嫌矮,放在过道上,既像是扔了,又像还在家里一样。天蓝色的自行车一天天在变暗,它提醒韩飞快到家了。

韩飞顺利到家,虽然眼前开始模糊,但瞪大眼睛还是可以强装镇定。他拿出两包袋装的红茶倒进玻璃杯里,虽然他知道这样很浪费,茶会很快变凉,像人去楼空后的残存品。老婆没有问他吃饭的情形,韩飞本想说点什么,想想算了,这些本身也不重要。但有件事还是要说,韩飞走过去告诉老婆,明天下午通信学院的曾教授邀请我们到他们的新校区去玩,晚上在学校吃饭,住学校的招待所,后天再回来。为什么！老婆反问。韩飞本想说，不为什么，你不想去我们就不去了，想了想又说，可以带韩雨去看看他们的通讯博物馆，应该很好玩。老婆不置可否，韩飞补充说，我之前给他们学院帮过一点忙，他一直邀请我去玩一次，我觉得还是去一趟比较好，曾教授会有面子，也让他觉得不欠我什么人情了。老婆突然扭过脸冲着女儿的房间大喊：你还不睡觉啊，明天一大早要上课你不知道，瞎混什么啊，去玩不去玩关你什么事，你这个样子还怎么带你出去玩，弱智！因为距离韩飞太近，虽然是斥责女儿，但每个字首先在韩飞的耳边炸裂开：你，还，不，睡，觉，啊，明，天，一，大，早，要，上，课，你，不，知，道，瞎，混，什，么，啊，去，玩，不，去，玩，关，你，什，么，事，你，这，个，样，子，还，怎，么，带，你，出，去，玩，弱，智……或许这么清晰的声响只存在一瞬间，转眼间每个字都因为急速飞翔而彼此碰撞起来，碰撞发出的声音和单独飞翔的声音又叠加为另外一种充满了质感和冲击力的声音，像一把枪连续扣动了几十次扳机，第二声枪响带着第一枪的回声，第三声枪响带着第二枪第一枪的回声，第四声枪响带着第三枪第二枪或许还有第一枪的回声，以及回声之间的碰撞交融。韩飞开始觉得窒息，像小时候很多次把头埋在水里一样，周围都是水草，尤其是密不透风的水花生，让他又恶心又恐惧。他端着茶杯走到书房里，仰面靠在转椅上，手机里放着评书，很快睡着了。

　　说是睡着，但人会继续往前走，韩飞翻山越岭，走到拆迁之前的老家，带着几分欣喜，看着房前屋后的水杉树、香樟树和银杏树，母亲在树木间走来走去，带着白手起家的悲壮和家业兴旺的自豪，韩飞犹豫要不要去喊她一声。这本来不是难事，喊一声妈妈，在很多年里都是脱口而出的事，但现在韩飞担心如果喊她，会让她从对未来的期待中跌落出来，开始对自己一味的关照说教，把自己纳入对未来不利的事物，像对待水花生一样。

作为一个有着相当程度洁癖的人，母亲一直不能容忍水花生的存在，起码不能出现在眼前，可水花生总是在院子里和大门前的水泥地缝隙里钻出来，稍不留意就蔓延开来，变成视野正中间绿油油的一片。它们低调无声，紧紧贴着地面，绝不昂起头，绝不发出声响，由此得以占据更多的地方。就算被发现了，被铲除了，它们的根还是牢牢扎在泥土里，在地下酝酿着更猛烈的生长。母亲非常厌恶水花生占据院子内外的地盘，厌恶它们从花草树木和蔬菜那里抢走营养，甚至厌恶它们不能作为食物出现在韩飞的童年之中。她长期和水花生搏斗，用尽了各种办法。但水花生一直除不尽，和心底的烦恼还有身体上的疾病一样时时出现，没完没了。母亲的办法也没完没了，喷洒各种可以买到的农药，铲干净茎叶之后往上面洒石灰，还有想办法连根拔起。只是水花生似乎有一种高人一筹的智慧，总能在承受诸多打击之后继续存活下去，在别人觉得稳操胜券的时候又复活过来。

后来母亲终于想到了一个办法，她决定拔起一批水花生，有一盆菜的量，然后像芦蒿、芹菜之类的一样炒着吃。如果水花生能吃，就肯定能被处理干净。有什么东西能经得起人吃呢，母亲这么说。韩飞觉得有些不可思议，他问母亲，如果能吃的话为什么别人不吃呢，肯定有人吃过的。母亲不以为然，坚信自己就是第一个吃水花生的人。在黄昏时分摇摇欲坠的光亮里，母亲洗干净一盆水花生，细细摘干净，旁边是两条新鲜的鲫鱼、一盘青椒，四个鸡蛋缩头缩脑地在远一点的地方。如果不是韩飞从学校回来，就没有那两条鱼，或者没有鸡蛋。韩飞一直劝说母亲不要，肯定不能吃，可能还让锅沾上怪味。母亲琢磨好一会儿说，应该加一点蒜头和葱，再配一点干辣椒，去去腥味。韩飞说要吃你自己吃，我不吃。母亲白了韩飞一眼，我多放一点油，看样子这个菜很费油。这不是菜！韩飞喊起来，转到院子里跟黑狗玩，不再理会母亲。

天暗了下来，厨房里昏暗的灯光让周围的夜色更为凝固和久远，桌子上放着三道菜，红烧鲫鱼、青椒炒鸡蛋和清炒水花生，韩飞厌恶地站在厨房门口，不愿意走近饭桌。在踌躇中，天色黑下来，残存的夕阳和广阔的苍白全都消失不见了，眼前只有灯光和灯光之外的漆黑一片。厨房门口突然出现了一个人影，大姑父走了进来，伴随着唉声叹气，既真切又刻意，刻意的叹息声在努力模仿真切的叹息声。大姑父说，我们实在没办法了，只能来找你们借钱，楚江的病越来越严重，再不送到南京住院就不行了。母亲用生硬的口吻说，求我们有什么用，我们已经借了那么多钱了，这样下去什么时候是个头儿？大姑父又叹气说，我也不知道什么时候是个头儿，我总不能不管吧。

你们的儿子你们管着就行了，我们外人能有多大办法。

大姑父叹口气说，不是外人，是你外甥。母亲激动地说，那也是韩四平的外甥，是韩二樱和韩五妹的侄子呢，你怎么不说。大姑父带着一丝笑容回答，他们都来了，我们一起议一下，楚江还要不要治病。他们都来了，我们一起商量一下吧，一起商量个结果。随着大姑父的重复，几个人从他身后走了出来，似乎本来就藏在他身体里，在需要的时候站了出来。二姑父程国庆的脸色很难看，眼睛嘴巴都往下坠，整个脸也因为五官的下拉显得很长，他冲着母亲点点头，走到八仙桌旁边，把长条凳从桌子底下抽出来放在四边，好像就要开饭了。小姑父周强宝和二姑父相反，满脸的笑容，傻乎乎的，让人误以为他什么事都不清不楚。小姑父一边坐下一边扭头对门外喊，你们找韩飞哥哥去玩，大人说话你们不要插嘴。在昏暗的灯光中，瘦小的周颖抱着一周岁的周勇军站在门口，怯生生地不敢进来。韩飞走过去，一只手把周勇军抱在手里，一只手拽着周颖说，进来啊，把他放到我房间去。周勇军突然哭起来，小姑妈大喊起来，哭什么哭，没奶喝啊，还是没给你吃饭！周颖瞪了妈妈一眼，低头跟着韩飞走到屋子里，像母亲一样把周勇军平放在韩飞的床上，轻轻拍打着裹在外面的抱被，哄他睡觉。韩飞看看专心哄弟弟的周颖，觉得自己帮不上什么，说了句你在这里陪你弟弟啊，就走出房间来到厨房里。

　　大人们已经落座，大姑父坐在当中的座位上，旁边是父亲，两个人都在吸烟。一边是二姑父二姑妈，一边是小姑父小姑妈。母亲说，韩四平呢，他们怎么不来，他老婆可以不来，他自己一定要来。父亲说，不管他了，他还在单位上夜班呢。母亲说，他最好能过来，省得过两天他又跑来说楚江多可怜，拐弯抹角让我们借钱给你们，自己一分钱不肯借，今天既然你们兄弟姐妹全都到了，他最好也来。父亲说，那我给他们厂里打个电话试试，不过就算他能来，从将军山那边赶过来也要两个小时。大姑父说，不用打电话了，他年龄最小，就不算了，我们几个说了算。

他年龄最小就不算了？他是三岁还是五岁，他儿子都好几岁了，怎么还说年龄小就算了！母亲愤怒起来，但这话似乎是冲着父亲喊的。父亲多年来对这个小弟弟一直照顾有加，很多事情已经超出了母亲的忍受范围，现在喊出来，似乎在发泄。父亲克制着情绪说，他就算现在过来，起码两个小时才能到，姐夫今天来得突然，韩四平确实来不了了，要不姐夫你们今天都回去吧，哪天等人到齐了再说，又不急几天时间。

父亲的语气让母亲缓和了一点，她看着三个姑父说，那现在是四家人，要是两家同意两家反对怎么办？大伙儿互相看看，发现母亲说的确实有道理。大姑父连忙说，大姐今天在家照顾楚江，那我们正好七个人，不是四家人，是七个人，不会有一样多的情况。

你们说呢，都说说看吧。大姑父又问大家。母亲说，你不算，你肯定要给楚江看病，这是明摆着的事情，你不能算。

大姑父抬高了语气说，我当然要给楚江看病，我要是不给他看病我就不来找你们了，我就不会把他们都请来了。难道我把你们都喊到一起，再走这么远路，就是为了不给楚江看病的?

母亲也抬高了语气说,你不能算,你明摆着是要给楚江看病的,一清二楚的,这样就不能算了,今天我们就是坐到桌子上,让大家说清楚哪些人想继续给楚江看病,哪些人不想,你一定是要继续给楚江看病的,就不能算了。

大姑父隐约觉得母亲的语气里有一些不确定的成分,再联想到以往的事情,带着疑惑说,那就剩你们六个人了,六个人怎么投票?他这么说,等于是答应自己可以不算。要不,就按照三家来算吧。大姑父又提议说,然后看着大伙儿,眼神里都是悲伤和期待。不等有谁附和,他又自言自语,不行不行,三家人太少了,两家反对就没办法了,还是按照六个人,要不再加上韩飞吧,韩飞已经读高中了,过两年肯定是大学生,他也算一个人了。

母亲坐到桌子边说,姐夫你这样就不厚道了,你让韩飞怎么选?他从小跟楚江一起长大的,难道他会选不给楚江看病了?你还是想尽办法给楚江看病,又非要我们一起跟你受罪。反过来说,韩飞确实懂事了,他也知道如果他这一票投了给楚江看病,对我们影响多大,我们家条件确实比你们几家好一点,但是也很有限,什么事都是我们承担最多,他也知道我们嘴上不说,心里也会怪他,你带上他是什么意思?大姑父带着哭腔说,我没有祸害韩飞的意思,你们不算我,那不管是一家一票还是一个人一票,都是双数,要么是四家人,要么是六个人,总归是双数啊。你们让我怎么办呢?父亲插话说,既然是投票,韩四平就不能不来,再晚也要来,不管他们是一家人一票,还是两个人分开来投，都要说清楚，省得以后说闲话。大姑父说，他今天不是来不了吗，说是下次人齐了再看，人要是不齐怎么办？要是躲着我怎么办？你们让我怎么办呢？

随便你怎么办！你倾家荡产我们觉得没有问题，你马上就把药停了我们也不会怪你的，医生都说了没有希望了。只要你不要把我们扯进来，不要把两个妹妹扯进来。韩五妹嘴笨不会说话，你觉得她愿意？你看看周颖，一到开学就到我们家来借钱交学费，现在又有了小勇军，你指望他们借多少钱给你？一千还是一万？管什么用！

母亲最后几句声音虽然小，但确实是咆哮，她自己也陷入了悲伤之中，似乎楚江的肝病长在韩飞身上，而自己已经倾家荡产。她指着桌子说，我们也没办法啊，你看看我们，连水花生都吃了。韩飞，过来吃饭！韩飞挤到饭桌边坐下来，夹起水花生，一股苦味腥味混合的味道扑面而来，旁边是大姑父身上发出的酒味和特有的苦味，几种味道以久别重逢的热情混合在一起，韩飞几乎要吐出来。大姑父盯着韩飞看，母亲端起这盘水花生戳到大姑父眼前说，你看看，你看看，是不是水花生，我们连水花生都吃，再借钱给你看病，我们的日子有谁管呢？每个人都沉默不语，每一个人和母亲一样，心里想着不要看病了，但没人敢说。他们只是沉默，似乎沉默代表赞同，而开口说话表示不赞同母亲。

母亲喘口气，突然间换了温柔的语气说，楚江的病治不好的，每个人都说不要再往里面扔钱了，响都不会响一声。只不过姐夫你现在要我们投票来决定的话，我就告诉你，我会投继续看。你们都觉得我会反对，我就投继续看病给你们看看，我只是把道理说清楚，选哪一个，是另外的道理。她说着，把手里的一盘水花生放回到自己眼前的桌面上，放在双臂之间，似乎保护这盘菜。大家都有些茫然，都一起看着大姑父。大姑父的五官纠结在一起，脸上已经没有任何表情，眼神涣散。韩飞举着一筷子的水花生，没有地方放回去，更不想放进嘴里，刺鼻的腥味难以忍受，他把筷子连同水花生往桌子中央一丢说，我选择不看病，死了就死了吧，活着也是受罪。说完他站起来，朝厨房外走去，漆黑幽深的夜色让他吓了一跳，只得小心地朝旁边走几步远，背靠在粗粝的砖墙上，抬头看着前方接近纯粹的漆黑，似乎哥哥楚江已经化身黑暗，并随同更多更浓厚的黑暗一起朝眼前逼近，他眼角的余光望向两米外的门，温和的灯光让他觉得踏实了一点点。

　　厨房里，在所有人沉默了足够长的时间后，大姑父站起来朗声说：算了，我不找你们了，反正我死了也要让楚江活下去！然后他微微挺拔一下朝外面走去，其他人立刻站起来，唉声叹气地跟在后面，走到大姑父身体里面去了。父亲也跟着站起来，他要送大姑父一下。出门看到韩飞时，他低吼了一句，回去！

　　母亲望着几个背影消失在厨房门外，长出一口气。她伸手快速地摸了一下眼泪，对韩飞吼道：你快吃啊！韩飞把水花生塞进嘴里嚼起来。他怎么也咽不下去，感觉嘴里塞进了一个村子那么多的土，陌生和恶心的味道让他呼吸困难。

龙虾之夜

表弟成尚龙从去年夏天开始约我见面，累计六次。第一次是在一个深夜突然发消息给我说：哥哥，哪天回来，找你聊聊人生，认真的。从小到大三十多年，他从没这样说过话。我带着惊诧和不屑把这条消息给删了，没理他。第二次还是消息，似乎是对上一次的修正，成尚龙没有提人生，而是说，哥哥，螃蟹上市了，哪天带侄女儿回来吃螃蟹。我的考虑是，上次没有理会，这次也不能因为有了螃蟹就忙不迭地答应，干脆就当两次都没看到吧。第三次是电话，他在电话里问我，哥哥，国庆节回来吗？我当时刚下高铁，拎着沉重的行李朝地铁方向走，有气无力地说，现在也不知道啊，等定下来我告诉你吧。他也听到了周围的嘈杂声，说了两句就挂了。国庆节我匆匆回家，早出晚归，就没和成尚龙说，父母倒真的买了螃蟹招待他们的宝贝孙女。闲谈中我得知，成尚龙把原来的小饭店盘出去，开了一家很大的饭店，饭店名字也从"皮村土菜馆"变成了"过云楼"。我忍不住笑了，我们这里由一个破落的小镇和一个巨大无比、生机勃勃的拆迁安置小区组成，一切事物在这里都有特定的名称。如果名称突兀，它就不属于这里。我问父母尚龙哪里来的钱，他们相视而笑，母亲朗声说，他要和王翼结婚，当然有钱了。我不喜欢母亲这种幸灾乐祸的表情，但提到王翼，似乎人人都是这样。

成尚龙联系我三次后是长时间的沉默，一直到今年四月，他似乎意识到还没有和我聊人生，又发了一条消息说：哥哥，哪天回来，找你聊聊人生。这个消息里他没有用认真二字，大概他觉得如此反复邀约，自然就是认真的了。我回答说，最近不回去啊。没过几天，他又发消息说，哥哥，哪天回来，找你聊聊人生，一年过去了你还没空啊。我用语音回复说，傻逼，人生有什么聊的！随后觉得自己太粗暴了，就打字补充一句，我哪能聊什么人生啊，你到底有什么事？但他没有回复我，可能生气了。他生气我倒挺高兴的，因为多年来他从不生气，就知道傻笑，有的时候我们没完没了地调侃他，他也不气，让我们失去了斗嘴的乐趣，变得纯粹是面目可憎了。这是他第五次约我，我觉得不会有下文了，可没几天他又在酒后电话我说，哥哥，哪天回来啊，我们一起喝一点，就在我的新店"过云楼"。听筒里传来他得意的笑声，还隐约有酒味，让我想速战速决，于是大声回复，没问题，五一放假我回去找你。他开心地说，那太好了，龙虾上市了，我们研制了几种全新口味的龙虾，哥哥你要回来点评一下。然后他介绍起来，为了保持悬念，我把手机拿到半空中，让自己听不见他说话，等了几秒后我对着手机大喊，不说了，我在跑步呢，放假我去找你。

我觉得确实要回去一次了，这个世上除了成尚龙根本没有人会约我这么多次。当时我确实是在跑步，接电话非常破坏节奏，于是就停下来走走，希望走一阵之后再产生跑起来的愿望。夜晚的操场陌生而深邃，白天里再熟悉不过的跑道和操场，还有人影，在断断续续的灯光下变得含糊不清，甚至有几分神秘带来的恐怖。很多时候我觉得可以这样一直跑下去，不必理会所有烦恼，还隐隐期待天一直不会亮。

几天后我回到郊县的老家，直接打车到"过云楼"。王翼和成尚龙站在明亮的玻璃门前等我，后面是灯火通明的饭店大堂。饭店正门气度非凡，像某个机关。灯光落在他们身上，让王翼显得年轻时尚，而成尚龙则像一道阴影。王翼穿着深蓝色牛仔裤和花边白衬衫，小肚子上露出一截雪白的皮肤，手上夹着一根烟，不仅不像饭店的女老板，更和整个小镇的环境格格不入。联想到她经历的事，她和所有的地方都格格不入，简直可以称她为格格。成尚龙虽然也是黑皮鞋、条纹衬衫和花格子领带，但我看到他就想到他小时候光屁股的样子，衣不蔽体。两人往前几步跟我招呼，把我带进饭店。玻璃门拉开的那一刻，我被喧哗声吓了一跳，声浪在热腾腾的食物和顾客中旋转穿梭并且朝大门的缝隙狠狠扑来，我感觉一阵无形的压力，隐约担心自己也成了食材。我们在二楼最里面的包间坐下来，王翼一边招呼服务员开窗通风，一边点着烟说，老同学，请你吃顿饭不容易啊。

我笑着说，还喊老同学，喊我哥哥才对吧，弟妹。

但是我比你大啊，王翼用撒娇的口吻说。这似乎也不是撒娇，没有女人会用撒娇的语气来强调自己年龄大。我又说，那你也得喊我哥哥啊，尚龙是我弟弟，他太像弟弟了，我说什么他都听。

我就看不惯你们几个一直欺负尚龙，现在又开始欺负我了。尚龙跟我说过，这么多年你们一直对他呼来唤去的，他根本不像弟弟，像个服务员。我扭头看着在一边憋笑的尚龙说，我们什么时候拿你当服务员的，最多拿你当跟班啊。说着我哈哈大笑起来。尚龙也跟着笑。他笑起来显得非常苍老，而老了的他和姑妈很像，姑妈和我父亲很像，我跟我父亲几乎一个模子刻出来的。看着尚龙苍老的脸上绽放出连绵的笑容，我突然有些伤心。

你们就是觉得尚龙老实就欺负他，王翼感慨，又扭头对尚龙说，让他们上菜吧。

我非常奇怪，问他们，就我们三个人？他们几个呢？王翼完全没有理会我的问题，强调说，就我们三个，你来尝尝我们新推出的龙虾，都是我们精心研制的，你每个都要点评一下！大概为了转移弟弟妹妹不来的话题，她语气突然兴奋起来，最后几个字音调陡然拉高。一个服务员似乎站在门后面等着这个指令，话音未落他就一脚踢开门，手上优雅地举着一个托盘，托盘上是几个铝制饭盒，鲜红的龙虾从里面撑出来。

王翼说，饭盒看着亲切吧？我诚恳地说，太亲切了。初中时，我们每天都要用这种铝制饭盒装一把米带到学校去蒸。蒸饭的过程充满意外，初中三年我至少拿到过十次几乎没有水的米饭，或者近似于稀饭的米饭。我还记得几个同学掀开饭盒那一瞬间的失望、委屈或者愤怒的样子。服务员把饭盒排在饭桌上，一共六个盒子，每个饭盒里放六只龙虾，六六大顺。我打量一下，确实很精致。王翼说，我用这个饭盒，就是为了怀旧，另外还有一个目的是饭盒装不了多少龙虾，但可以多放几个饭盒，多几种口味，如果有人特别喜欢哪种口味可以单独再来一大份。

不等我表示赞许，王翼提高了声音说，我来给你介绍吧，每种味道都很独特，保证你以前没吃过，连听都没听说过！我被她高亢的声音吓了一跳，对着服务员说，帮忙先来一瓶啤酒啊，冰的。成尚龙追到门口督促服务员，又转身对我和王翼说，哥哥你先坐一会儿，我出去招呼一下，街道的几个朋友碰巧在旁边吃饭，楼下还有我几个同学。王翼挥挥手，又转身，面对龙虾，做了个深呼吸的动作。

第一种龙虾就让我很吃惊，苦瓜汁煨龙虾。龙虾身上依稀还有烂熟的苦瓜纤维，夹起来后可以看到浑浊的苦瓜汁往下滴。我掰开一个龙虾，把尾巴里的肉整个塞进嘴里，先是苦，苦得发抖，然后随着苦味消失、肉香味显现，一切似乎都回到正轨了。王翼说，怎么样，这个我每次都推荐客人先吃，先吃苦的，后面的就会更好吃了，这个苦的也是暂时的。我灌了一口啤酒，嗯嗯啊啊算是回应。王翼说，这个苦瓜汁煨龙虾我是当作招牌菜的，苦瓜清火解热，龙虾也是寒性的，这道菜就是清火降燥的菜，应该多吃一点,不然大鱼大肉的太腻味了。我开始吃第二只,同时问她,怎么会想到苦瓜的呢?平时吃的也不多啊。王翼激动地说,是的,其实小时候吃的最多的不是苦瓜,是青菜黄瓜西红柿,还有豇豆韭菜青椒那些。我说我吃的最多的是空心菜,我妈妈把它叫蕹菜,那些年一到暑假就每天都吃,叶子烧汤,菜梗切碎了炒着吃,吃了不知道多少。王翼笑笑说,我这些年在国外,就会突然想吃这些菜,特别是大铁锅炒出来的那种味道。我试过好几种蔬菜和龙虾配,但还是苦瓜最好。我每次都劝人点一份,苦味是最健康的。

我问她,这道菜叫什么名字,是不是叫苦尽甘来?王翼笑着说,可以叫这个名字,现在还是叫苦瓜煨龙虾,很有烟火味,苦尽甘来太像那种不好吃的时尚餐厅的菜名。

你还很懂吃饭的心理,我表扬一句。王翼说,我这点分寸还是知道的,我就是特别喜欢跟人推荐这道菜,我自己也喜欢苦的东西,绿茶,苦丁茶,咖啡,算是我一个毛病吧。说到这里王翼笑了起来,我不动声色地把之前的两个虾头也吃了,作为贫穷家庭长大的人,我这么多年吃龙虾从未抛弃虾头。但是虾头因为夹杂了更多的苦瓜汁,实在太苦,我几乎吐出来,心情也非常不好,喝了一大杯酒又叹一口气对王翼说,这个虾子太恶毒了。

她有些错愕,我解释说,你捣鼓出这个龙虾,而且把它放在第一位,心里想的是不是我吃过的苦你们也要一起跟着吃,凭什么你们什么苦都不吃,是不是这个用意?王翼有点错愕,看看左右,似乎被围观,但确实只有我们两个人。她定定神说，我没有这么狭隘。我哼了一声。她又说，我也没有这么深的心机，不然我也不会吃这么多苦了。

我打断她的话说，不要总是说你吃苦什么的，谁活着不苦呢？上次尚龙给我打电话的时候我在跑步，你知道我为什么跑步吗？王翼表示说不知道。我说，我离婚了，一个人搬出来住了，就在单位旁边租了一个小房子，晚上没事做，只能去跑步，跑步好处很多，一是不去想一些事情，二是跑累了有种赎罪的感觉，大家都没有什么信仰，但跑步有点这个意思。王翼说，你为什么离婚？我苦笑一声说，你不要跟尚龙他们说，更不要跟我姑父姑妈他们说，到现在为止这件事我们这边没有一个人知道。为什么离婚你肯定懂的，就是日子过不下去了，觉得每一件事都让人痛苦，不过要一个爆发的机会，年初的时候，我好不容易找到朋友把一所学校的校长请出来吃饭，看看能不能让小牛去他们学校。当时约的是周六晚上吃饭，我五点左右应该出门，结果我老婆一直忙工作不回来，小孩没人带。我这边急着要出门，她那边说再等等，很快回来，小孩又闹个不停，我实在是没忍住，狠狠打了他一巴掌，整个人被我打飞起来栽倒在床上，然后我就出门了，去求校长解决小牛上学的事情，但那几个小时我一直不知道小牛怎么样了，是被我直接打死了，还是打残了，还是昏过去了，或者其他什么情况。我看了一下时间，出门时是五点十分，一直到七点半，我才接到我老婆的电话，说小牛一直靠在墙脚哭，说我狠狠打了他，她怒不可遏，要我马上回来说清楚，我说我在争取小牛上学的事情，我回去的话这事是不是就算了。她大概是真的生气了，让我马上回去，不要管请的客人了，但我还是吃完饭才回去，毕竟小牛也没什么事。回去之后我们就闹，闹的结果，就是离婚。

王翼脸上有些夸张的神情，想表示同情，也想表示不信。我一说完她就问，如果你把小牛打死了怎么办？你也不看看是死是活就出门了？如果你把他打死了，你找人帮他解决上学又有什么意思呢？她一口气问出几个问题，我剥龙虾，喝酒，任她问。她继续说，你是不是知道其实不会打死他？但是小孩很容易出意外的，撞到哪里磕到哪里都很容易受伤，你真的不担心？你是不是非常担心，所以赶紧离开现场，请人吃饭也是弥补自己的过错？但是你应该能想到这样打小牛的后果啊？她问得很急迫，我故意慢慢地说，这件事也确实是意外，但打了小牛之后我发现这个机会正好可以一拍两散，我就是不想过了，你也能理解的，两个人如果差距太大，在一起过日子确实很痛苦。你不要跟他们说啊，我一个字还没有跟我父母说，等办了离婚证再正式跟他们说吧，反正能拖就拖。王翼一面答应，一面露出一点点不屑，嘴角动了几下，似乎在说，这些事有什么不能说的呢？或者对我的人品产生了极大的怀疑和鄙夷。

我擦擦手说，不说我了，第二个什么味道啊？王翼把一个饭盒推到我面前说，冰镇威士忌龙虾，现在流行冰镇花雕龙虾，但我觉得黄酒太平淡了，有的基本没什么味道，还是威士忌过瘾。很多人从来没喝过威士忌，第一口都觉得很怪，这也就是我的目的，要吃点奇奇怪怪的东西，太按部就班了怎么对得起短短几十年时间呢。

所以你死活要出国？我附和一句。

在我真正出国之前，我已经准备了好几年了，你们都不知道。

我觉得不止吧，我觉得你自从发现跟我们这些人是同学之后，就开始着手准备了，你肯定想，跟这些人一起混一辈子，怎么对得起短短几十年时间呢。说完我笑起来，王翼没有笑，似乎在寻找自己多年前内心活动的真相。我剥了一个龙虾，这次从头开始吃的，头部蘸的威士忌肯定更多。

口感确实很怪，有点恶心，但这份恶心也意味着丰富。我说，不错，不错，你搞这个威士忌龙虾，也算是怀念在美国的日子吧。

王翼说，还有日本，日本的威士忌也不错的。我表示赞同，其实我基本不懂。王翼说，这个龙虾很受欢迎，你知道为什么吗？因为很多人都要一点份来表示他们是了解威士忌的。

嗯，他们表示他们不土，你想到在美国和日本的日子，都很好。

王翼和我碰了杯酒，指着第三个饭盒说，这个龙虾辣得要命，是你弟弟捣鼓的，我觉得就是为了放纵。

野山椒花椒泡龙虾，仔细看可以看到饭盒下面浅浅的一层汤汁，微微泛黄，透露出一种蓄势待发的凶悍。我夹了一只在汤汁里滚了下，然后放到嘴里，熟悉又让人兴奋的辣味纷涌而来，让人想把龙虾都吐掉，更让人想大口咀嚼。

确实是过瘾，如果吃得够多，那就非常过瘾。王翼说，我本来不太同意做这个龙虾，辣的菜太多了，但后来我也想明白了，既然这么多，就说明大家很喜欢，都需要这个刺激，哪怕原来的味道都没有了也要足够辣，吃的就是刺激，刺激到一定程度可能会分泌什么物质吧，就像内啡肽那些。生活不容易，这道菜就当调剂了，不要那么讲究。

我心想，话都被你说完了，嘴上说，对，吃东西和性生活很像，也要长时间高频率的刺激，一直吃，一直刺激到出现高潮，很多特色菜就是这个作用。王翼有点不自在，连忙说，我在国外有时候会突然想吃一样东西，比如雪里蕻炒肉丝、鲫鱼汤、丝瓜炒蛋、方便面，还有炕山芋，还有董糖切糕那些过年时拿出来的吃的东西，可能就是突然觉得过得比较辛苦，要用小时候经常吃的东西来缓和一下，但最后全都是靠吃辣来解决的。这个辣龙虾应该可以让大部分人都吃得过瘾，过瘾了就没什么别的多想的了。

我没有在国外的经历，只知道一些拌饭酱广为流传，就附和两句，然后指着黏糊糊的那份问，那这个呢？王翼说，这个也是和辣的一样，过瘾用的。这个是酸甜，用红糖熬的汁，里面有柠檬汁和青桔汁，还有龙眼，又酸又甜，小孩子都很喜欢吃。

成尚龙走进来，坐下，冲着我眯起眼睛笑起来，似乎问我吃得怎么样。我没理他，问王翼，这个是不是你弄出来，和野山椒花椒泡龙虾互相平衡一下的？我只是随口一问，但王翼很激动地说，就是为了平衡，一桌菜本身就是要平衡，不能像那种特色餐馆什么的，只有一个味道，酸菜鱼烧鸡公什么的，我是过了很多年才知道平衡的重要，以前就知道往前冲，一定要达到目标，头破血流也不怕，后来发现这样不行……我端起酒杯和成尚龙碰杯，王翼生生停住，也举杯和我们一起。这时成尚龙的电话响了，他抱歉一句又往外走，身姿笔直。我觉得他一直在等着这个电话，电话里有某种使命。

王翼把第五盒龙虾推到我眼前说，这个龙虾比较简单粗暴，叫茅台龙虾，醉虾的做法，酒用的是茅台，也很受欢迎。

真的茅台？

是的，就是茅台，等于一口菜一口酒。

我也不知道该说什么，也没吃这个龙虾。王翼说，我也是受到启发才弄出这个的，有次几位有头有脸的人在这里吃饭，非要我过去敬酒。彭涛你还记得吧，以前那么老实巴交的人，现在有职位了，讨厌得不得了，色眯眯的。他吃饭就是一大群人请他，当时他喝多了，拎起一只清水龙虾要吃，手一抖掉进分酒器里了，我开玩笑说可能更好吃，他真的掏出来，吃了，说确实可以，就是度数太高了。

我说彭涛我当然记得，但也真的有二十来年没见过了。

彭涛现在一喝酒就放肆，自己吃了个醉虾，还故意拿一只在酒壶里涮了一下让我吃，手上对我不干不净的。我吃了，确实不错，就想着做这么一个口味了。

我对彭涛实在无话可说，几乎想不起他的样子了，就换了话题说：这个龙虾单独一份卖多少钱啊？茅台那么贵，你不会用别的酒替代吧。

就用真的茅台，只放在这个六种口味的系列里，我们也不单独卖。有人要来一份，我就让他们自己拿茅台了，我们加工，这样就没有人真的愿意了。这个龙虾很考验人，能看出经济能力。

不至于这么复杂吧，就是图个新鲜，我觉得不会好吃的。两个好吃的东西加在一起也可能就是咽不下去。

我也不是为了好吃，就是让人震惊。何仁杰就经常这么吃，我觉得他是第一次来被我将住了，为了找回面子，就连续几次专门带酒来让我们做一人份茅台龙虾，他这种做生意的丢什么都不能丢面子。看得出来王翼和何仁杰非常熟悉，大概是这么多年一直保持联系的少数老同学之一。

我和何仁杰这些年一直厮混在一起，每次遇到经济上困难的时刻我都会跟他借钱，但每次都按时还，倒也友谊长存。我觉得似乎不宜和王翼聊这些事，就问她，那你把人震惊了，用什么来平衡呢？这个吗？我指着最后一份龙虾问。她笑笑说，就算是吧，这个是野茶干煸龙虾，野茶都是在姑塘、荒村那边的山里采的，我喝过几次，回甘明显，烤出来的龙虾有一股青草的香味，还有一点点土腥味，没有人说不好。

你一介绍用附近山里的茶叶做的，人人就都会说好的，没人敢当众说自己家乡不好。

你还是很聪明啊，王翼说。我说，聪明有什么用，还不是过得一塌糊涂。说着我又要了一瓶啤酒，又问成尚龙去哪里了，但不管是服务员还是王翼都不太在意尚龙在哪里。

王翼问我，你觉得这些龙虾味道怎么样？我说，都还行，但最好把味道都减淡一点，苦瓜哪个太苦了，威士忌可以少一点，茅台也少一点，辣的那个最好分两三个档次，红糖那个我不爱吃，没看法，茶叶那个不错，说到最后，还是土生土长的东西最好吃，你们做得也好。

王翼有些不悦，但还是笑着。

但是有个很大的问题啊，我第一次吃，你一个个给我介绍，这个顺序是你安排的，我吃起来觉得也很不错。但是你想想，六个盒上来，大家不可能按照你的顺序，都是哪个近就拿哪个，这就风险很大了。很有可能最爱吃辣的第一个拿到了红糖了，印象分下了就特别低，或者不能喝酒的人拿到了茅台那个，说不定会非常不高兴。

王翼点点头说，是的，要在对的时候吃对的东西。

哪有什么对的时候，你刚才的顺序只是一种可能。说着，我努力回忆中学数学，又用手机算了一下说，六种口味的龙虾有720种排列组合，你说吃到你刚才顺序的概率有多大？

这么多啊，我数学不好。王翼自嘲地说。

所以吃的东西搞创新，风险太大了，你搞出这么多花样，还是和以前一样非常爱折腾，当然可能也是你觉得生意好了，可以拿点菜出来搞搞噱头了，但每个龙虾的味道都很冲，而且都是外面学来的，说明你还是不想在这里待啊。

王翼字正腔圆地说，你为什么不说是我从外面带来的呢，我也不会再走了。我沉默下来，不说话，我们从小学就开始做同学，或者幼儿园就是了，但真正认识算是初中，某天她惨叫一声，饭盒里的饭只剩下几粒米，我和同村的赵志明一人分了几筷子饭给她，从那以后就算好朋友了。中学六年我们都是同学，大学后大家分开，那是2000年，其后的二十年大家没什么联系，但不断有她的消息传来，美国、加拿大、日本，半个地球都有她的消息，结婚离婚，所有消息加起来给人一种翻天覆地的感觉，还有一种她的身体被反复蹂躏摧残的想象。我怎么也想不到她如今和表弟成尚龙结婚了。成尚龙这也是第三次结婚，两个人在这一点上是般配的。成尚龙从未离开这个郊县的小镇，就像王翼之前从未回来，两个人这方面是互补的。看来，成尚龙此前不断约我聊人生，既有他个人的困惑，可能也有王翼的建议，从聊人生这种措辞上也能看得出来是她的主意。他们结婚想必遇到了很大的非议，从我父母的表情上能看得出来，两人都有找我做外援的想法。只是，我让他们失望了。

王翼还陷在顺序的困扰之中，突然说，要不这样吧，我给这些龙虾规定好顺序，让服务员讲解。说完，她没问我意见，站起来转身出去了，回来时她上身的白衬衫换成了浅蓝色的，见我看着她，就笑着说，天热了，饭店油烟味有点大，我每天要换三四件衬衫。

那你还是太特殊了，除了你和新娘，没有人一个晚上换这么多衣服。我笑着说。王翼突然脸红了，罕见地沉默下来，伸手抓起龙虾剥着吃了起来，汁水弄脏了手腕，她好像也不在意。我说，你看，你第一口吃的就是你面前的，是茅台口味的吧，是不是很呛？而且这六道龙虾里有两种酒泡出来的，你还不如弄一个醉虾系列呢，各种酒都泡泡，光洋酒就有很多种，说不定也很好吃。王翼没说什么，看上去像是就要哭出来了，或者刚刚哭过。

我变本加厉地说，反正你如果要让我打分的话，这六种龙虾只能算及格，苦瓜汁和野茶叶两种很好，甜的辣的及格，两个酒的不及格，整体就是及格。你们做的也就是及格，我很怀疑厨师根本不想鸟你，由你瞎闹。

王翼斜着看我一眼，目光里有愤怒也有一点怀旧，大概我的话和说话的语气让她想到了多年前的某个时刻。

我说你也真是的，搞什么龙虾呢，四五月份才上市，九月份就下市了。再说，你没发现吗，很多人在酒桌上都会觉得自己是个人物，哪里肯动手剥龙虾呢？

你说的对，我要把它们剥好再端上来，王翼一脸怪笑说，我还要再想几种出来。

我手机响了，站到窗口接了起来，顺手掏出一根烟抽了起来。外面是一条废弃的省道，新的在我们的身后，一新一旧两条路虽然平行，但一边在壮大另一边却在坍塌。电话打了二十分钟，我一直在听取老同学滕鹏关于小孩上学的建议，让我去找谁找谁。王翼中途出去了一次，在我通话结束时回来，坐在那里看手机。我挂了电话对王翼说，这次你出去没换衬衫啊。

她白了我一眼。我笑笑说，你也别折腾龙虾了，没事可以去跑步啊，教你一个方法，我以前总是想着跑多少圈多少米，多了就会觉得有成就感，但现在我完全不想，感觉一下自己可以跑多少分钟，然后定个闹钟就开始跑，慢慢跑，根本不去管跑了多远，只要跑起来就可以，事实上慢跑对身体也是最好的。

王翼有些兴趣，问我一般跑多久。每天时间都不一样，最短的是半小时；一般在四十分钟到一小时，这个是最多的；但也有九十分钟、一百二十分钟的；还有几次，一小时跑完了感觉太好了，就又跑了一个小时，反正有时间。

这附近没有正式的操场，不过如果酒店打烊了我也可以在开发区的马路上跑，九点钟之后外面就没什么人了。

就是，你还可以开车去江边，顺着沿江大道跑，不管你跑多远都要再跑回来拿车啊。

成尚龙又回来了，我站起来说，吃好了，尚龙你带我去你家看看啊，然后我回去了。你家指的是他父母家、我姑父姑母家。他对王翼交代几句后，和我一起穿过酒气熏天的大厅朝外面走去，人去桌空的饭店很像战场，有类似的残骸和同样刺鼻的气味。走出"过云楼"就是一个商业街，一半的店铺都已经关门了，还开灯的店铺也在陆续关门，灯一盏盏熄灭，街道正在从都市退隐到村庄。

我们在明暗相间的长街上走着，街道尽头是一个教堂，走过十字路口就是一个硕大的安置小区，我的父母、成尚龙的父母全都在这里。尚龙带着歉意解释说，哥哥我晚上没陪你，实在走不开，不然陪你好好喝几杯。我说没事，你之前一直没说想和王翼结婚，我和赵志明以前跟她关系可好了，以后我们经常来喝酒。

你们聊得还可以吧？成尚龙问。我说，还行吧，她一直在说那几道龙虾，其实做得都很好，但是你以后要注意一下，让她说龙虾就说龙虾，不要说她自己的事，也不要把龙虾和以前的扯到一起，你觉得那些个胡吃海喝的人谁在乎她以前的事呢？成尚龙点点头，咂了咂嘴，这时我手机响了，小牛在那边冲我喊，爸爸你在哪里？我说在你爷爷奶奶家这边，他问，那你什么时候回来？我说大概一个小时后打车出发，路上要一个小时，大概两个小时后到你跟前，你看看现在几点了。现在八点整，你回来要十点，那我可能已经睡着了。小牛说到这里声音低了下来，我安慰说，那你正常睡觉，我到了在你门上轻轻敲三下，咚咚咚三下，你醒了就告诉我，我讲故事给你听，你要是睡着了那就睡着了。他很开心，答应了。

把儿子打晕这件事是我编的，算是一次创作，当然，说成是某种可能也可以。王翼对我说了那么多，拿出了最得意的龙虾，我也要有所回馈，这份回馈既要和龙虾配得上，也要让她觉得自己那点事也没什么。我只是想告诉她：怜我世人，忧患实多。

成尚龙一直看着我，眼睛笑得眯成一道缝。我挂了电话后问，你找我聊人生，就是聊你们的事吧，我哪有资格聊。如把我们全喊到一起投票，我肯定投赞成票，只有这点本事了。

没等成尚龙说什么，我接着说，你和王翼最好抓紧生个小孩，结婚不结婚反而不重要了，有小孩她会安心一点，不会满世界跑了，你最担心的就是这件事吧？成尚龙点点头，冲着眼前灯光灿烂的十字路口叹了一口气说，我想要她也不一定能生了。我们过马路吧，这么晚就不管红绿灯了。

饱食之夜

韩晓燕要请许祥吃饭，陈尚龙不同意，为此两个人在其他事情上吵了好几次，最后陈尚龙同意了。韩晓燕打算准备一份礼物，陈尚龙认为毫无必要，为此两个人又开始了敌视和冷战。最后，陈尚龙还是同意了，韩晓燕却买了一支五百多块钱的煤气打火机，不仅便宜，而且有一种会议纪念品的气息。陈尚龙一直想说什么，知道没有用就忍住没说。似乎是作为对礼物微薄的一种弥补，韩晓燕坚持把请客的地点放在许祥家附近的"哥伦布环球美食海鲜特色自助餐"，晚餐每位三百九十八元，四个人就是一千六，再单点酒水的话，势必会超过两千块。在陈尚龙看来，事情反了，应该买一个两三千的礼物，吃饭随便找个地方，四个人两三百块就足够了。而陈尚龙真正的意见是，根本不需要请许祥，自己跟他是大学同学，十多年的好朋友，给自己解决小孩上幼儿园的事本来就是无需多言的。自己可以请客，但应该是一个不正经的理由或兴致所至，再喊上一大堆同学，而不是两家四口人正襟危坐。

见面坐下之后，陈尚龙和许祥胡扯起来，嘻嘻哈哈说一些其他老同学的现状和笑话。陈尚龙感慨:"难得啊,你周六晚上居然没有应酬。"许祥解释说,其实事情总是有的,不过自己推掉了,总不能不休息吧。两个女人,韩晓燕和许祥的老婆王小融,把各自的包稳妥地放好后,毫无过渡就说起小孩的事情。两家的小孩今年九月份都上幼儿园了,她们的话题就是每天送去之后小孩都会哭,小孩上学多么不适应,自己多么舍不得,作业好复杂,又是画画又是冲洗照片的。四个人的谈话在喧嚣的餐厅里显得再寻常不过,是吵吵闹闹的一部分。一个热闹而明亮的餐厅又是夜晚的一部分,身在其中的人足以忘记自己身在何时何地。

"我们单独点几瓶啤酒吧。"陈尚龙趁着韩晓燕和王小融去取菜的时候说。许祥笑眯眯地答应了:"不等韩晓燕他们回来一起问问?"

"妈的不等了,服务员!"

服务员拿来了四瓶冰镇科罗拉和四个敞口玻璃杯,陈尚龙迫不及待地倒满,也不管许祥。许祥倒上,举着杯子对陈尚龙说:"狗日的,恭喜,你家小孩上的幼儿园比我们的还好。"

"你是嫌远不愿意去那里啊,不过幼儿园还是近一点好。"

许祥点头称是,两个人干了一大杯,陈尚龙立刻倒上,许祥说:"你慢一点喝,这个地方喝啤酒太奢侈了。"

"这个啤酒多少钱一瓶?很贵吧?"许祥又问。

"二十五块。我怎么也想不到到这种弱智的地方来吃饭。"陈尚龙带着嘲讽的笑容看看周围,和许祥相视一笑,瞥见韩晓燕和王小融端着碟子往卡座这边走来,就收起了笑容扭回头。

"你们喝啤酒了啊!"韩晓燕大声说了一句,不像疑问也不像肯定,只是声音很大。这种大声听上去既像强调也像质问,让人不安。

"不好意思韩主任,我有点嘴馋哈哈哈。"许祥连声说。

"吃饭哪有不喝酒的。"陈尚龙说。

韩晓燕沉默了一小会儿,又和王小融聊起二胎的事情,无非就是生有生的好处也有难处,不生有不生的道理也有缺陷。转眼间陈尚龙和许祥就要把两个小瓶装的啤酒喝完了,韩晓燕扫了一眼两个男人,陡然站起来朝餐厅门口的吧台走去。回来时她说:"我给你们叫了一瓶白酒,吃饭不喝酒确实没有氛围。不喝啤酒了,胀肚子,什么好吃的也吃不了啦。"

许祥说:"韩主任你也喝一点,王小融你就不要喝了。"

王小融笑着说:"我本来就不能喝啊,我负责吃吧。"

穿着燕尾服但满脸街头打手气息的服务员,昂首挺胸地拿着一个硕大的冰桶走过来,一瓶茅台斜插在冰桶里,韩晓燕说:"许书记,我知道你喜欢喝冰白酒,特地关照服务员放在冰桶里。"

许祥连声感谢,似乎受到了莫大的关照,或者韩晓燕吃了多大的辛苦。王小融说:"还是少喝点吧。哪有你这种喝法,冰的白酒太伤胃了。"

许祥敲了敲桌子说:"跟你说过很多次了,不要说什么冰的不能吃不能喝,这些都是中医的说法,人家外国人从小就喝冰水,好像也没有什么问题。只有信中医的人才相信冰的东西不能喝……"

陈尚龙站起来说:"我去拿点下酒菜啊,刚才看到有现烤的驴肉。"

陈尚龙转了一圈,端了一堆鸡爪鸭脖驴肉之类的回来,韩晓燕抱怨他为什么不多拿点三文鱼、生蚝、海参,陈尚龙说:"下酒!"然后和许祥碰杯,许祥则敬陈尚龙韩晓燕夫妇,三个人慢慢喝起来,王小融自觉自愿地多跑几趟给他们端菜,不断给他们推荐一些好吃的,像极了服务员。只是和服务员相比,王小融过于艳丽和丰满了,无论是她的艳丽还是她的丰满,都不符合服务员这一职业。

四个人突然走过来,热情洋溢地和许祥打招呼。他们举着酒杯,满脸通红,似乎遇到许祥是莫大的荣幸。一个人说:"许书记,我们早就看到你了,正想过来跟你敬一杯饮料,突然又看到你喝酒了,我们也不得不带着酒来敬你啊。"

许祥连声致谢,嘟嘟囔囔说了一大堆抱歉的话,又把陈尚龙和韩晓燕介绍给这几个人。他把正在评副教授的陈尚龙称作陈教授,几个人呼呼啦啦地一道跟陈尚龙喝了一大杯,当许祥介绍韩晓燕是财政局办公室主任时,几个人陡然热情不少,一一敬韩晓燕,韩晓燕招架不住,几次说一起喝一起喝,对方就是不答应,四个人坚持一一敬酒,韩晓燕每次都抿一口意思一下,其中两个人嫌韩晓燕酒下得太少,非要她喝多一点,喝一大口,许祥不得不帮忙解围，引发了一阵阵欢笑。四个人又和许祥一起喝了一杯，王小融取菜回来，许祥介绍说："这是我夫人。"四个人又立刻加酒，敬书记和夫人，王小融用胡萝卜汁代替，许祥则满面笑容地干了一大口。

四个人倒退着离开了，弯腰，撅着屁股同时挥手致意，许祥也不断点头，嘴里说着好好好，直到几个人拐弯看不见。韩晓燕也在一边挥手和微笑，陈尚龙独自喝了好几口酒，中途没有吃菜，茫然地看着周围。

许祥心情不错，微笑着说："小融，有劳你帮我们弄一点热汤吧，饮料不解渴，还是浓汤好……"

韩晓燕抢着说："还是我去吧，不能总是让小融跑来跑去的。"

王小融轻轻按了一下韩晓燕的肩膀说："你也喝酒了，还是我去拿菜吧，我多走走，就当消化消化。"

"韩主任你就让她去吧，她这么胖，除了拿菜也没有什么运动了。"

王小融红着脸去拿菜了。韩晓燕问许祥："许书记，你说我们朱局这次有没有可能升副区长，马小畅会当上局长吗？"

许祥笑而不语，陈尚龙大声说："你们知不知道，曹飞虎又离婚了，这个狗日的！"

许祥问怎么回事，连韩晓燕也觉得好奇。陈尚龙一边挥舞着烤羊腿骨一边唉声叹气地说："这个鸟人真的太神奇了，他在大钟亭那里开了一家高档饭店，会所那种，都是他老婆吴红在张罗。吴红是总经理，她不是特别外向特别活泼吗,只要有客人来吃饭,她都会过去敬酒,也是为了跟客人混熟一点,多做做回头生意。每天晚上都喝很多,一来二去她跟一个人成了好朋友,这个人好像是哪家银行的一个老总,然后两个人就在一起了,曹飞虎知道的时候他们已经好半年了,曹飞虎还是听一桌人在议论才无意中知道的。回家立刻检查吴红手机,一查全是证据,曹飞虎不干了,要离婚。吴红也干脆,承认是自己的问题,和对方无关。她也答应了离婚,还搞出了一个说法,叫离婚不离家……"

"这是什么狗屁说法!"许祥怒冲冲地说,为同学打抱不平的同时威严外露。陈尚龙则嘿嘿嘿一阵大笑,表情极其享受,简直有些猥琐。

"吴红是他第二个老婆吧?"韩晓燕问。

"是啊,是第二个,吴红比他小十岁,本来做保险,最初就是想卖保险给曹飞虎,曹飞虎大概也是因为家里闹得有点吃不消,就跟吴红多说了一些话,单独吃过几次饭,吴红就每天跟着曹飞虎后面混,曹飞虎老实,招架不住,再加上他第一个老婆程一芳一直不能生孩子,跟他母亲关系非常僵,曹飞虎被吴红搞定之后,非常坚决地跟程一芳离婚了。吴红很快生了个儿子,这一下,程一芳不能生孩子的事就等于坐实了,曹飞虎也不觉得有什么内疚。因为做过几年保险,吴红认为开饭店会有老关系能用得上,就搞出了那个高端的会所餐厅。"

"曹飞虎确实老实,吴红就是欺负老实人,都搞出事情了还一点都不防备,当真以为曹飞虎不存在吗?"

王小融看看许祥，没说什么。韩晓燕笑着问："许书记你的意思是搞出事情可以，但是要防备一下？"

"那你说有什么办法呢？"许祥笑眯眯地说，王小融又起身去拿菜。陈尚龙没理会这些，径直往下说："最绝的还是最近，程一芳离婚后一直没有结婚，也没有男人，一个人在栖霞那边上班，跟曹飞虎姐姐一直都有联系，经常说吴红坏话，说曹飞虎只要回心转意自己随时可以复婚。现在曹飞虎真的答应复婚了，程一芳又是曹飞虎老婆了。"

韩晓燕"啊"了一声，无法理解为什么会有这样的女人。王小融回来后，也默默听着陈尚龙在反反复复地讲述和感叹，一脸惊诧和惋惜。许祥没有感慨，皱着眉头说："曹飞虎和吴红离婚，儿子归谁呢，如果归他，程一芳不能生孩子也就不是问题了，整个事情就成了找吴红生个小孩，然后又没吴红什么事了，怎么这么奇怪？"

"你意思是这件事有问题？"

"当然有问题，程一芳不应该一直跟曹飞虎姐姐说吴红的坏话，更不该说什么可以随时复婚，既然离婚了，就是被抛弃了，为什么还要留恋这些呢。曹飞虎也是不对，吴红出事情，他自己就没有责任吗？跟客人喝酒这种事怎么能让吴红一个女人去张罗呢，而且就算跟吴红离婚了，也不能马上就跟程一芳复婚啊，哪怕一直单身，也不能因为程一芳说可以复婚就复婚，以前的事就都一笔勾销了？"

韩晓燕还是一脸茫然，陈尚龙举着酒杯说："干一杯，为曹飞虎有勇气复婚干一杯！还是熟悉的味道，这真的挺有勇气。"

许祥尴尬地笑笑，声音很大，碰了一下杯喝了一大口。放下杯子后他扭头对韩晓燕说："韩主任，你问我朱局的事，我只能大概说一下。你是弟妹我才说的，不过不能外传。朱局肯定会动一下，但未必是我们这里，可能去其他区，或者新区。马小畅是一三年年底提的副处，到现在还不满三年，时间有些短，他提拔问题不大，但是不大可能向你们传的那样直接任局长，可能还要换个部门再历练两三年。"

韩晓燕还想说什么，许祥扭头对陈尚龙说："要不要我们哪天去曹飞虎的饭店坐坐，跟他聊聊。"

"饭店转手了，曹飞虎不愿意搞，吴红没脸搞，老客都知道了她的事，不少人可能还觉得可以跟吴红发生点事情呢。"陈尚龙叹息说。

"你怎么知道的？"韩晓燕问陈尚龙。

"我跟曹飞虎单独吃过好几次饭了，都是在我们食堂，他离我们学校不就是一站地铁吗？他说吴红非常后悔，哭得一塌糊涂，特别是一看到很多人对她动手动脚和各种暗示，就明白自己在他们心目中已经是非常随便的人了。"

"那个什么老总不要她了，两个人就是玩玩？"韩晓燕问。

"他们出事之后还这样聊天？"见陈尚龙没有回答韩晓燕的话，许祥就问出了自己的疑惑，"那他们应该不至于离婚啊。"

"吴红坚决离婚，说自己对不起曹飞虎，而曹飞虎又架不住姐姐和妈妈的撺掇，已经跟程一芳复婚了。"

"那吴红可能就是苦肉计失败了！"许祥轻声而笃定地说了一句，一脸坏笑。

韩晓燕又问许祥："许书记，你看我是去街道，还是去哪个部门比较好，办公室的事情太累了，我觉得我都不像个女人了。"

许祥沉思了一会儿，笑笑说："以你自己的意见为主，也以李书记的安排为主吧，我毕竟不分管你们，跟你又有这层关系，只能找机会建议一下。"

"我觉得教育局可以，马上小陈要上小学了……"

"服务员，再拿一瓶酒！"陈尚龙冲不远处一位已经有了疲态的服务员喊道。

"还要一瓶白酒？你们两个喝不完啊。"韩晓燕带着明确的反对说。

"那就再来四瓶啤酒吧，弟妹我今天放肆了，不过白酒真的不能喝了，还是来点冰啤酒舒服。"许祥对已经走到面前的服务员说。

"各位领导，你们这桌的单已经买过了，是丁总他们买的。"服务员说，"还要加啤酒吗？"

"那就来八瓶！"陈尚龙用不容置疑的口吻说，省下一笔钱用于挥霍的兴奋溢于言表。韩晓燕看看陈尚龙，又对着服务员说："那就先来一箱吧，你们喝啤酒的架势我知道，这么小的瓶子实在不够你们喝的。"

"还是少喝一点吧，老许最近身体都喝坏了。"王小融带着几分羞怯说道，似乎她只是这么一说，听不听完全不重要。

许祥摸了摸王小融的脑袋说:"我会注意,跟老陈喝酒又不会有任务,难得兄弟之间喝点酒,不喝到尽兴对不起平时的苦日子。"

"不要老许老陈的,妈的,有那么老吗?"陈尚龙把杯中最后一大口白酒干了,等啤酒。王小融只得笑笑,韩晓燕则一脸严肃,忧心忡忡的样子。

他们继续聊曹飞虎,陈尚龙说:"曹飞虎最大的问题就是什么事都听他妈妈的,老人家的思维比较简单,以前她认为,不能生小孩的儿媳妇就应该离婚,现在她的态度是,有了小孩后的曹飞虎,再找媳妇就应该找熟人。"

几个人哈哈大笑,连一直心不在焉的王小融也觉得陈尚龙说得很好玩,而许祥和陈尚龙则一杯一杯地遥祝以往的同学,当时班上一共十九个人,他们每提及一人就干一杯,很快干完了一箱,又叫了第二箱。

第二箱还剩五六瓶时,陈尚龙突然趴在桌子上睡着了。这时已经是夜里九点多,偌大的餐厅里只剩下四五桌,服务员也大多找个地方坐下来休息,到处都杯盘狼藉,菜台上的菜所剩无几,原本高档大气且充满异域风情的自助餐厅有些凄惶破败,不像人间——人间怎么会有自助餐厅这种事物呢。自助餐制造幻觉,无论低级还是高级。低级的自助餐给你一种赚到了的幻觉,为此你不得不吃下比正常需求多出数倍的来历不明的食物;高级的自助餐给你一种你很牛的感觉,哪怕你在心痛那一大笔钱,但面对日常生活里不常见的食材你还是要平静地咀嚼。无论高级低级,吃自助餐的人都面目狰狞,有一种原始人在草原上撕咬的凶残。在遥远的年代，胃足够大而食物缺乏，因此狰狞。现在则是，胃早已经不够大可很多食物还没有吃到，这同样是一种匮乏，同样需要狰狞地对待。因为狰狞，每个人都那么地投入，胃、牙齿和眼睛都在全力以赴，或许还有表情，要调节出一种不为所动、我比你高级的表情。这种全力以赴的回报是满足感。金钱、地位、声誉和自由，一切的不足都在这里得到了满足。自助餐是一种补偿机制，而所谓美食这件事，是当代社会最为强大的维稳系统。

但这里确实是人间，一桌十多个大学生模样的人正在兴奋不已地吃着，说话聊天只是为了喘一口气，他们一股誓要吃回来的狠劲——不是吃到价值三百九十八元的食物，而是吃掉超过三百九十八元的食材，年轻人就是狠。另一个桌子边围坐着四五个彪形大汉，正在狼吞虎咽，他们来得晚，大概是到本地参加会议培训，抽空出来解馋。还有一对情侣模样的人正在一个角落里慢条斯理地吃着，不断互相凝视，只有凝视才能产生感情，而他们的感情在食物的烘托下更为香浓了。

韩晓燕没有急于叫醒陈尚龙，而是端起一直剩在那里的白酒敬许祥说："许书记，真的谢谢你，一直不好意思开口，不过真的要谢谢你。"

"我和陈尚龙不分彼此，你说谢谢我也心领了，不过以后千万不要再说了。"

"小孩的事情解决了，我也安心工作，不过办公室的事情确实是太琐碎了……"

"你去教育局应该没问题的,不过还是时间问题,那边刚刚调整,强行安排有些不妥。你有没有考虑过旅游局、宗教局之类的,或者政协?"

"许书记你跟尚龙不分彼此,那我也直说了。我想去教育局主要就因为他们也在大院里办公,环境熟悉,另外也是为小陈上学考虑。"

"小陈不要担心吧,再过几年我们应该都还在这边。"

陈尚龙突然醒了,举起酒杯狠狠喝一大口,突然骂起曹飞虎来,骂得有些不堪入耳,随着他的辱骂,眼前的酒和食物似乎都蒙羞了,肮脏起来。许祥不得不阻止说:"陈尚龙,你跟曹飞虎的关系也就那么回事,怎么这么生气呢?"

"我就是越想越生气,一个人怎么能这么傻呢?每一件事情都傻!我一想到他的表情就想骂死他。"

许祥有点想笑,又不得不劝阻。但他意识到,如果劝陈尚龙不要管别人,不要因为别人的蠢事生气,那么接下来的话,或者说潜台词就是,好好管管你自己吧,这又是非常不妥当的,会刺激到陈尚龙。简直不知道说什么才好,只有喝酒。陈尚龙休息之后酒兴很浓,剩下的几瓶啤酒很快被他喝光了,下酒菜就是曹飞虎,他几乎是每喝一杯酒就大骂一通。字面意思翻来覆去就那么一点点,但陈尚龙骂得太频繁,以至于曹飞虎变得生动起来,似乎就在眼前,俯首低眉地接受批评和辱骂。而在许祥看来,陈尚龙几乎成了曹飞虎,正在自己骂自己,不这样就过不去。

陈尚龙借着酒劲大声起来,怒吼着:"曹飞虎,妈的,你真是一个呆逼啊，这么多年一点长进都没有！"

服务员带着疲惫的表情走过来，严肃地对陈尚龙说："先生，那边两位客人希望您小声一点，也请求您文明一点，不要影响他们用餐。"

不等许祥等人说话，陈尚龙抢着问道："他们的意思是他们的意思，你们的意思呢，你们是什么意思？"

服务员完全没有想到会被这样问，支支吾吾地说不上来。

"你们就没有意见吗？哈哈哈……"陈尚龙大笑起来，笑声里没有脏话，但是声音比刚才任何一句话都要大，似乎笼罩了所有的食物，让人不得不甩甩上面的笑声才能把食物咽下去。两个刚刚还狼吞虎咽的大汉走了过来，一张口却是本地方言，用极为难听的措辞冲着陈尚龙大喊，夹杂着脏话，让他闭嘴。陈尚龙也火了，几乎把酒杯砸在桌子上，对着两个壮汉喊："你们喊什么，你们喊什么，你们有素质吗？"

"素质"一词恶毒无比，大汉之一冲过来要打陈尚龙，许祥不得不伸手阻拦，大汉被生生拽住了，错愕地看着瘦瘦高高的许祥，隐约感受到了壮硕的肌肉。许祥在扬州挂职过两年，两年里的几乎每一个晚上许祥都会健身，以缓解领导干部常见的应酬可能导致的发胖发福和诸多疾病，结果他练出了一身肌肉，让他去扮演一个会金钟罩铁布衫的高手也没有问题。另一个没有动手的大汉转身对他们那一桌招手，意思是过来帮忙。可还没有等到他的信息传递过去，韩晓燕就走到了他的跟前，仰头看着他，笑容可掬地劝他不要生气。她解释说:"他喝多了,不受控制,人喝多了不都是这样的吗,而且有的人还会发疯,找人打架,这样的人你跟他计较什么呢,要打你也打不过他,因为喝醉了力气会变得很大,就算你打死他他也不觉得有什么,反正跟他计较就是输了,真的不如不管这种醉鬼呢,你说是不是啊……"

壮汉对韩晓燕的出现猝不及防,对韩晓燕的话更是感到茫然。每句话都很对,可他就是觉得不对劲,哪里不对劲自己也说不上来,面对笑容可掬、气质不凡的韩晓燕,壮汉发现自己几十年白活了,一句话也憋不出来。就这样,一个壮汉和许祥对峙着,两个人默不作声地盯着对方,另一个壮汉低头看着韩晓燕,目光从雪白的脖颈处一直游走到脑门,可除了看,他整个人是空白的,韩晓燕还在那里说着,一刻不停,像一台运转良好的机器。

不远处的同伴们不知道发生了什么,见两个人都被定住似的,就大喊道:"阿西,快回来啊,再吃一会儿我们走了……""老顾,快回来啊,待在那边干什么事?"

两个壮汉木然地离开了,背影魁梧而失败。陈尚龙还在那里骂曹飞虎:"你真是混蛋啊,什么事都听你父母的,那你为什么不黏在你妈妈身上一辈子不下来呢,饿了就喝点奶,这样多好啊。"王小融噗哧一声笑出来,许祥说:"陈尚龙,求你了,别骂曹飞虎了,搞得我觉得曹飞虎在我面前飞来飞去的一样!"

"我没骂曹飞虎,我骂曹飞虎妈妈,什么事都要管曹飞虎,把曹飞虎生下来就是给你管的吗,那你为什么不生一条狗出来呢!"

韩晓燕走到陈尚龙面前说:"你说够了没有,你喝醉了你知不知道,没有酒量就不要喝,你看看你现在的死样子,你看看你自己!"她越说越愤怒,掏出手机打算把陈尚龙的叫骂录下来,许祥拦住了韩晓燕,冲她使劲使眼色。陈尚龙大约是有些羞愧,歪倒在椅子上不作声了,目光呆滞,全身瘫软下来。

王小融打量了一下餐厅,那群年轻人正在排队离开,一支漫长的队伍正在通往餐厅门口,跌入黑夜深处。那几个壮汉发出哄笑,不知道是他们谁说了笑话还是嘲笑这边的陈尚龙,那一对情侣已经并排坐到了一起,女的靠在男的肩膀上,男的捏起暗红色的樱桃,转动着往女的嘴里垂下去,又迟迟不送到嘴里,最多在女孩的嘴唇上撞击一下。王小融对许祥说:"要不我们也一起去我父母家住吧,让陈尚龙他们住我们那里,这样就不要韩晓燕费神把陈尚龙弄回家了。"

韩晓燕连忙说:"不麻烦你们了,我们开车来的,许书记帮忙把陈尚龙扶上车就可以了。"

"那你到了之后不还是要一个人弄陈尚龙,他醉成这个样子你怎么能弄得动呢。就住我们家吧,我们现在经常住在王小融父母家,许天龙也住在那边,这边的房子要卖,收拾得差不多了,跟宾馆差不多。"

韩晓燕没有坚持,只是看着陈尚龙,希望他站出来拒绝一下。不过陈尚龙实在是没办法站起来,他坐在那里,没有睡着,也没有说话,更像失魂落魄,只剩下一副躯壳。许祥转身去找老板,把意思说清楚并且给了两百块钱后,两个服务员懒洋洋地跟着他走了过来,一边一个,把骨瘦如柴的陈尚龙轻轻松松架了起来往外面走去,许祥几个人尾随其后,一支队伍形成了,因为陈尚龙死气沉沉地被架着走,队伍像一支溃败的队伍,正在转移到他们不得不去的地方。

拐了几个弯,七八分钟后就到了许祥家。这是一套位于一楼的三室一厅,因为正在出售,里面已经逐渐失去了生活的痕迹。家具都在,但许久没人碰了,从卧室到厨房,干净整洁同时蒙着一层灰,也散发着一丝丝霉味。床上没有被子,许祥打开衣橱,翻出了一个厚厚的毯子说:"天气不冷不热,有这床毯子应该够了。"

韩晓燕嗯嗯啊啊说不上话来,一切听从许祥安排。王小融似乎为了彰显女主人的权威,大声告诉韩晓燕,洗手间的镜子后面有全新的牙刷,衣柜里有几条没有用过的毛巾,拖鞋在进门的柜子里,都是干净的。但是王小融没有提到睡衣、护肤品、卸妆水以及其他私人用品,在她看来,这是一次意外,不必太讲究了,何况第二天一早,陈尚龙酒醒之后就可以回家。韩晓燕唯唯诺诺地听着,不断致谢而且手足无措。直到许祥和王小融离开时,韩晓燕才突然恢复了精神气,一个劲地让他们路上小心,她对许祥说:"多谢许书记啊,你路上小心,你也喝了不少酒。"不等许祥回答,韩晓燕就对王小融说:"小融你路上多费神照顾一下许书记,他也喝了不少酒。"随即又对许祥交替说着谢谢、小心,还交代王小融费心。如此两头吩咐,一遍又一遍,在她的吩咐声中许祥王小融离开了,不见了,韩晓燕还在嘱咐,余音不绝。

陈尚龙却醒了,在许祥家里来回走着,一边打着饱嗝一边打量着房子,不断地说:"不错啊,我好几年没来这里了,现在看这个房子还是不错的,户型很合理,院子也很大……"

"你快点睡觉吧,不要啰唆了!"韩晓燕不客气地说。

"许祥他们回去了?"陈尚龙有点明知故问,随即说,"回去就回去吧,王小融父母家就在哥伦布美食城旁边,从这边过去十分钟就到了,许祥经常吹牛说丈母娘煮一锅汤送到他们家还是热的……"

"不仅他们两个房子近,上班不也近啊,从这绕出去就是单位了。你看看我,每天上班要走多远。"

"那我们把这个房子买下来……"

"你有钱买吗,你也不看看你有多少钱!"韩晓燕恶狠狠地说。陈尚龙似乎为了掩饰尴尬,越发煞有介事地打量起房子来。此前他来过两次,一次是许天龙出生时,几个同学过来看望,一次是王小融带着许天龙去澳大利亚旅游,许祥纠结了一帮人到家里喝酒打牌看球。第 次时间短促,房间里充满了手术后的酒精气息,大家来了就走,不忍多打扰。第二次时间不短,只是大家很快都喝晕了。直到此刻,陈尚龙才得以仔细观察这套房子的诸多细节,可此时这里已经没有多少生活气息了,整套房子有种不真实的感觉,太空荡,灰尘就要接管这里了。可以围坐六个人的餐桌上空空如也,暗红色的油漆可以倒映出人脸,客厅里巨大的电视屏幕像一面黑色的镜子,把一切都往它的内部吸纳,让人不敢直视。陈尚龙不断唠叨说:"客厅很好,又大又有窗户……院子也很大,两个房间都能通,小孩肯定很喜欢。换成我,我就把中间的房间改成客厅,把客厅改成一个大书房……"

"你要那么大书房干什么?你以为你和赵志明一样是大作家吗?你没事喝那么多干什么,我住在这里,连换洗的衣服都没带!"

陈尚龙继续观察着房子:"不过户型还是太老了一点,主卧连卫生间都没有。用屏风把餐厅客厅隔开有点不伦不类,换成我就用一个柜子,上面可以放东西。"

"你为什么一直怪曹飞虎,骂他骂得那么难听,曹飞虎的事跟你有什么关系?"韩晓燕突然问道。

"没有关系,什么事跟我都没有关系!"

"你说这话什么意思?我们住那么远,每天上班我开车都要一个小时,这也跟你没有关系?你一周就去学校三天,你是无所谓远不远的。你背对着我干什么,你就打算一直这样啊!"

韩晓燕喊了起来,陈尚龙转过身,有点胆怯地说:"我不是背对着你,我为什么要背对着你,我还不如走远一点呢,你看不到我就舒服了是不是。我在看墙上的印子,这里本来应该是挂一张书法的,写的应该是'映阶碧草自春色,隔叶黄鹂空好音'。好像是师范大学书法系主任写的……"

"就你有文化,我连睡衣都没带,怎么办呢。我喝酒了，要不我们代驾回去吧？"

"这边的学区一般，房子价格上不去，这么老的房子最多卖两万五一平米，这个房子一百一十，两百七十多万吧。"

"你不要算了，反正你也买不起，总不能又跟他们要钱吧。刚才应该在超市买一条内裤的。"

"买不买有什么关系，超市的太便宜了吧，你愿意穿吗？"

"你什么意思？什么买不买没有关系，你说房子还是说内裤？"韩晓燕走到陈尚龙面前厉声问道。

"你不就是想说我无能吗？我不无能我会跟你结婚吗？"

"你终于说实话了！"韩晓燕突然抽泣起来，"这么多年你一直看不起我，是不是？"

"我去买内裤，超市要是关门了我就回家去拿。"

韩晓燕没有阻拦陈尚龙，任由他从自己身边挤了出去。她看到陈尚龙的表情有些扭曲，脸上因为酒和比自己年轻几岁的缘故，显得通红粉嫩。她有点想给许祥打个电话，告诉他自己真的想去教育局，不想去其他部门，也不想在现在的单位再待下去了，自从自己的前夫马小畅调过来成了副局长之后，自己就有些不堪忍受。一是别人的风言风语，凡事都要扯上自己之前极短的婚姻；二是马小畅的态度，对自己极为严厉乃至刻薄，很多次甚至因为材料或者接待的事当众呵斥自己。这些事没有办法跟陈尚龙说，唯一能说的大概只有许祥了。

许祥到家之后，和儿子许天龙说了两句话，睡前故事不可能了，道声晚安而已。许天龙迷迷糊糊地被吵醒，带着哭腔重复了两句"我要去海边""我要去海边堆沙子"，就歪过去继续睡了。许祥带着几分醉意对王小融说："你跟儿子睡吧，我睡沙发。"

王小融说："你喝得还好吧，要不就一起睡吧。"

许祥坚持睡沙发，说这是规矩，喝酒之后必须睡沙发，同时开始收拾，很快就躺倒在沙发上了。王小融还在自己的脸上身上忙个不停。以往睡前，许祥都会例行嘲笑王小融太麻烦，每晚都要花将近一个小时收拾自己，首先是卸妆，似乎是把脸上的这些个器官一一拿下来清洗一样，然后面膜，整张脸又消失在一片白茫茫之中，然后在胳膊大腿上涂保湿水，像一位辛苦的农民弯腰驼背去够自己的农具，但无法抑制住往外、往更深邃的空间里流淌的肥肉让王小融不像农民，更像一个偶尔打打下手的地主婆吧。最后是护手霜，两只手搓个不停，躺下后还要涂唇膏，来来回回几次，双唇互相摩擦两下，整个过程才算是结束。许祥有一次说："以后一定要给你买一个一键护肤到位的智能机器，按下按钮，全身保护到位。"

九月底的半夜已经开始转凉，但温度还是很宜人，许祥像是一键到位了，穿着平角短裤直挺挺地躺在沙发上，头靠墙，脚对着外面，也就是对着收拾忙碌的王小融。王小融说："曹飞虎真的又复婚了？那他很能折腾啊，等于是结婚三次了。"

许祥沉默不语，偶尔拿起手机看看，又放下。王小融又说：" 陈尚龙为什么喝那么多酒？我印象中他是非常谨慎的啊，喝酒从来都是推三阻四的，我记得那次他给小孩办满月酒，你们六七个人才把他喝倒了。"许祥还是不说话。

王小融说：" 陈尚龙喝多了为什么一直骂曹飞虎呢，我记得你们跟曹飞虎玩得不多啊，很多次聚会都没有他，你们也不愿意每次都喊他。"许祥似乎嗯了一声，看看手机，用手挡在眼睛上遮住日光灯的光，手臂的姿态传达出他的疲惫。王小融说：" 中介今天跟我说，想让我们把房子搬空，出新一下，这样可能会多卖不少钱，直接按照三百万报价，留十万左右给人还价。我觉得这样也可以，里面的家具和一些电器，不要就不要了吧，你问问有谁需要的。"

许祥看着手机，一言不发，偶尔在屏幕上敲打几个字。王小融又问了一声：" 你睡着没有了，房子到底要不要出新？"

"好。"许祥说了一句，然后转身，把脸对着沙发的靠背，也就是墙壁方向，表示自己真的要睡了。王小融还在收拾，冲澡之后正在往身上涂抹润肤露，因为她极其丰满，手掌所经之处，雪白的肉先是一阵颤抖起伏，随后开始泛红，然后更加雪白。她一边摩挲一边说："你说韩晓燕上班那么远，每天要先送儿子去幼儿园，再送陈尚龙去学校，她把我们的房子买下来不是挺好的吗？"

许祥什么也没说，偶尔看看手机，回复一下消息。王小融一直在那里说着：" 陈尚龙能娶到韩晓燕真是福气，韩晓燕太能干了，刚才要不是她，可能那些人就过来找麻烦了。陈尚龙也是的，年龄也不大，好像除了钓鱼和刻章什么都不想做，韩晓燕刚才说她真的受够了陈尚龙了，家里什么事都不管……"

"我吃得有点多，出去走一圈。"许祥突然坐起来，套上裤子。

王小融有点猝不及防："你都睡下来了，还要出去走吗？"

许祥用严肃地口吻说："还是出去走走吧，我在扬州的时候不管多忙多累都要走几公里，现在不能总是找理由不动，不动的话肯定又要长一身肥肉。"

王小融想阻拦，但觉得自己作为一个非常容易发胖的负面例子，不便阻挡，何况许祥的语气不可辩驳。她有些犹豫，在犹豫之中许祥已经走出了家门。他从外面轻轻把门关上，而后面，王小融隐约听到了父亲在房间里发出了一声悠长的叹息，似乎也没有睡着。王小融不敢多动，蹑手蹑脚地走到房间里，在许天龙身边躺了下来。她拿出手机，时间已经将近十二点，想给许祥打个电话，让他转转就回来，不要太累了。出于长久以来的畏惧和内向，没有打，而是给韩晓燕发了条消息，问她有没有收拾好，让她好好休息，不要拘束。

韩晓燕收到许祥的消息时正在无声地流眼泪，很多事情纠结在一起，让她觉得非常疲惫。陈尚龙大骂曹飞虎什么事都不自己做主，事实上他自己也一样地无能，几乎想不出有什么事情是他决定的，倒是一直不断地往外送印章，效果如何根本看不出什么。和陈尚龙的无能相比，此刻更为吸引韩晓燕的是这套房子所能承载的生活，如果生活在这里，首先距离单位很近，省掉了每天早晚的奔波，其次和许祥夫妇，还有其他很多同事也很近，总能遇到。这种老式楼房一楼可能会挺脏的，但院子真的不错，可以在这里种很多盆花。过了三十岁，自己好像越来越喜欢花和其他绿色植物，遇到了就会买一点。

许祥的消息带着不容置疑的严厉："我知道你去教育局不是为了小孩，这种事，随便找谁打个招呼就可以了，你无非就是想，一、以同等级别的身份继续出现在马小畅眼前，扬眉吐气；二、你是师范大学毕业的，还是希望能专业对口，有权威感。不过我已经说了，那边刚刚调整，真的不容易，你可以先去其他部门做个副职，然后关注一下教育，多发表发表文章和意见。"

王小融的消息随后也到了，关照她好好休息，不要拘束。韩晓燕站在客厅的镜子前，照了照，露出一个笑容，然后打算先回复王小融再回复许祥。没等她想好语句，许祥的消息又到了，和王小融一样，关照她好好休息，不要拘束，我和陈尚龙不分彼此。

韩晓燕觉得许祥话里有话，苦笑一声，对着镜子抹了一把此前的眼泪，也抹掉了强行挤出来的笑容。许祥所谓的不分彼此，在韩晓燕看来有些不合时宜，如果他能在公开场合这么说，在工作时别让自己喊他许书记，自己会觉得舒服很多，甚至可以唯他马首是瞻。如果那样，陈尚龙会不会觉得有些委屈呢？他应该对此毫无感觉才对。

韩晓燕觉得还是给陈尚龙打个电话更合适。陈尚龙的手机没带，他精心选择的来电铃声，*A Fistful Of Dollars*，从沙发那里钻了出来，尖锐的竖琴声、层层叠叠的吉他声和人声"we can fight"在空荡荡的房间里回荡着。韩晓燕突然难过得有点站不住，脑子里也一片空白。这符合音乐的特性，音乐有一种独特之处：它什么都不说，但又把一切都说了出来。

陈尚龙发现自己手机没有带时，已经拐到了"哥伦布环球美食海鲜特色自助餐"门前，拉开车门坐进了驾驶室。他此前真的去了另一个方向，印象中那里有一家二十四小时的超市，但是找不到，在激愤之下，他决定开车回去帮韩晓燕拿内衣裤和洗漱包，至于为什么不连夜回家而是要跑那么远再回来，他无暇多想。事实上他只是想一个人坐到车上，在小而封闭的空间里待上一两个小时。上车后他有一阵反胃，想吐，但可以控制。打了几个辣嗓子的饱嗝，刺鼻的酒气从嗓子里冒出来又从鼻孔里冲了出去，让人作呕的酒味在眼前回荡。至于为什么喝多了还来开车，陈尚龙也全然没有考虑，也正是因为喝多了他才走到这里，一旦抽离了此前的白酒啤酒，他此刻大概正在家里的台灯下刻章，留给韩晓燕一个背影，而后背深深的紧绷的弯曲正好让韩晓燕所有的话语都一滑而过，落入生活无边的虚空之中。

陈尚龙有没有急于开车，而是看着凌晨时分的街道，昏黄的灯光笼罩着一切，一种虚空和辽阔在脑中出现，蔓延到视野尽头。白天，这里都极为喧嚣和拥挤，交通情况复杂，此刻这里像一个热气腾腾但空无一物的舞台。陈尚龙觉得眼前的街道美极了，丰富而安静。

很快安静被打破了，五六个二十岁不到的年轻人，大学新生模样的男男女女出现在前方另一侧的人行道上，他们缓慢地朝前走着，一边走一边唱歌，他们的走动似乎只是引吭高歌的附加动作。陈尚龙听得见他们唱的每一个字："朋友一生一起走那些日子不再有一句话一辈子一生情一杯酒朋友不曾孤单过一声朋友你会懂……"

歌声让陈尚龙觉得厌恶，不由得说了一声："操"。在他看来，这个世界上绝大多数的毛病都可以归结于一个字：多。而这个"多"又主要体现在两件事上，吃得多，说得多。歌声还在继续，"因为我们是一家人相亲相爱的一家人有缘才能相聚有心才会珍惜何必让满天乌云遮住眼睛"，这让陈尚龙勃然大怒，他觉得这样恬不知耻的措辞，其本质无异于行贿。

随后，两三个人又用低沉的嗓音唱起一首舒缓的歌，歌词大概是"今夕何夕兮搴舟中流山有木兮木有枝心悦君兮知不知……"歌声中，眼前的街道突然间堕落和坍塌了，陈尚龙觉得浑身烦躁，无法忍受。不远处的歌声不像来自人间，更像来自地狱，来自地狱的一种挑战和示威。盛怒之下，陈尚龙一踩油门冲了过去，打算加速到那群人面前。他自信自己可以来一个急刹车，吓死他们。如果不够吓人，就摇下车窗大骂一声：傻逼。

车子冲出去，不知不觉上了反向车道，直奔那些人的肩膀而去，好在此刻没有车辆。在陈尚龙意识到自己逆向行驶时，一个黑影从左手边的小巷子里出来，被车子砰的一声撞到，跌落在巷子边的黑暗之中。陈尚龙死死刹住车,彻底清醒了,他看到在那个蠕动的黑影和自己之间,有一只手机掉在地上,屏幕极为明亮。陈尚龙捡起手机,上面写着几行明亮的字:

"你出来了?我能给你电话吗?"

"不打了,你早点睡觉吧,太晚对皮肤不好。"

"没有多晚啊!"

"我还要给一个同学打电话,他离婚两次结婚三次了。你早点睡,听话!"

"好吧,你也早点休息。爱你!"

"爱你。周末愉快。周一见。"

陈尚龙往前走去,在惨烈而压抑的呻吟声中看到了被自己撞到的人,是许祥。他有种号啕大哭的冲动,但是尿抢先一步顺着裤管流了下来,夜风吹过后他觉得冷,腿上一阵黏黏的凉意,而整个后背像被冻住了,失去了知觉。

陈尚龙倒退回来,歌声也没有了,那群大声唱歌的年轻人不见了,车子在那里颤抖着。他还发现,自己竟然忘记开大灯了。他脑子里出现了一幅画面,中心是"哥伦布环球美食海鲜特色自助餐",大门朝南,出门往东拐几米就进入了一条南北走向的巷子,往北再往东走进去,就是许祥原来的房子,此刻韩晓燕应该在那里跟自己生气,她会在生气之后奋起反击,采取各种措施。不知道她有没有给自己打电话,不知道她有没有像平日那样,睡前做十分钟左右的下腰,韩晓燕做下腰练习的时候,显得非常健康、性感,只有这个时候陈尚龙才敢仔细看看她,确信她是一个女人,然后带着这种确信结束一天,开始第二天。

"哥伦布环球美食海鲜特色自助餐"出门往西走几步，是一条南北走向的大街，就是自己现在所在这条街，街道两边有几个小巷子，其中的一个通往王小融父母家，那里也是一处又大又老的房子，许祥打算卖了自己的房子去远一点的新城买一处跃层，最近常常在王小融父母家借宿。现在，他从巷子里走出来，被自己撞到了，可能已经死了。自己本来不打算开车过来，但韩晓燕觉得打车来回花钱太多，开车省钱，她知道陈尚龙肯定要喝酒，那自己就不喝了。车子就停在"哥伦布环球美食海鲜特色自助餐"前的空地上，那片小小的空地上可以塞七八辆车，自己下午过来时还担心没有车位，韩晓燕说："先开过去看看吧，没有就停到我们单位院子里，再走过来就是了。"

书房夜景

星期五快下班时，老婆打电话问牛山晚上回不回家。在问这个问题之前，老婆说了一阵学驾照的事情，七七八八，牛山不耐烦，问她在哪儿。老婆说快到家了，晚上回不回来吃饭，回我就买菜了。牛山说回。此刻是下午五点一刻，单位不会再有应酬了，他也不会去找人吃饭。几分钟后牛山接到了一个电话，陌生的号码。一个女的问，知不知道我是谁。对于这样的电话，牛山一般都会直接挂了。但这个声音没有丝毫的亢奋、套近乎和商业气息，而是充满哀怨。她的声音本身传达出对牛山乃至生活本身的不满，牛山警觉起来，反问道，你是谁，我听不出来，真的。

对方说，我是小柔。这两个字足够了，牛山知道是谁，也知道她为什么在克制地展现哀怨。他快步来到走廊尽头，问王小柔在哪里，南京还是外地。王小柔说在南京，一个人，住在朱雀饭店，距离你大概三百米吧。单身、酒店和近在咫尺都刺激了牛山，他们约好半小时后见。

牛山打电话给老婆说不回家吃饭了,老婆带着怒气大叫,为什么,菜都买了。牛山说,我本来确实打算回家吃饭的,临时来了一群外地的客户,几个领导都去,我不能不去。老婆相信了他的话,但是怒气未消,反复说,那怎么办,我菜都买了,饭也煮了。牛山也带着怒气说,你要想做就继续做,自己吃,不想做你就放着,我明天中午回家去做。他中午从来不回家,因为太远,说中午回家做就是怄气。老婆也愤怒地说,你什么意思,你让我到底怎么办。牛山说,我没什么意思,突然有事我也很生气,我也想每天都回家吃饭,在家里舒舒服服待一个晚上,做不到有什么办法,不工作了?老婆说,你喊什么喊,我就是不高兴发发脾气不行啊。牛山说,行,你可以发发脾气,那我跟谁发脾气呢,我都想好了晚上看什么电影了,现在不知道几点才能回家。随即,两个人在电话里沉默,一分钟后老婆缓和了口气说,又要喝酒?牛山说,尽量少喝吧。絮叨几句后挂了电话。

牛山以为可以直接到王小柔的房间,但王小柔说,大厅见。牛山坐在大厅里等着,把身体陷在柔软的真皮沙发里。突然间他倍感疲惫,想走开,或者睡觉。他真的睡着了,旁若无人,直到被人踢醒。踢他的是王小柔,她穿着一件蓬松的短裙,随着大腿的摆动裙子也微微膨胀起来。牛山由下往上看着她,香水味则从上往下笼罩过来。

牛山呼的一声站起来,又手足无措。王小柔笑笑说,去哪里吃饭,这一带你熟,你请我。牛山一边走一边说,你变化很大啊。王小柔说,还好吧,头发长了,烫了,挑染了一点。牛山说,这就是变化啊,光头发就变换了三次,长了,卷了,染了。王小柔笑笑,没说什么,她对牛山胡扯的兴致和本领深有体会,径直往外面走。走出酒店的那一瞬,热浪和喧嚣扑面而来,牛山对王小柔说,太热,就在酒店里吃饭吧,二十八楼有一家自助餐厅,我刚才没想起来。

自助餐有什么意思。王小柔表示反对,只是语气很温和。牛山说,这家做得好,而且一出门你就会出一身汗,香水白喷了,粉底白抹了,回去吧。王小柔脸一红,两个人返回大厅,从另外一部电梯上楼。

二十八楼是顶楼,餐厅就叫顶层自助餐,精致、清爽。它甚至连广告都不打,长期以来默默地居高临下。牛山和王小柔进门后看到很多空位,但客人也不少,有人埋头猛吃,有人看着玻璃外的大面积的黄昏,似乎想用目光把人生拉扯得壮阔悠远一点。天还很亮,但已经日落,残阳壮观而忧伤。牛山打算找一个相对隐蔽的位置,这时他看到了五六个人围坐在一起,有说有笑。这些人有一个中心,韩鸿波,是牛山单位最年轻的领导,喜欢带着一群人在附近吃吃喝喝,长此以往,一个小团体形成而且固化,对此牛山敬而远之。现在,五六个人都抬头看着牛山和王小柔,牛山只得走过去。

每个人都关心王小柔,关心她跟牛山是什么关系。牛山说,这是我女朋友王小柔。大家都知道牛山结婚了,其中几位还见过牛山老婆。听闻女朋友一词,几个人借着酒劲开始起哄,感叹声此起彼伏,压制了王小柔无力的辩驳。一阵忙乱之后，牛山挨着韩鸿波坐下来，王小柔坐在旁边，再过去是何莉，原本唯一的女性。程立志提议，两个女的应该分开来坐才对，但王小柔和何莉已经开始聊上了，香水、头发、裙子等等。牛山对程立志说，分开有什么用，都坐到你身边，你敢一手搂一个吗？大家又一阵哄笑，和餐厅的氛围格格不入。这个餐厅旨在装模作样地吃，把所有的情绪和欲望压制住，一切等吃完再说。

韩鸿波说，抓紧吃，吃完去唱歌。晚上主要目的是唱歌，牛山你们一起去。牛山问王小柔，去不去唱歌。他希望王小柔拒绝，其他人自然不会坚持。王小柔大声说好啊好啊，声音中充满了牵强的亢奋。中途王小柔起身去洗手间，牛山朗声说，我陪你。路上牛山问王小柔，你想唱歌？王小柔说，想啊，三四年都没有好好唱过了。牛山看看她，觉得这话有点凄凉，也就算了。

牛山不爱唱歌，一般就是喝酒、旁观，顾老师也觉得没劲，他五十多岁了，其他人唱的歌他闻所未闻，很快他就烦躁不安，要找点其他的事情做。在顾老师的极力要求下，四个人围坐在圆桌边打起了扑克，八十分，早就不流行的玩法，牛山也被拉过来和程立志打对家，韩鸿波和顾老师对家。出于对一个长期默默无闻的老者的尊敬，大家虽然对打牌的提议颇有微词，比如在这里打牌太贵，但还是从了。顾老师也强调说，就打一局。这样一来，一行七人就只剩三个人在唱歌，王小柔何莉两个女人，还有刚到单位不久的赵昌西，他打扮入时，一头红发，和两个姑娘及KTV的气息非常吻合。三个人你一首我一首地唱着，极其客气，一个人唱完第二个人上，随后第三个，随后第一个又开始一轮。韩鸿波扭头对他们喊，你们搞点合唱啊，女声二重唱男女合唱也可以。程立志也喊，昌西你一手搂一个唱，你就当自己是老板。何莉把一个小金桔砸向程立志，以示愤慨。顾老师摆出一脸严肃的样子说，不要瞎调情，好好打牌，难得有机会跟我这种高手打一回还嘻嘻哈哈的，技术怎么能提高。你们技术本来就差，跟我打一次是难得的学习机会，还这么不严肃……程立志摆出虚心接受批评的样子连连点头称是。

牛山不断举着小酒瓶跟人碰一下，然后喝一口。赵昌西和何莉也抽空过来跟大伙碰杯。他们拿了二十四瓶小瓶装的啤酒，后来发现完全不够喝，牛山认为主要原因是太淡，你可以感觉到啤酒的苦味，感觉到撑，感觉到液体流进肚子里，但感觉不到酒。韩鸿波想再拿二十四瓶啤酒，服务员建议开一瓶洋酒，价格不菲，但是可以送时间，今天用不完可以下次继续使用。就是这瓶九百毫升的洋酒让大家猛然间亢奋起来，大呼小叫。牌局结束，四个人或得意或郁闷，齐齐地坐在沙发上。原本青春时尚的三个人顿时被四个中老年人挤到了一边，带着浓烈乡土气息、革命气息和改革气息的歌声在包间里回荡。歌声有时会变成喊叫、怒吼、嘶喊。赵昌西和何莉在一旁喝酒聊天，王小柔坐立不安。洋酒下去一半时，每个人都发出很多夸张的动作和声音，和包间里闪烁迷幻的灯光融为一体。

老婆打电话，牛山走出去，告诉老婆自己就在附近唱歌，单位好几个人都在，韩总也在。老婆问有没有喝酒，牛山连声说没有没有，实际上他已经有了醉意。老婆将信将疑地关照了几句。牛山也打算早点回去，他知道，自己没有好好接待王小柔，更没有交谈，但他确实想回去了——自己突然不知道什么叫作好好接待，他对王小柔此行而不是她本人突然有了极大的疲倦。

牛山回到包间时，几个人正在安慰痛哭流涕的程立志，牛山很奇怪，问怎么了。顾老师兴高采烈地说，刚才小程唱着唱着就一把鼻涕一把眼泪了，眼泪止不住，我们都吓坏了。屏幕上还放着让程立志痛苦的那首《同桌的你》。

牛山冷冷地问，唱这首歌也能把自己唱哭了？

韩鸿波说，估计是想到哪个女同桌了。

上学时哪有女同桌，都是男的跟男的坐一起女的跟女的坐一起。

那他就是想到前后左右哪个女生，是不是啊立志？

程立志不说话，还在那里肆意地流泪，一会昂起头，这样眼泪就从下巴上往下滴，一会又掩面埋头，抽泣着，肩膀耸动不止。两个夸张的姿态被他交替使用，这绝对不是装的，大家看久了也都有点伤感。何莉走过来说，程老师到底为什么哭啊，要不吃个橘子吧，说着递过来几个小金橘还有几张餐巾纸。程立志收拾一下悲伤而扭曲的表情，对韩鸿波说，走，出去上厕所，跟你说为什么哭。

顾老师阻止说，要说就在这里说，对大家说说你到底为什么哭成这个样子，私下里说不算。

你烦不烦,那我不说了,上厕所可以吧。

你都说了要跟韩总说,还说不说。你就在这里大声说,让大家都听听,你刚才一哭大家都非常关心你,个个都很紧张,现在你得跟大家说说你为什么大哭,好有一个交代,不枉费大家关心你一场。顾老师胡搅蛮缠的劲头让大家都觉得很有趣,一起喊着让程立志说。

妈的,说就说。程立志清清嗓子,站了起来,还想对着话筒说,想想作罢。他用生硬以至于有点诡异的普通话像做汇报那样朗声说道,我哭呢,不是因为想到某个人了,而是我发现,想要去想一个人都办不到,没有任何人可以想一想,从来都没有。不要说爱情了,就连他妈的感情我都从来没有过,我跟我老婆是相亲认识的,觉得大差不差也就结婚了,然后我就他妈的跟她过了十几年,从来也不吵架,这就是因为没感情。你会跟你家里的电器吵架吗,你会跟你家里的茶杯吵架吗,你会跟你家里的桌子吵架吗……我唱着唱着就发现我竟然从来没有过感情。说完他看看四周,似乎是想说,你们他妈的都满意了吧。在把脸左右转动的短暂瞬间,程立志又哭了,一屁股坐在沙发上,同刚才一样埋头抽泣。

大家继续唱歌,顾老师热情地安慰程立志,体现出长者风范和过来人的经验。透过乱糟糟的歌声大伙甚至听到顾老师在咆哮,没有感情算什么,我们这一代人谁他妈的有感情,我有吗,没有!说着他一仰头,干了一杯。这样的话对程立志作用不大,因为他现在需要的是感情,而不是一样没有感情的人。牛山小声对王小柔说,我们走吧，回酒店。王小柔不置可否，沉默一会儿后站起来跟韩鸿波、赵昌西和何莉一一喝酒，又一起敬了程立志和顾老师两人一杯，说你们同病相怜，我就一起敬一下了。顾老师骂骂咧咧不答应，让王小柔分开来敬酒，程立志站起来说，我代顾老师喝了，我跟顾老师很多事情都很像，我就是顾老师在年轻一代人中的代言人。顾老师觉得这个说法很好玩，呵呵呵大笑起来，酒也喝了。等王小柔坐下来，牛山小声问，你都跟每个人喝了一杯了，我们走吧。王小柔还是没说什么，牛山还想说什么，赵昌西歪歪倒倒走过来敬酒，他一屁股坐在王小柔左手边，伸手搂住坐在王小柔右边的牛山说，牛老师，我敬王小柔一杯，敬美女一杯。王小柔被赵昌西的胳膊压迫得微微低头，客气地跟他碰杯，含情脉脉地对视一下，喝了一口。牛山觉得很难受，把赵昌西的胳膊从肩上推开，扔到王小柔肩膀上，站起来对一曲终了的韩鸿波说，韩总我先回家了，这几天老婆又学驾照又搞装修，辛苦，我要回家帮忙收拾收拾。

韩鸿波说，我跟你一起走，我也累了，你们年轻人继续唱。

韩鸿波又拿了一瓶九百毫升的洋酒和两大瓶雪碧，起身买单、告辞。牛山跟他一起出门。时间是十点整。等电梯时韩鸿波对牛山说，听说你买了个大房子，等装修好了去你那里坐坐。牛山说声好。这时老婆打电话说，一起学车的几个人在家附近吃宵夜，喊自己下去，能不能去？她诚心请示牛山，补充说，如果你一会儿就回来，我就不去了。你要是还有一阵，我就去跟她们玩一会儿，都是女的。对此牛山欣然答应，他希望老婆多出去跟三教九流接触接触，不要变成一个固守家庭的妇女，时刻算计着男人的行踪和时间。

出了KTV的门，牛山突然对韩鸿波说，老婆刚刚打电话出去跟人喝酒去了，要不就今天去坐坐吧，喝点茶。韩鸿波询问了几句，在哪里、茶叶怎么样，同意了。

牛山的新家距离唱歌的地方不远，两个人步行过去。牛山告诉韩鸿波，晚上自己骗老婆接待客户吃饭的，说你也在，现在你确实在，如果遇到她就说是一起招待客户的。韩鸿波说，那还不是一句话的事。快要到家时牛山接到了王小柔的电话，在那头王小柔带着怨恨问牛山，你什么意思，说走就走，把我丢给几个不认识的人。牛山感觉非常仓促，他觉得王小柔已经跟他们几个尤其是赵昌西很熟悉了，不该称之为陌生人，但又理亏，自己离开确实没有征求王小柔的意见。可自己三番五次要她离开，她就是坐着不动。几种情绪交织下的牛山只得什么都不说，嗯嗯啊啊的。王小柔在那边抱怨，你怎么还是这个样子，几年了你一点都没变，之后挂了电话，让牛山独自揣测和难过。牛山想，什么他妈的改变，平地起高楼吗？

牛山家在一楼，在打开门和打开灯之间的那一会儿，一股浓烈的木材味道扑鼻而来，韩鸿波说，香！牛山带着韩鸿波走到了带阳台的那间房子，这里一般都会作为主卧室，但牛山打算作书房兼客厅。现在这里空荡荡的，房间和阳台之间被打通了，看上去特别大。里面有一张古色古香的木桌子配一把红木椅，对面是两个单人沙发配一个小小的玻璃茶几。韩鸿波在木椅上正襟危坐，双手按在桌面上，看看四周说，感觉很好，人就是要坐木椅子，不能让自己太舒服了。

他们喝茶，聊单位的人事，狗嘴里吐不出象牙。十点半左右，程立志打电话给韩鸿波，抱怨说顾老师黏着他不放。韩鸿波听着，还问了几个问题，告诉程立志自己在牛山家，整整说了半个小时。牛山问，怎么回事，韩鸿波说，顾老师跟立志耗上了，要负责到底，所以何莉提出来要跟立志出去走走，顾老师非要一起去。立志急坏了，他想着何莉既然能要求跟他一起走走，再找个地方吃点东西，说不定今晚就有戏。但是顾老师非要跟着立志，非说何莉是看上他了，找立志出去走走其实是借口。他们两个在包间里吵了好一会儿，就差打架了。

顾老师这是怎么了，多年来不显山不露水的，今天晚上为什么突然癫狂了？你说他喝多了吧，但是他逻辑强大得很，而且意志坚定。

韩鸿波说，估计是缺吧，想发生点情况。

这也不对啊，何莉再怎么也不会跟他发生情况啊，差了二十来岁，他这是诚心不让立志得逞啊，难怪立志要疯了。

韩鸿波想了想问，你觉得有没有这种情况，老顾就是借酒装疯，阻止何莉跟立志有情况，好歹是同事，搞过分了以后说不清楚。

那顾老师自我牺牲精神值得钦佩，到年底领导要给他弄一个先进工作者，理由是有效阻止同事之间发生感情。

韩鸿波笑笑，在其他房间转了转，提提意见，看看随意堆积的装修材料，尤其是牛山从老家买来的木料。牛山的一个舅舅是木匠兼装修工头，牛山把装修事宜全权交给他，家具全部由舅舅亲自打。这两天舅舅回家有事，打了一半的家具和进行一半的装修暂停，牛山和老婆则奉命把后续的材料买齐。

他们又回到书房，韩鸿波坐在沙发上跷着二郎腿问牛山，年后要搞中层民主选举，你有数吧。

牛山说，还有半年左右呢，到时候你给我一个名单，我执行。

韩鸿波嘿嘿一笑，随后说，再抽根烟，回家。

牛山说，再喝一杯，茶叶还可以吧。

不错，你比较懂。

这时牛山老婆打电话过来，电话里她惊慌失措地问牛山，你在哪里，我们出事了。牛山说，你不要急，我早就到家了，你说出去，我就请韩总到家里坐坐，出什么事了。

老婆噼里啪啦地说了一大堆，牛山完全不明白。最后老婆说，我马上把她们带到家里来，你看行不行。牛山说，好，你们在哪儿，要不要我去接你们。老婆说，不用了，就在巷口，几分钟就到家。

韩鸿波来了精神，问怎么回事。牛山说，我也不清楚，大概是打架了，我老婆要带两个女的到家里来躲一夜，是一起学驾照认识的，要不等她们回来再说吧。韩鸿波欣然答应，又点上一根烟。

没一会儿，老婆带着两个女的回家了，一个年龄偏大，但丰腴、高挑，眉眼之间风情万种，虽然醉醺醺的，但是依然气质不俗。她不仅醉了，还一直抽泣，嘴里骂骂咧咧一刻也停不下来。她一直凶巴巴地唠叨着：居然让老娘回家，居然让老娘回家……老娘给你弄半小时你都没反应，你还说什么忍无可忍……不行你就认了吧还怪我都是工作累的……我不找其他人难道要我给你舔一辈子啊……韩鸿波牛山听了，互相看看，瞳孔放大，心跳加速。另外一个女的三十岁不到的样子，很瘦，清清爽爽，没有醉态。老婆张罗着，把那女人的话打断，把朝北小房间的空调打开，杂物归拢到一边，在地上铺了一个凉席，拿了一个靠垫作为枕头。喝醉的女人一倒下来就歪头睡着了，双腿不自觉地伸直张开，露出白花花的大腿，内裤隐约可见。牛山找了件外套递给老婆说，给她盖肚子。外套盖上去那女人才显得得体一点。

他们四个撤回书房，两个女人坐在沙发上，韩鸿波坐在书桌后，牛山拖了把椅子放在书桌边。牛山老婆介绍说，这是陈婷婷，跟我一起学驾照的，喝醉的那个是她的生意伙伴，叫祁露。她们两合伙开了一家服装店。

陈婷婷很得体地补充说，祁露是我哥哥的大学同学，去年我们在南京又遇到了，天天在一起玩，后来我们俩干脆合伙开店。

牛山问，你们怎么了，刚才你给我打电话时像被人追杀一样。

韩鸿波也兴奋地说，你们三个美女被小混混盯上了？

陈婷婷说，哪里，祁露老公打电话让她回家，她喝多了，跟她老公吵起来。吵一会儿，挂了电话，再打过来，再吵，又挂电话。不吵的时候她就对我们说，男人不可靠。还说什么，男人如果不行了，就不要理他了。牛山看了老婆一眼，老婆把脸转向其他地方。陈婷婷接着说，后来她大概是吵急了，冲着电话喊，我回去干什么，你又不行，你能干什么。

牛山老婆补充说，还不止，她居然承认自己在外面有男人，比他厉害一百倍。韩鸿波看看牛山，默不作声。牛山忍不住问，然后你们就躲到这里来了？陈婷婷说，不是，是他老公冲过来了，两个人大吵大闹。祁露也真是喝多了，拿起酒瓶就砸，她老公被砸得一脸血，大喊着要打死她，大不了赔命，然后真的不顾一切往上扑。好在被其他桌上的人拉住了，两个男的，一边一个死死拽他胳膊，有个人还喊了一句，不好，胳膊好像断了，咔吧一声。我跟小阳（牛山老婆叫杨阳）商量，还是先走吧，不然真要出事。

很快到了零点，牛山重新泡了一壶茶，放了很多茶叶。大家都很兴奋，韩鸿波也不说走了，跟陈婷婷像老熟人一样有说有笑。说话间韩鸿波坐到了沙发上，和陈婷婷相隔一个小小的茶几，触手可及。牛山坐在那里抽烟发呆，偶尔插嘴。杨阳去冲澡，过一会儿就看看祁露。

陈婷婷不断说，实在不好意思，没有打扰你们吧。牛山说没事,我睡觉晚,何况明天是周末。韩鸿波说,哪有打扰,简直就是求之不得。牛山对陈婷婷说,你看,我们韩总见到你都很激动,把求之不得的心声说出来了。大家笑笑。笑完了,有点沉默,于是打量书房。

牛山解释说,自己从小就想有个大书房。韩鸿波以见多识广的架势帮牛山出主意,该放什么,该怎么放。陈婷婷兴趣很大,也偶尔插嘴。杨阳对这个话题兴趣不大,他们约定好这个房间完全归牛山安排,其他的则全部由她来处置。她拿了几瓶啤酒,跟陈婷婷继续喝起来,聊她们学驾照的趣事。韩鸿波主动加入谈话,作为一个十多年的老司机,韩鸿波像导师一样喋喋不休起来,随着对路上开车各种情况的介绍,陈婷婷越来越有兴趣,或者是被吓到了,她的嘴微微张着,眼睛瞪得很大。

牛山去上厕所,走到小房间看看祁露。他吓了一跳,祁露嫌外衣碍事,干脆脱了,只穿着一件文胸仰面朝天地睡。牛山一阵紧张,快速离开这个是非之地。

牛山回到书房,也喝起啤酒来。经过近一个小时的接触,韩鸿波对陈婷婷已经兴趣盎然,不加掩饰。韩鸿波问牛山,明天有没有空,我们一起去山里玩,早点走,上午钓鱼,中午吃农家菜。我开车接你们,韩鸿波强调说。牛山知道,如果自己拒绝,杨阳和陈婷婷自然不会去了,但自己不能拒绝。这也是韩鸿波的用意所在,邀请牛山就是让他答应下来。牛山问杨阳去不去,杨阳说去啊去啊,这几天累死了,出去转转也好。陈婷婷说,现在还不确定,明天可能要出去拿货,明天上午看看祁露能不能出去拿货。韩鸿波说，祁露都醉成那样了，明天不管去拿货还是去钓鱼她都去不了了，你现在就确定吧，我明天一早打电话安排吃饭。陈婷婷这才答应，韩鸿波非常兴奋，对牛山说，我来问问立志有没有空，他们后来怎么说了。牛山说我哪知道，要不你打电话给他。

如果牛山不让韩鸿波打这个电话，事情就不会变得一团糟。

王小柔挂了电话，带着几分怒气和悲哀回到包间，程立志跟顾老师正在吵架。何莉提出要和程立志出去走走，顾老师一定要掺和进来，一起去。程立志已经翻脸了，质问顾老师什么意思，有你什么事，你为什么就非要跟着，你为什么不回家去……顾老师被激怒了，反驳说，你以为她要跟你出去走走是什么意思，如果你不往歪处想为什么不能让我跟你们一起去，不就是走走路吗，你也不是年轻人了，如果你是年轻人你们谈谈恋爱我也就不跟着你们了，你有家有口的，跟小何出去走走那肯定是谈工作，我为什么不能跟着一起呢，我工作时你们还穿开裆裤呢。何莉一言不发，知道自己确实是喝多了，顾老师的话让她清醒很多，但她确实是想跟程立志出去走走。这个中年人说自己从来没有过感情，不知道他对自己会不会有感情。这些不能明说，她越发沉默。她的沉默鼓励了程立志，跟顾老师来来回回辩论不休。

赵昌西不断劝他们不要吵。问题在于，他只是在劝他们别吵，而不是站在哪一边去劝阻另外一个，这种没有态度的劝架让王小柔看了很生气。大概是赵昌西年纪太小，无法权衡。王小柔悄悄问赵昌西，你支持谁。赵昌西说，这种事我能支持谁，他们太无聊了。王小柔说，你不要光说他们无聊，如果我邀请你出去走走，顾老师或者程立志非要跟着你，你怎么办。赵昌西一时无语，他还没有遇到过这样的情况。王小柔说，你可能没遇到过这样的情况，现在假如你遇到了你怎么办。赵昌西回答说，那我就不去了，我宁愿不去也不想跟其他人一起。王小柔看看他说，来，干杯。

程立志被顾老师搅和得实在有些愤慨，提议说，要不我们给韩总打个电话，问问他我们谁对谁错，他怎么说我们就怎么执行你看行不行。顾老师说，行，没问题，你打。程立志于是打电话过去。他不知道韩鸿波那时正在牛山家里，当他对着电话诉说时，顾老师也在一旁故作感慨状，不断挖苦立志说，立志啊立志你平时口口声声是我徒弟，既然是我徒弟有好事不带着我，想吃独食，何况我怎么会跟你争呢，我就是晚上回去没事，想跟你们多聊聊，看看你们年轻人怎么谈情说爱搞情况的，大家出去一起喝点酒吃吃烧烤多好，又不耽误你们什么事，你们本来不就打算走走逛逛吃点东西吗，难道你们出了这个门马上就脱光了办事吗？小伙子小姑娘不知道心里怎么想的，立志你可是有家有口的人，你又是我们这一代人的代言人，带着我出去逛逛有什么大不了的，何况小何她说不定真的就是打算邀请我呢，不好意思说才说请你，这是带上你。小何你跟我这么大年纪的人半夜出去喝酒聊天过没有，没有吧,立志你看看,没有……在酒精的作用下,程立志有点忍不住了,想冲上去打顾老师,他人未动,声音先失控起来,冲着顾老师大喊大叫。

王小柔站起来说,顾老师我陪你吧,何莉陪程老师,我们一起出去吃点东西。王小柔是客人,她这么一说,大家也冷静了一点,不知道是觉得意外,还是觉得惊喜。王小柔很漂亮,而且散发出浓烈的香水味,让人恨不得钻到那个味道深处。

他们拐弯抹角,走着走着看到一处烧烤摊。何莉说累了,要不就在这里吃点东西吧。四个人围住一个小折叠桌,点了一大堆烤串,又拿了一箱冰啤酒。周围还有好几桌,七八个人在大呼小叫,加上旁边主干道上车来车往,整个烧烤摊本身也被架在夜色中烤着,彼此说话往往都听不清楚。

程立志心思不在酒上面,他忙着照顾何莉,嘘寒问暖,不停地给她递筷子递纸巾递酒杯倒酒拿烤串,何莉偶尔呼应一下,但不兴奋。可程立志此刻已经开始兴奋了,发动了,势不可挡,他不断把手放在何莉背上,把脑袋凑到她胸前的位置跟她说话,似乎这就是感情所在。何莉也没有过多阻止,只是不断调整坐姿,好让程立志不得不一次次撤退,再进攻。顾老师倒是一本正经地跟王小柔在闲聊,哪里人,做什么工作,怎么认识小牛的,这次回来有什么事,待多久之类的。偶尔顾老师哈哈大笑,宛如一个少年。王小柔得知顾老师已经五十多岁后,也不断感叹,顾老师你太年轻了,跟年轻人一样,不对,比年轻人还年轻，很多年轻人喜欢瞻前顾后，一副老成的样子。偶尔，程立志跟王小柔碰一下杯，调情般地称呼她为弟妹，顾老师也免不了跟何莉喝一下，不忘耍贫嘴说，小何你既然看上我了就直说，不要拿立志做幌子，都什么年代了做事情还那么古典含蓄。程立志借着酒劲喊，你都跟她爸爸差不多大了，你觉得她有可能脱光了跟你并排躺着吗？

顾老师也不依不饶起来，她为什么要脱光了跟我并排躺着呢？小伙子你想什么呢。程立志说，我是觉得她不但觉得你太老了很恶心，而且觉得你是父辈，看到你赤身裸体会有心理阴影。顾老师说，我为什么要让她看我光屁股呢，小伙子你到底在想什么？小何你知不知道他在想什么？何莉红着脸不说话，好半天冒出一句，你们都跟小孩一样。顾老师听了哈哈大笑起来，似乎这是无上的赞美。

背对程立志的一桌是三个女人，原本安安静静地吃东西聊天，一个女的接了一通电话后突然就放大了嗓门，对两个同伴大声喊起来，他还怪我不回家，他成天不回家，一到家看我不在反而怪我，我就应该一直待在家里等他回来。他要是多厉害，我就等在那里也没什么，他什么都不行了还让我守身如玉……顾老师仔细听着，对程立志说，你看看，后面都是美女。

王小柔也有点醉了，而且心里难受，突然问顾老师，这三个女的如果都愿意，你顾老师最想带哪个走？顾老师愣了一下，没想到幸福来得这么突然。他一边小口喝酒一边说，对面这个，人高马大的，我喜欢，旁边这个，很清秀，又很瘦，我也喜欢，但估计摸着没什么肉，这边这个不高不矮不胖不瘦，我也喜欢，但她头发太短了，像个假小子。都喜欢，一起带走？顾老师扭头问王小柔，非常诚恳。王小柔严肃地说，不行，只能带一个走。

那就难办了，带一个走，是回家过日子呢，还是就快活一晚上？

程立志也通过几次不易察觉的扭头打量清楚了后面的几个女的，在深夜昏黄的路灯光线里他觉得每个女人都似曾相识，只是自己汗流浃背、疲惫不堪，无暇多想，对何莉说，吃完我们找个地方？

干什么？何莉问他。程立志看看她，有点郁闷。但后面的话他实在没有办法说出口。顾老师则跟王小柔在商议带哪个回家。按照顾老师这种中老年男人的口味，那个高大丰满的很有吸引力，但是王小柔说，你搞不定她，你看她多凶。说话间，那个女的又在接电话，说了两句就开始破口大骂，怄气地说，我就是在外面有男人了，你想怎么样，你不行了我还行，我一辈子不过了。你管他是谁，反正比你厉害，比你最厉害的时候还要厉害十倍百倍，跟他比你就是三岁小孩……她的话喷薄而出，她的同伴和顾老师这边的人，还有附近几桌的人都惊呆了，女人们大概在想着那是何许人也，男的大概在担心自己到底算是成人还是三岁小孩。王小柔对顾老师说，你看，太凶了吧，那两个你倒是可以选一个。顾老师说，我选那个瘦瘦的，多安静，文质彬彬。程立志说，顾老师你就瞎扯淡吧，王小柔你为什么不选。顾老师说，王小柔是小牛的女朋友我怎么选，我选小何还差不多。何莉说，不行，我选王小柔。说着她大笑起来，王小柔也跟着笑，笑得顾老师和程立志莫名其妙，只得喝酒。

陈婷婷没有走的意思，似乎想等祁露休息够了再一起离开，或许每天都玩到凌晨两三点是常态。韩鸿波也不走，和陈婷婷互相交代起此前的人生来。这时他的电话响了，他带着兴奋说，是立志，他们结束了，我让他过来，看看明天能不能一起去钓鱼，人多热闹。他接这个电话的时候，牛山不在旁边，杨阳微笑着答应了。

王小柔的出现让牛山吓了一哆嗦，他无论如何也没有想到。王小柔进门之后被让进书房，趁着老婆和陈婷婷在小房间陪祁露说话，牛山问程立志，你怎么把她带来了，不是说了她是我女朋友吗你还带。程立志恍然大悟说，全忘记了。随即说，没事，你老婆要问，就说是我女朋友，她估计也不会拆穿。牛山又走过去小声对王小柔说，你怎么过来了？王小柔笑着说，过来看看，不然一辈子都没机会。待会儿程立志就说你是她女朋友。王小柔说，好啊，没问题。声音之大，几乎成了喊。

不过程立志最为夸张，喊着讲述了此前的经历：和顾老师吵架，然后四个人两男两女去吃烧烤喝啤酒，结果旁边一桌打了起来，一个男的非要把他老婆拽回家，结果他老婆厉害，直接说我为什么要回家，我有男人了，跟他比你就像三岁小孩，那个男的扑过来要掐死这女人，女人一酒瓶砸了上去，直接把男的砸哭了，等男的恢复元气再次扑上来时，顾老师突然动若脱兔，冲过去一把拽着男人的胳膊，还大喊你们先走，我们掩护，结果把人家胳膊拽骨折了，他自己吓蒙了，我和何莉还有王小柔送那个男的去医院，忙了半天，还到处找赵昌西，实在找不到，就到这里来了。

很快，杨阳和陈婷婷来到书房，祁露在冲澡。杨阳和陈婷婷见过程立志和王小柔。程立志惨叫一声，刚才吃饭的时候就是你们，就是你们啊！

呼号间祁露也进来了，她的出现让韩鸿波程立志包括牛山一时间有些发晕。她穿着杨阳的一件背心，嫌小，上半身绷得很紧，凹凸有致，胸口两个圆圆的小点几乎要把背心撑破，房间里每个男的都有按一下的冲动——似乎一按下去，就会发出叮叮咚咚的音乐，还有七八个仙女翩翩起舞。杨阳帮祁露一一介绍，这是我老公，牛山，这是我老公的领导韩总，这是我老公的同事，程立志，就是他跟另外一个同事把你老公拽住了，不然他真的要把你掐死了。不过他们好像把你老公胳膊弄骨折了，现在在医院里急诊。

这位是？程立志说，是我女朋友，王小柔。

牛山松了一口气，看着站着坐着的这些人，突然觉得这个房间里不该出现这么多人，这个房间是为了一两个人而存在的，来了客人也应该只有一两个人。现在这里有七个人，像一个包间。韩鸿波喝了很多酒，眯着眼睛对程立志说，你看，都是美女吧，不要管顾老师了，婷婷答应明天一起去钓鱼，你有没有空去，可以带上女朋友一起去。王小柔笑笑，没说话。祁露喊，我也去。

程立志对王小柔说，你要是明天不想去我就喊我另外一个女朋友一起去。谁？几个人都问。何莉啊，要不是顾老师搅和了一夜，小孩都生出来了，程立志又天真又激烈地喊着。王小柔突然有了点愧疚，在他们把祁露老公弄骨折去医院那一刻，自己似乎不该一起去，自己只是客人，应该早早离开，或者送吓得面无血色的顾老师离开才对。

杨阳跑进跑出，忙着切西瓜，拿啤酒，似乎此刻刚刚天黑，晚饭刚刚开始。她对之前的巧遇感慨几句，但对其他谈话不关心，只是努力尽到女主人的义务。在凌晨招待五位来宾的场面不会频繁出现。

几个人反复谈论着此前在吃烧烤时的巧合，一遍遍地说太巧了，实在是巧。程立志看出来祁露对自己老公毫无感情，不忘挖苦几句说，送你老公去医院时，你老公说，我有点万念俱灰，我跟他说，没事，洗洗就好了。几个人一阵哄笑。程立志又说，你老公也是的，给我一张名片，上面那么多头衔，有意思吗，人脉广资源多吗，再多有刘德华多吗，有省委书记多吗？祁露对程立志和不在场的顾老师表示感谢，对王小柔和不在场的何莉表示感谢，但是她没有给老公滕子文打电话，真的是不管他死活了。三个男人始终都看着祁露，都感慨万千，面对这样一个美艳高大又善于自我暴露的女人，男人却不行了，多么悲惨。他们一直保持着兴奋的状态，似乎唯有这样才能对得起祁露的家庭不幸。牛山偶尔跑过去帮杨阳收拾一下，这样缓解了自己面对祁露的尴尬，也及时掌握杨阳的想法。一切都好，她没有对王小柔有任何怀疑。

程立志的电话响了，是赵昌西打过来的。程立志大声训斥说，你去哪里了，找你一大圈都没找到。他问了很多问题，赵昌西在那头都拒绝回答，非要见面再说。没经牛山同意，韩鸿波说，让他来，你去小区门口接他。

凌晨两点左右，赵昌西跟着程立志走进房间，垂头丧气，一言不发。韩鸿波问，你到哪里去了，我走的时候你还精神得很，现在怎么这个样子。赵昌西还是一言不发，浑身上下散发出酒味和汗味，脸色苍白，被红头发衬托得格外刺眼。他一抬头看到王小柔，立刻精神起来，像见到失散多年的亲人或者寻觅多时的爱人那样冲过去喊道，你也在这里啊。随即他叫道，不对啊，你是牛山女朋友，怎么还敢到他家里来，牛山老婆不在家吗？

我在家，杨阳回答。

大伙儿安静下来，几个人看着牛山，几个人不忍看牛山。牛山一阵惶恐，随即是一片空白，杨阳猛然抄起一个啤酒瓶狠狠地砸在牛山头上，清脆的破碎声听上去像清晨的闹铃声，声音之后，世界一点点变得喧嚣起来，光线刺眼起来，一天的生活就要开始了。

牛山眼前一黑，缓缓软了下去。在最后的一瞥中，他看到了书房和阳台之间的移门被拆除后留下的轨道。那里应该挂一个亚麻布的门帘，他想。

卷纸之夜

牛山对每个周五的聚会都非常期待，周五之外的时间他都在应付工作，各种事务像是火灾现场的浓烟一样不断冒出来。这个周五吃饭的地点选在郊区的"湖畔人家"，开车过去要一小时，大家都没有异议。老童订的地方，他此前受邀去过一次。电话里他强调要早点出发，五点半后会堵车。老童特地关照牛山，既然你下午休息，那就捎上大皮、子弹和滕鹏早点过去吧。

大皮有事不去了，说是下午开挂职人员大会，晚上一起吃工作餐。黄昏时分，牛山接上子弹和滕鹏一起出发，车窗大开，初春的寒风灌满车厢，三个人都觉得清爽。子弹说："大皮这次回来应该有说法，以后跟我们吃饭是越来越难了。"牛山嗯了一声，看着前面两座山峰之间湛蓝的天空，觉得非常漂亮以致有些不真实。滕鹏说："不一定，又没有规定说挂职回来非要提拔，现在更说不准了。"子弹感叹说："反正是人越来越少了。是牛山以前说的吧，很多人被家庭和前程给吸走了，像被黑洞吸进去一样，滕鹏你也会一去不回的。"滕鹏被夸得有点不自在，连忙解释："我不稀罕这些东西，所有时间都用来开会听会，比做体力活还累人。牛山不结婚，我不提拔，不然我们几个玩个屁。"他下午和牛山打了几小时羽毛球，此刻一边摇着屁股一边说："现在多好，中午午睡，下午想干什么就干什么，我要是有钱就每周去一次海边，再有钱，就一周去两次。"牛山扭头白了他一眼，子弹哈哈哈大笑起来。滕鹏又凑过来说："牛山你也不要这么拼命，赚那么多钱干什么。"牛山点上一根烟说："我也想收入少一半，一周休息两三天，不过不现实，要么像现在这样忙，要么一分钱没有走人，没有折中的。"子弹说："实在不行你自己出来干好了，你又不是做不起来。"子弹知道，牛山不愿意迈出这一步，不想和那么多部门打交道，不想跟陌生人喝酒，尤其那种坐在那里傻笑一个晚上最后负责买单的陪酒，只是他忍不住反复说这件事。"牛山喜欢有规律，苦一点无所谓，有规律就好，正好他们公司也很正规，我觉得就这样不错，等哪一天不想干了就干脆辞职，反正钱也够了。"滕鹏代替牛山回答，牛山带着夸张的兴奋说："滕鹏你鸟人说的哪一天，就是我老头子去世那天吧。他现在情况很好，每年检查都没问题。他的五年存活率已经是百分之百了。"

　　牛山跟着导航在一座荒凉的村子里转了二十分钟，转到心生疑惑的时候，一个巨大的水面出现了，波光粼粼的。沿着小路继续往前，几分钟后他们看到一个大门，两竖一横，三根巨大的木头搭成一个大门，努力让人想到野趣乃至荒蛮，只是木头上的字太文明了，上联是"普天同庆"，下联是"举国狂欢"，横批"湖畔人家"。车子在门口开阔且不规则的停车场停好后,三个人转回来,对着木头门和字一阵猛拍,似乎这是壮阔的晚霞或奔腾不息的海浪。

和老童一道的,除了不苟言笑的老同学赵昌西,还有久违的老同学赵志明,他在第二次离婚后被老童从家庭生活的黑洞里打捞出来。之前老童没有透露任何消息,等的就是大家持续不断的惊诧感叹揭短和羞辱,以及一次次的干杯。还有一个女孩从老童的车上下来,自始至终都保持着矜持的微笑,没有说清楚和老童、赵昌西和赵志明有什么关系。她喝一点酒,也抽了两三根烟,这些都是微笑的一部分。略微熟悉一点后,大家都知道她叫孙瑜梅,在和平街道工作,但更多的信息被她刻意截流不谈。

孙瑜梅和牛山很熟悉,只是她很长时间都像陌生人一样看着牛山,很多次意味深长地眨眨眼睛,牛山只得装作不认识她。最近两年,孙瑜梅每周六上午都会送小孩到本市最大的"紫金艺术学院"上课,作为总经理,牛山会和她打个招呼,或者交流儿童艺术教育问题,但也仅限于此。

以往吃饭,律师老童负责海阔天空,在旅行社的子弹负责环球见闻,在机关的滕鹏负责秘闻内幕,同样在机关的大皮负责补充或者反驳,牛山负责教育话题,严肃得有些阴森的赵昌西负责突如其来爆发出大笑,似乎是一个最终裁决,肯定或者否定。今晚的话题围绕赵志明的第二次离婚展开,以至于他第一次离婚也引起了大家的兴趣。赵志明一直在反抗,企图把话题引向当年的大学生活,引向不在场的人和其他的新鲜事,孙瑜梅成了最好的选择。很快孙瑜梅喝多了,说话有些放肆,让在座的几位内心都有些澎湃。她说要去洗手间,牛山站起来说:"正好我也要去,我陪你吧,黑灯瞎火的。"

走出包间,走完散发出酒臭味的长长的走廊,一直走到最东头,再拐出去才是洗手间,孤零零地靠在院墙上,缩头缩脑对着主楼。孙瑜梅说:"一会儿你就不要找我喝酒啦,不能喝了。"牛山说好,又问她:"你怎么跟老童认识的,还是跟其他人认识?"孙瑜梅停下脚说:"最近办了离婚,请老童帮忙。现在事情结束了,他请我吃饭,我已经很多年都没有晚上出来过了,就跟着来了。"牛山小声说"那你是不容易",孙瑜梅似乎没听到。等孙瑜梅从洗手间出来,牛山递上一根烟帮她点上,带着醉意说:"刚才赵志明问你最喜欢谁,不完全是开玩笑,是在试探你。这里面赵志明离婚了,子弹也是,老童老婆出国了,一年半年才回来一次。滕鹏风骚得不行,赵昌西中规中矩,不过谁知道呢。你觉得谁最好?"孙瑜梅哈哈大笑几声,笑着说了句"怎么都是残缺不全的人啊",又带着严肃说:"我觉得你最好。"牛山看看孙瑜梅,她已经面红耳赤,说话的声音也跟脸色一样,通红、变形和放肆,这让一直矜持的孙瑜梅显得更漂亮,身上高高低低的曲线像极了路上看到的天空尽头的山影。

怎么接孙瑜梅的话是个难题,轻了她会一笑而过,重了她会警惕或者反感,就此关上一扇门。牛山有些紧张,想对孙瑜梅说晚上送她回去,看她什么反应。这时牛山的电话响了,显示是一年多没有联系的王小融。她带着焦躁大声说:"牛山,你最好去检查一下,我今天去检查HPV病毒了，我老公是阳性。"牛山以为这是艾滋病，一阵天旋地转，身体发软，想坐下来。他走到旁边走廊的暗处，靠在墙上，带着愤怒说："你这么长时间不联系我，上来就告诉我这件事？我们最后一次在一起是2016年8月8日，我一直记得，一年半还多，你确信跟我有关系？"王小融愧疚地说："我希望没有关系，不过真的不好说，所以我第一时间提醒你一下。我下周拿结果，万一我也是阳性你也有机会感染，一定要去检查。阴性你就没事了，就算有也不是我传染的。这个HPV病毒很麻烦，严重的还会诱发癌症。"

"癌症"一词提醒了牛山，他发现HPV不是HIV，连忙问道："你说的不是艾滋病吧？"王小融苦笑一声说："当然不是了，就是一种病毒，学名叫人乳头瘤病毒。我去检查，医生说应该没有感染，不过还是要等活体检测。"牛山长吐一口气，几乎要笑起来，问王小融在哪里，王小融反问说："你在哪里，我去看看你吧。你还是在公司？"牛山答应了，说自己这会儿不在，但会回去的，快到了告诉她。在市中心一幢老旧高楼的二十八层，牛山有一间带洗手间的办公室，朝西，办公桌会议桌和沙发一应俱全。

五年前的1月一号，牛山和王小融约好吃晚饭。牛山选了家日本料理，这里没有油烟味，不会满脸通红或者饱嗝连连，周围的顾客大多很安静。吃饭时牛山有些焦虑，不知道怎么开口说接下来干什么。他和王小融已经认识四年多，公司最初的营业执照、许可证之类都是牛山在跑，作为教育部门工作人员，王小融是对他最为关照的，其他人大多比较敷衍和冷漠。学校越来越上轨道，牛山不断邀请王小融所在部门的人吃饭,汇报工作阐述理念,寻求关注和资助,随即发展成单独约她吃饭,又变成王小融约牛山吃饭。牛山一直把王小融当作大姐和上级,她年长牛山十岁并且有一个儿子,这些都把他们的关系限定在异性姐弟的轨道上——如果牛山成家立业,两家人就是世交。有一次牛山问王小融:"怎么从来没听你说过你老公?"王小融立刻表现出难受痛苦,表情像装在一个拉链里而此刻被拉开了一样。她告诉牛山,自己和老公已经成了陌生人,事情的起因是怀孕,自己变胖了,一度非常胖,她老公逐渐不再碰她,像一个程序启动之后就再也没有终止,现在变成不回家,不见面。两个人吵过很多次,为了小孩她没有离婚,她老公则出于经济原因不肯离婚。王小融说:"你每次喊我吃饭,我就算不能来也会很感激,这样就不用回家面对他了。"牛山听了这话有些别扭,感觉自己成了王小融的闺蜜。"每次约你吃饭,都是我真的受不了了,感觉回家后太痛苦,他醉醺醺的,满嘴大话,全是这个领导那个老板。小孩脾气也特别大,可能从小就看我们吵架吧。"继续聊下去,牛山发现了更多惊悚的事情,他几乎想冲到那个陌生家庭的客厅去主持正义。这只是一时激动,他知道自己不会介入那个叫作家庭的事物中间去,不管自己的还是别人的。自从他们的聊天中出现了王小融的丈夫,王小融和牛山的关系开始亲密起来。王小融甚至问牛山要不要一起出去旅游,牛山连忙拒绝,理由是他害怕烦琐的出行还有那种景区里的留影,他挖苦说:"在一个陌生的地方拍一张不像自己的照片,这不是双重荒诞吗?"

王小融反驳:"出去玩都是一次经历啊!这种经历平时不可能有的,拍照片根本不重要,出去走走才重要。"牛山没有继续辩论,觉得没什么好说的。

王小融一边抱怨日本料理太贵,一边问牛山饭后干什么。牛山说能干什么呢,回家休息,只休息三天,还要值班一天,哪里都去不了。王小融又问,晚上没什么事情吧。牛山说没有,除了上班就没有其他事,今天放假嘛。这时王小融低着头,用筷子在残存的蘸料里来回搅动,在等待什么或者耗时间。牛山还是不知道该怎么说。王小融等了会儿说:"我晚上也没事,他出差了,应该是跟哪个女人玩去了吧,哪有国庆出差的,儿子在外婆家。"牛山看看左右小声说:"那你去我家吧。"王小融说太远了。牛山有些难受,怪自己只能在那么远的地方买房子。"我知道附近有家橙子酒店不错,很干净。"王小融说。

牛山先去房间里,在小小的房间里坐立不安。大约十分钟后传来敲门声,牛山问了一声谁,听到王小融说"我"才开门。王小融笑着说:"你问得好正式啊!"牛山没说什么,让她快进来。王小融穿着一件带花边的衬衫,一件米色的针织衫和挎包一起挂在胳膊上,衬衫让胸口显得很高。牛山关门后,心跳加快,放肆地从后面抱住王小融。就在他确认可以尽情拥抱王小融时,手机响了起来。"我妈妈,一会儿就好。"牛山对王小融说,王小融笑笑,把草草拽到一起的窗帘仔细拉严,关了顶灯,打开床头灯,坐在床边脱鞋,影子在墙壁上显得臃肿迟缓。牛山看着她坐下来,腰腹的肉堆积在一起,这时母亲在电话里叹气完毕,警告牛山说:"我告诉你一个不好的消息,你要有心理准备。"牛山紧张起来,催她快说。"你爸爸前些天体检结果出来,拿报告的时候医生冲他喊,让你儿子来吧,癌症。今天我们复查了,胃癌早期。"牛山带着愤怒压低声音问:"当时为什么不告诉我?"王小融脱了长裤,露出紫色的蕾丝内裤和白皙的大腿,刺眼的光泽一闪之后消失在被子里,她靠在床头看着牛山。母亲继续说:"就是不想影响你工作啊,今天我们在人民医院复查了,确实是胃癌,找了熟人才预订了一个病床,明天住进去,大概三四天之后可以做手术。真的不容易,多少人等几个月都没有床位。"牛山忍不住抬高声音说:"这么大的事情还什么工作不工作的,明天你们出发后告诉我,我去等你们。"王小融吓了一跳,坐直了看着他,听了一会儿后掀开被子,打算穿裤子。牛山走过去坐在床头,示意不用,他右手绕过王小融的肩膀在她胸口抚摸着,左手拿着电话,继续听母亲说。母亲说了很多癌症之外的事情,什么六十岁不到就得这个病,太难过了;之前多少年都不体检,从来不会想到做胃镜之类,有时候有问题,吃东西不舒服,也就忍一忍让它自己过去。老两口都健在,一个家就在,要是哪个走了家也就散了。牛山默默听着,偶尔问一句,或者安慰一下。他身体微微靠着王小融,右手在她肩膀上慢慢抚摸着,在她胳膊上来回画着圆圈。大约二十分钟,在母亲强作乐观镇定的语气和持续不断的叮嘱中,牛山挂了电话,王小融也弄清楚了牛山父亲的状况,对自己光腿的状况有些不知所措。牛山摇头叹气,坐在床沿,低头看手机,查看关于胃癌和手术的网页,王小融轻轻地趴在他的背上看着牛山手里的手机,偶尔把下巴靠在牛山的肩膀上,默默等着。

突然间牛山涌出几滴眼泪,有一滴甚至溅在手机屏幕上。王小融赶紧下床,从挎包里往外拿东西。她先把一盒白色的避孕套放在床头柜上,然后拿出一卷用了三分之二的卷纸,扯了长长的一条折成厚厚一叠递给牛山。牛山接过卷纸,突然笑了起来。"笑什么笑?我担心酒店里的纸不卫生,这个是单位发的,质量特别好。"牛山擦了擦眼泪说:"你是有备而来的。"王小融带着尴尬坐下来,牛山又说:"我笑是觉得你把纸扯下来的样子,就像是我已经完事了。"王小融扑哧一笑。牛山放下手机,扑倒在王小融身上,王小融推开他说:"去洗澡。"牛山叹口气说:"累死了,先趴一会儿,你先去吧。"一直到王小融出来,牛山还是一点力气没有。他像是喝醉的人总是不能在手机上打出一句话一样,尝试过很多次,都不行。尝试逐渐变成挣扎,王小融觉得有些难过,两个人就算了,并肩坐在床头,聊起各自的父母,都健在,这让他们觉得还不够沉重,就聊起爷爷那一辈的人。每一位老人都不在了,这又让他们备感虚无,十一点左右一前一后离开酒店。

十月二号牛山一早就去医院等父母,但父母比他到得更早。父亲已经换好病号服在病床上躺下来,母亲带着挤出来的笑容跑前跑后,一会儿去护士站咨询,一会儿和病房里其他的陪护人员聊着各种注意事项,一会儿把带来的日用物品一一摆放到位。被子放床上,换洗衣服放进衣柜，水杯脸盆等放在床下面，一大袋卷纸和衣服一起放进柜子，床头柜上放两卷随时用。母亲一边忙一边安慰父亲，甚至哼起小曲，似乎接下来不是手术，而是一次期待已久的婚礼。流程和注意事项太多，牛山没有用心记，反正母亲会一直陪在这里。父亲身体还好，但精神已经萎靡不振。他们还寄希望于最后一次检查，如果查出误诊那该多好啊。检查结果要两天后才出来，一位通过亲戚找到的主任医师早早订好了手术时间，在他看来手术是必须的，不要侥幸。

父亲把牛山喊到床前说："小山，我得了这个病了，可能时间真的不多了，你要快一点结婚啊。如果不是这个事情我还真不催你，你妈妈催你我从来不作声，我觉得你自己看着办最好。但是现在不行了，你要抓紧。"牛山红着脸，病房里有很多人，一位病人的周围至少围着三个人，有的更多。"你一天不结婚，我一天不放心，想想，你不结婚，我死都不能死啊。"牛山支支吾吾，无言以对，自从进了住院楼之后，他就发现一贯能说会道的自己不会说话了，翻来覆去就是几句大家都说的话，不成篇，不精彩，不是自己想说的。他感觉脑子里一片空白，整件事像一次来势迅猛的意外事故，自己只能出于本能伸手比画两下。父亲还说："按理说你各方面条件还可以，为什么不结婚呢？"母亲走过接着父亲的话说："像你这么优秀的小伙子，找个小姑娘结婚还不是一句话，一点问题没有！"说着她脸上露出骄傲自信和坚强的表情，注视着牛山。牛山一言不发站起来去走廊抽烟，把背影丢给充满希望的父母。

手术当天，王小融要过来陪牛山。牛山大吃一惊，反复说不要过来，母亲在，几位姑妈还有几个表弟表妹都赶来了，他们是好意，也担心可能是最后一面。王小融说那我更要去陪你了。牛山带着怒气在电话里说："我都说了他们都在，我父母一天到晚催着我结婚，然后在这个场合你来了，你让他们怎么想？"王小融沉默一会儿说："我去了他们以为我是你女朋友，要结婚的，不是会很高兴吗，你父亲如果看到我再上手术台，精神状态肯定会好很多。""手术是全麻，他有什么精神状态，万一他一看你站在我身边，等于说我有老婆了，他觉得自己可以放心去死呢！"王小融带着哭腔问："你是不是嫌我老？我可以化妆。"牛山一阵烦躁，咬着牙握着拳说："你到底想干什么，我们又不可能结婚。""我就是想陪陪你。我知道我们不会结婚，我都快四十岁了。"牛山不说话，王小融反复问他，能不能去。牛山最后说："你来我拦不住你，我就当不认识你，你跟我说话我也不会理你。"

王小融后来说，她去了，在三楼手术室门前转了一会儿，觉得确实不需要自己就走了。这话牛山不能求证，只当是真的了。手术室门前的一小片区域里挤满了人，每一张被推进手术室的病床后面都跟着十来号人。门始终关着，所有人在外面等，还有人坐在安全通道的楼梯上等，不断抽烟。偶尔会有一位穿白大褂的医生走出来，摘下口罩喊家人名字，几个人围过去，医生拿出血肉模糊的一堆介绍情况。随着介绍，有的人欢呼雀跃，有的人放声大哭，更多人面面相觑，不知道该说这么，这是最为常见的情况，和此前的诊断高度一致，家属已经被肿瘤所带来的各种流程折磨得筋疲力尽，医生的话意味着这份筋疲力尽还要继续保持。牛山父亲就属于这种，等了四个多小时后，医生拿出一堆暗红发紫的肉在大家面前晃了一眼，用手指拨弄一番，安抚了母亲几句后匆匆离开。大家也逐渐散去，病人要在重症监护室里观察几天再转回病房。

因为自己住得太远，牛山在医院附近一家快捷酒店里开了房间让母亲住下，希望她好好睡一个晚上，等父亲从重症监护室出来后，还要她陪很多天。就睡在病床边上，小小的一个躺椅上，即使夜深人静时也睡不好。母亲拖着双腿走到床边，嫌弃地坐下来，然后开始哭，越哭声音越大。牛山不得不坐在她身边安慰她，一边拍打她的背，一边给她擦眼泪。母亲恶狠狠地哭着，牛山不断说没事的，不会有事的。母亲说："年纪这么轻得了癌症，这让我怎么有脸见人，我没把他照顾好啊！"牛山严厉地说："他生病跟你有什么关系，癌症很多时候根本就是没办法的事，什么叫没照顾好！跟有没有脸见人有什么关系！"母亲还是对她自己不依不饶，牛山不断安慰她，轻轻拍打母亲的脊背。手掌碰到母亲，牛山有些不自然，在此之前很多年，他和父母亲都没有任何肢体接触了。

从重症监护室回到病房后，父亲昏迷了一天，醒来后气色好了很多，牛山第一时间在床前问长问短。父亲很虚弱，说话尽可能少，伴随着点头摇头，没有扎针挂水的那只手也用来比画示意。又过了几个小时，父亲使出很大力气对牛山说："这个时候，你要是带着老婆孩子一起在这边该多好啊。"牛山几乎要哭出来,他不得不承认,年近三十的自己如果想要结婚,最可能的人是王小融,此外没有别人。牛山走到卫生间给王小融打电话,简单说了这几天的情形,说一切都很顺利,医生甚至说手术非常成功,后续只要吃药,不用放疗化疗。王小融安慰牛山不要太难过,要冷静一点,毕竟父母只能靠他了,多跟医生问问情况,千万不要相信一些偏门的极端的说法。牛山很感激,不过王小融没说来探望的事,牛山为此松了一口气。

半个月后,父亲恢复良好,牛山送他们回去。在收拾物品时,母亲异常果断,认为医院的东西带回家不吉利,把被子衣服塑料盆等能扔的全部扔了,少数无关吉利的才带回去。卷纸还剩四卷,装在长长的大塑料袋里,牛山说留给我用吧,扔了可惜。

孙瑜梅正在和滕鹏悄悄说着什么话,赵志明突然对他喊道:"牛山,没有家庭的工作是毫无意义的!"说着他发出一阵狂笑,几个人一起笑起来。牛山知道,自己出去的这一会儿肯定被他们大肆讨论了,谁不在就说谁,这是毫无办法的事。牛山坐下来冲着赵志明喊:"要不我俩组成一个家庭吧!"几个人又大笑起来,连孙瑜梅也大笑起来,笑得嘴角似乎失去了控制,露出了特别陌生的一副表情。滕鹏连忙解释说:"牛山你不要自降身价娶赵志明,这么多年了,我们知道你身体健康,取向也正常,就是心理不正常。"牛山大声打断他说:"滕鹏,一会儿你负责送孙瑜梅回家啊,我还要去公司处理一些事情,可以把你们带到地铁站。"滕鹏说那就不绕路了，直接叫个车，牛山也说那我叫个代驾。

在包间和停车场之间有大约两百米的夜路，灯光没有驱散黑暗，而是让黑暗更浓。其他几个人张罗着再去哪里坐坐，滕鹏刻意把孙瑜梅和接下来的活动隔离开来，牛山又远离滕鹏和老童等人，心事重重的样子。直到所有人都走了，牛山还站在停车场门口，等代驾的司机过来找他。没一会儿牛山收到孙瑜梅的消息："你什么意思，怎么突然就让滕鹏送我？"牛山有些愤怒，既后悔答应见王小融，也后悔让滕鹏送孙瑜梅，周围的乡野一片寂静，寂静中不断冒出远处高速上的刹车声，让他心烦意乱。想了一会儿，他什么都没说，删了孙瑜梅，等几小时后再删了王小融，就全都安静了，像此时此刻的乡间，最大的声响就是远处传来的轰鸣而已。

到了办公室，牛山打电话问王小融到哪里了。几分钟后，王小融来到"紫金艺术学校"灿烂的大玻璃门前，牛山推开门，带着她穿过长长的走廊来到自己办公室。"不要开灯，万一被你们同事看到了来找你谈工作呢，"王小融关照一句，"已经够亮了。"牛山点点头，周围几幢大楼发出耀眼的光，蓝色的紫色的白色的红色的，散发出一种普天同庆的气氛。在沙发上，牛山抱了抱王小融，王小融也尽力迎合，只是初春的棉衣和情况不明的病毒让他们的拥抱变得有些冷漠和凄惨。牛山松开手问王小融："你跟你丈夫不是早就分居了吗，怎么还会传染？"王小融想想说："一年前他提出来再要一个小孩，这样可以维系一下夫妻关系。我们努力过好几次，他对我大概真的很厌恶，每次都是半途而废。我们想过用伟哥，担心对孩子不好。"王小融停顿了一下说："我还想到你，好几次都想找你帮忙，想想又忍住了，对你不公平，对每个人都不公平，而且我也确实不那么想了。"

牛山起身给王小融倒了一杯温水，自己倒了杯凉水，喝了一大口说："你说的不想，其实就是恨我吧。"

"差不多，那一年你不让我去看你父亲手术，我一点都不恨你，我就是把自己想法借着那个机会告诉你而已。"王小融慢吞吞地说。窗外光线的变化让她脸上也明暗交替了一下。"我跟你说过，我父母那几天总是逼我结婚，他们觉得，父亲都得了癌症了你怎么还能不结婚呢，回家路上他们还说，如果我结婚我父亲的病情就会好转，如果我不结婚病情就会恶化。我真的不能接受这样。你要来看望我，等于是逼婚，变成跟他们一样的人了。真的不是嫌弃你老，更不会觉得你不好看，你很好看。你那次要来看我父亲手术，你觉得是跟我宣布愿意跟我在一起，在我看来等于是宣布我们不会在一起。"

王小融坐直了，小声地说："我后来也意识到了，所以一直没说要去医院看望你父亲。我一直想你父亲出院之后，就是你恢复正常之后的情况。我能接受从那以后我们再也不联系，当然肯定也接受在一起，不能接受在一起但是绝不结婚，然后几年之后又分开来的情况。现在的结果，恰恰就是这个最差的样子。"

牛山长叹一口气说："你是怪我了，我以前跟你说了，跟你在一起是因为我没有别的女人，如果我说明了要结婚，反而会有。我总是说清楚不结婚，只有你一个人还愿意跟我在一起。"

"你不结婚为什么还要跟我在一起呢？我真的以为时间久了你会愿意结婚，毕竟你也不小了，没想到你真的是不想结婚。"王小融愤怒地问，但牛山觉得她更多只是不甘心，不想辩驳什么，低头不语，王小融也沉默下来，坐在他的对面，既不走开也不靠近。滕鹏发来一条消息说："刚才在车上我抱着她半天，她不反对，确实是漂亮，可能光线比较暗的原因。司机开得太快了，结果她吐了，吐得后排全是，我要疯了。"牛山打了一连串的大笑表情，又补充说："她刚办了离婚，说是很多年没在晚上出来玩过了，喝多了情有可原，你就负责到底吧。"滕鹏回复了一个惊恐的表情。牛山补充说："她这个样子回家可能不合适，你看附近有没有酒店，先处理一下再说了，实在不行住一夜。"过了一会儿滕鹏回复说："我赔了司机两百块钱洗车费，还要花钱住酒店！"牛山本想说这个钱我付好了，想想没有必要，就什么都没说。王小融从包里拿出两包精致的烟递给牛山，牛山一边拆一边说："这些话我们以前都说过，你觉得跟我相处久了会让我想结婚，你人那么好，工作也好，对我又好，时间长了我肯定会答应结婚。但是时间长了就意味着你老了，就算我想要结婚也不会跟你结婚啊。"

王小融扬起脸问："我还是不懂为什么！你的意思是，跟我相处久了会让你想要结婚，但不是跟我？为什么？"说话时已经有泪水在她眼睛里打转，牛山走到办公桌前抽了两张纸递给她，清清嗓子说："也没什么为什么，我觉得跟你结婚的后果比我不结婚的后果严重，你只有在不结婚的时候才可爱，结婚后我肯定会对你不好的。"

"我已经没有结婚的权利了。"王小融擤着鼻涕说，"我懂你意思，从最早开始，我们就是不清不楚在一起但不能结婚的关系。"

牛山说："你非要这么说就这么说吧。"

"为什么我们只能是这种关系呢？"

"因为我不喜欢你，不能跟你每天待在一起，你也不喜欢我，不能跟我天天待在一起。不是你年龄大家境好，都不是，就是我们互相根本不喜欢，没有到结婚那一步。"牛山说着，帮王小融把纸巾扔掉，又抽了几张给她说，"你只是碰巧遇到丈夫对你最差的几年，我只是碰巧当时没有女朋友，都是碰巧，都是最坏的选择，不是最好的。"王小融哭得更厉害了，一边哭一边断断续续说："真后悔今天来找你，听你说这些话。"滕鹏发消息说："妈的，妈的！她不肯去酒店收拾，非要回家，家里没有别人。我人生第一次跟一个女人站在她家里，太让人恍惚了，我要回家！"

牛山笑了，坐下来说："有什么后悔不后悔的，你就是后悔自己耽误了好几年时间，这不也是你不敢离婚又没有遇到更合适的人吗？我不也是一样耽误了几年时间，我不是有多少女朋友，这些年只有你一个人，然后越来越证明不能结婚。"王小融挤出一丝笑容说："确实不能后悔，话说清楚了就再也不后悔了。我要走了，见也见过了，还是跟前年一模一样。"

"你放心，你老公得病了会对你越来越好的。"牛山赔着笑说。

"这种有什么意义！"王小融愤怒地说。

"将就着过总比天天吵架好吧。对了，这些卷纸送给你吧，是我父亲住院剩下来的，我放了好几年了。"牛山说着走到桌子后面拉开抽屉，拿出一个撕破的大塑料袋，里面是四卷卷纸，红色包装在半明半暗的房间里有些模糊。王小融目睹牛山做完这些动作，在此过程中她也确认了牛山这是要送自己卷纸，她带着愤怒、屈辱和不解大叫起来："我要这些纸干什么呢……"

"你平时用纸的地方很多啊，我找个拎袋给你装起来吧。"牛山把卷纸从大塑料袋里倒出来放在桌子上，把撕破的塑料袋卷起来放在垃圾桶里，蹲下来在书橱的柜子里找另外的袋子。王小融恶狠狠地瞪着牛山，突然快步走到办公室门后面，啪啪啪几声把所有的灯全都打开。一时间白茫茫的光线在房间里升腾而起，无处不在。牛山受了惊吓一般回头看看，一眼看到王小融站在白花花的光线中。她冲到桌子前面，右手抓着一卷卷纸，手指狠狠地抠住，拼命朝牛山砸来。卷纸在飞翔中发出了风声，残破的塑料包装又让风声变得很响，牛山结结实实挨了一下，还没来得及感到疼痛，就看到卷纸在自己眼前爆裂开来，眼前顿时被白花花一片包裹起来，除了这刺眼而无力的白色，什么都看不见了。牛山想，一定要找个机会，看看常见的那种卷纸铺平之后到底有多长。

赞美之夜

十月六号上午八点,牛山出门拿车,接上住在附近的滕鹏,再去师范大学后门接马竹隐。多年来马竹隐都是在秣陵路那边等朋友,总是会迟到,慢慢地从老旧的小区深处走出来,昂首向天又一脸茫然。今天不知道为什么换了地方,等看到马竹隐时牛山和滕鹏知道了原因,马竹隐身旁多了一个女孩,身材高挑,穿着宝蓝色的牛仔裤和一件小巧的白衬衫,表情淡漠。牛山和滕鹏扭头看着女孩跟着马竹隐钻进车,闻到了淡淡的香水味。马竹隐说:"介绍一下,这是牛山,老朋友,印刷厂老总,也是画家;这是滕鹏,我大学同学,评论家,教授。"

他又把脑袋伸向前排说:"这是王小融,我女朋友。"

滕鹏似乎被女朋友这个称呼吓到了,猛地扭头说:"你好你好。"

牛山嘿嘿一笑说:"竹隐你说我也是画家什么意思,不想承认我是画家。"

不等马竹隐回应,滕鹏就按捺不住问:"王小融你好,大美女啊,你什么时候跟竹隐好上的?"他的话其实没有说完，马竹隐早已经结婚，有一对双胞胎儿子，滕鹏想问的是："你知道这些吗？有什么想法？"

"早就认识马老师了，你说的好上了，就是最近吧。"

滕鹏感慨说："可以啊竹隐，之前我们一点都不知道……"牛山不再说话，像职业司机那样专心开车。他一直盼着今天。一个月前，万松市的老朋友罗江给马竹隐还有他打电话，说要在万松市美术馆搞一场主题为"来自汉朝的矿工"的画展，一定要去捧场。罗江让他们开车过去，他那边负责过桥过路费和油钱。对此牛山非常乐意，这些年他一有机会就开车跑高速，这是仅有的风驰电掣的机会，同时离开妻子女儿出去玩也令人向往。

上了高速后牛山兴奋起来，不断变道加速，发动机的轰鸣让他瞳孔放大，周身上下都亢奋而舒爽。牛山专注于一次次超车，被动地听到了一些身旁的谈话。王小融是马竹隐的实习生，当年马竹隐还在杂志社工作，王小融经老师介绍到他手下实习了两个月，拿到一份精彩的实习报告，随后王小融在香港和法国读书七年，回国做了两年的制片人，今年九月份刚刚回南京，在电影学院教书，算是落叶归根。她联系上了实习老师马竹隐，一个月左右他们就成了男女朋友。

一想到马竹隐以如此迅猛的速度和王小融成双出对，牛山有些难以自控地加速，车速往往突破一百二，好几次甚至碰到了一百四。他想起李黎的一首诗："我能到达的最远的地方／是在高速公路上／把车速拉到一百八十／这时的我／距离死神最近／心神恍惚／这就是我能去的最远的地方。"牛山觉得李黎在吹牛,不管是路还是车,想要一百八十太不容易了。

半小时后车子离开绕城高速,马竹隐、滕鹏开始闭目养神,王小融低头看手机,偶尔对着窗外拍照。发动机的轰鸣、窗外的风声和脚下的轮胎噪声,汇合成一股沉稳自信的喧嚣,一种浓浓的专业气息。

又过了半小时,车子离开平原进入山区,眼前顿时繁茂起来,青山隐隐的感觉扑面而来。牛山没和谁商量,直接把车开进高陵服务区,马竹隐和王小融去超市买水和零食,他和滕鹏去洗手间。滕鹏边走边调侃:"开这么快,是不是被王小融刺激的?"

"是啊,确实漂亮。"

"她也快三十岁了吧,不过跟竹隐比还是小姑娘。"滕鹏说,"看不出来竹隐还有这么一手,我很羡慕。"

"我们怎么跟嫂子说这件事呢?"牛山问滕鹏。

"不知道啊,他们的事我们管不了。不过韩静确实挺可怜的,本来生小孩就晚,又是双胞胎,一个人带两个儿子忙得晕头转向的。还要辛苦好多年,他们才上三年级吧。"

"九月份已经上四年级了。我刚才一直在想,如果韩静问我们,我们怎么说呢。到了万松那边肯定要拍很多照片,还有那么多朋友。马竹隐这就是高调宣布,我们成了见证人。"

回到车子旁边,滕鹏点上一根烟忧伤地说:"他们两个其实也差不多了,你没听马竹隐抱怨过韩静吗,自从有小孩之后，韩静整个人全都扑在小孩身上，像疯了一样，什么事情都要最好，都要跟别人比。从三岁起每年固定带他们外出旅游四趟，三次国内一次国外。上学了更不得了，考不到满分就严厉惩罚。有一次语文老师说老大上课不专心，她都要专门去学校跟老师长谈。韩静整个人越来越恐怖了。"

"全身心扑在小孩身上，就是对丈夫不抱希望了。"牛山说。

滕鹏叹口气说："你说的对，确实是男人的问题，让老婆看不到希望，那只能寄托在小孩身上了。往往是付出越多要求越高，要求越高就会导致控制越强，然后就是矛盾越来越大，搞得一塌糊涂。"

"韩静好像就是这样，"牛山又说，"还好我老婆对女儿根本没有任何期待，还宣称跟她没关系，最多做个朋友，做不成朋友也无所谓。"

"焦老师是比较潇洒，你们这样挺好的。竹隐现在已经很麻烦了，跟韩静几乎不说话，离婚吧还是小孩最惨，拆开来父母各分一个，兄弟两个就疏远了。"

牛山带着添油加醋的口吻说："小孩会觉得父亲不是原来的父亲，因为有了新的女人了。韩静这样全都怪竹隐，对家里什么都不管，什么事情都要高级，他觉得带孩子不高级，画画才高级，跟艺术家耗在一起什么都不做才高级。"

"竹隐这些毛病都是因为他是世家子弟，哈哈，高级，胆小如鼠。"滕鹏笑着说，"韩静也是可怜，而且小孩根本不是什么希望，等到叛逆期来了，兄弟两个一联手，根本就不会把父母放在眼里……"

王小融和马竹隐远远走过来，一边走一边说话，亲切自然，像相处了十来年。马竹隐手上拎着沉甸甸的塑料袋，一反他不屑去菜场超市的形象。

马竹隐递给两人一人一瓶可乐，滕鹏说带茶了，不用。牛山说给我，可乐提神。王小融笑眯眯地看着他们三个人抽烟，耐心等着，再转身对着远处的群山拍了几张照片，不经意间镜头对准了马竹隐等三个人，拍了几张。

再次出发后，车内恢复了热闹，包装袋哗啦哗啦响着，夹杂着咀嚼声，三个人边吃东西边闲聊，聊聊南京、罗江的画展和王小融。马竹隐突然问牛山："一会就要到你老家了吧？"

"快了，从含山出口下高速，在山里开半个小时，就到沉水了。"

"从南京过来也就两个多小时，这么多年你都没带我们去玩过，不够意思。"滕鹏说。

"太麻烦，以前没车，转车等车太让人伤心了。现在有车了，父母也都老了，我带一大帮人回去，他们不接待说不过去，接待吧我害怕他们累到。"

"牛山你父亲身体还好吧？"马竹隐问。

"定期检查，不过不用跑南京，在萧城就可以，萧城人民医院的肿瘤科也很好。"

车内出现了短暂的沉默。王小融突然说："我听马老师说过，沉水那边风景特别好，要不我来组织大家去玩一次吧，我现在还帮一些剧组选外景，到时候我们一起去，吃住都由剧组负责，最多到家坐坐就行了。"滕鹏表示同意，牛山不客气地说："我担心时间凑不齐，你想，要我有空滕鹏有空，你们两个有空，还要剧组有空，这个太难了。不是一起过去又没有意义。"

这个话题又结束了，车子飞速冲向高速深处，两边浓密的树林飞速倒退着，在后退中融为一大片不分彼此的绿色。牛山有些拒绝带朋友回家，不过在距离老家最近的含山服务区，他还是停了下来，这里距离此前的高陵服务区不过五十多公里，完全不用休息。王小融去洗手间，马竹隐不紧不慢地跟在后面，两个人距离越拉越远。牛山站在车边打电话，慢慢往前走，在超市前空地上转了半天，什么都没说就回来了。

坐在副驾驶抽烟的滕鹏问："打过电话了？"

"家里电话，还有我爸我妈的手机都打了，没人接。"

"才十点钟他们能干吗去呢？不会上午就去人工湖那边跑步吧？"

"不会的，都是晚上跑。可能在哪个亲戚家吧，他们经常这样，三个电话都没人接，我习惯了。"牛山笑笑说。

"中午到了万松你再打吧。在哪里打无所谓的，靠得近他们又听不出来。"滕鹏安慰说，"要不明天我们一起到你家绕一圈，晚饭就在镇上吃饭就是了，不麻烦他们。"

牛山没否定也没答应，滕鹏不好再说了，狠狠吸了一口烟说："你说竹隐现在还能满足王小融吗？"

"你操心的事情太多了，完全应该结婚，再生两个小孩。"牛山说着哈哈哈笑起来。

一个多小时后他们从万松东下了高速,朝罗江安排的万国酒店开去,十一点半左右如约到达。肥硕热情的罗江已经在大堂恭候各路朋友,一阵手忙脚乱的寒暄客气后,罗江让他们先住下,等另外几位外地朋友到了一起吃饭。"已经给你们安排好了,一个豪华单间,两个普通单间,你们登记一下。"罗江挤眉弄眼地说着,辅以哈哈哈。

办好手续后一行四人到了十九楼,大声找着房间,互相招呼着进了各自的房间。马竹隐在1912房,走廊的尽头,滕鹏在1927房,就在电梯旁,牛山在1945房,走廊的另一头。他从滕鹏身边走过,回头看看走进昏暗中的马竹隐和王小融,掉头去找自己的房间。躺下来后牛山又给家里挂了电话,还是没人接。牛山这么多年一直很疑惑,当自己不在场时,父母是怎样生活的,怎么一分一秒地度过晚年,自己跟他们算是在同一个世界吗?这么想着他都笑了起来,随后睡着了,他想,吃饭时滕鹏自然会打电话过来,放心睡吧。没多久电话响了起来,是一个陌生号码,接听后才知道是王小融,她告诉牛山下楼吃饭,二楼"寒山"包间。牛山感谢一声,磨磨蹭蹭下楼。

一张张通红的脸和一个个肥硕的肚子让包间里有种人满为患的感觉,来自多个地方的罗江的好友彼此寒暄招呼着。"真的很像江湖聚会,一位有点头脸的人物办喜事,全国各地道上的人物过来助阵。"滕鹏低声对牛山说,又迅速抬头和几米开外的人点头示意。他们四人被安排在主桌但不居中的位置,居中的是罗江、本地的一位官员和来自北京的著名评论家、策展人赵志明,一桌人都围绕他们三位说话,事实上整个包间里的三桌人都围绕他们说话,兼顾一下马竹隐。牛山不以为然地低头和滕鹏闲聊,不去管周围的情形。王小融谁都不认识,除了偶尔举着手机拍照,也一直和牛山、滕鹏窃窃私语。他们一直在聊牛山老家和父母,王小融建议牛山以后每年的复查不能在萧城,还是抽时间去上海,认认真真做一次全身体检,把能查清楚的毛病都查清楚,然后不管运动还是饮食,针对性会很强。滕鹏不太同意,认为这样会吓到老人,老人嘛,就图个心情愉快顺其自然。

"想要让他们心情愉快,最好的办法是我给他们生个孙子,而且还要把小孩送给他们带。他们对我生了个女儿很不满意,更不满意的是我们一天都没有把女儿丢给他们过。"

王小融说:"这样很好啊,小孩就应该父母带,偶尔跟老人待一起算是度假吧,哪能生个小孩就丢给父母。"

牛山叹口气说:"所以他们意见大啊,我女儿还没出生时他们就都退休了,一心想着带小孩,哪知道我根本不让他们碰。他们就想各种说辞,问我为什么经常送到外公外婆那边,不送到我们这边。我都懒得理他们,我们有事,临时照看半天一天的,当然送给就在附近的外公外婆,难道跑那么远送给他们!"

"一比较就容易有意见。"滕鹏说。

"我就让他们别这么比较,这就是客观事实,他们离我一百多公里,外公外婆他们离我们五公里,这还用想吗？假如我留在老家不出去，又娶了一个外地的女人做老婆，那小孩当然让他们多照顾，根本做不到没事就送外公外婆家。这个完全不用多谈。"

王小融说："他们就是觉得孙女一天天长大，自己都没怎么出过力，又遗憾又难过，而且还闲得慌。"

"你很懂啊，说得像你生过小孩一样！"滕鹏嬉皮笑脸地问王小融。王小融笑笑说："同学很多人都有小孩了。"

"那你怎么打算的呢？"牛山问王小融。王小融有些不高兴，没说什么，脸上堆出陌生人的表情。周围的人突然纷纷起身，原来是罗江站起来了，他朗声说："各位，中午只能简单吃一点，为了防止一些特别能喝的人喝多了，我也就准备了一点红酒，一会儿大家休息，很多朋友都是远道而来，应该累了。竹隐老师、滕鹏老师和牛山老师三位是开车从南京过来的，非常辛苦！画展两点十八分开幕，三点钟合影，三点半在五楼多功能厅集合，搞一下研讨会，晚上我们再好好喝，不醉不归地喝！明天我们去看看湿地公园，还有一个矿山遗址。今天中午暂时就这样好不好。"

大家纷纷表示认可、理解，然后干了杯中酒，开始吃面条，呼呼啦啦之后起身回房间休息。牛山去了滕鹏房间，聊了一会儿罗江的画作、湿地公园和矿山遗址，一点半回房间躺下，但翻来覆去睡不着。

开幕式很模式化，领导讲话依然是第一位的，专家权威的讲话也必不可少，随后才是朋友，但突出的是这些人的身份。马竹隐是第四个讲话的。因为没有午睡，牛山有些昏昏沉沉的，此外一股挥之不去的厌倦情绪也让他打不起精神。在别人说话的时候他默默地走到一边看作品，都是一些巨幅的矿工油画，脸上刀削斧刻着矿工的苦大仇深，衣服则来自历朝历代，整个展览意在营造一种自古以来的痛不欲生。牛山从一开始就被这些画作的尺寸吓了一跳，实在太大，最大的有两米乘三米那么大，彰显出罗江的努力和野心。他装模作样地在画作对面徜徉，和其他人说上几句，但他一次都没有看那些矿工的眼睛。

讲话和自由参观之后是合影，马竹隐位于第一排中间的位置，站在第三排的牛山对身边的王小融说："到哪里都有这种大合影，你看这个搞摄影的，自我感觉好得不得了，指挥自如，几乎要有幽默感了。"

滕鹏也笑着说："感觉全中国的会议合影就只有一个摄影师，他每天在全国各地跑啊跑啊，哪里都有他的身影。"

王小融笑了起来，惹得马竹隐从前排后仰着看过来，王小融冲着他挥了挥手，滕鹏也挥挥手，几个人笑得更厉害了。

随后的研讨会由滕鹏教授主持，牛山被安排在第二个发言，第一个是当地的一位老迈而不知名的权威人士，是罗江的好友，更代表着一股不可小觑的势力。老人家盛赞罗江的这些立足万松矿区的大尺寸油画颠覆了常识，打通了古今，开拓了未来。牛山已经困得不行，几乎要像个坏学生一样趴着睡着了。轮到自己时，他决定来点刺激的，刺激一下大伙也刺激一下自己，他清清嗓子朗声说："对这些画我就不评价了！"

大伙儿深感意外，好几个昏昏欲睡的人都直起身子看着他。

"我要说另外一件事，这件事就是，我觉得罗江兄的下一个作品，应该是这些画作的升级版本，也就是说，应该是一部以画作为底本的电影。我认为有三个理由，第一，我和罗江兄曾经有一两次长谈，聊了一晚上，基本上都是在聊电影，我们对电影都有兴趣，罗江兄甚至直接说非常想尝试当一次导演。第二呢，中午各位休息的时候，我去了一趟湿地公园和矿山遗址，因为我不熟悉万松，还在开采的矿我就没办法去了，但是可以通过矿山遗址和湿地公园进行想象，这三处地方，非常上镜，也迫切需要用镜头表现出来。第三是这次画展实际上已经做好了拍摄的准备，可以直接拿来当脚本。当然如果是电影，情节上可以再完善。罗江兄所有的画本质上都是万松的矿井和矿工，那么电影应该是画作的补充和延续。有了我刚才所说的三点理由，电影我觉得不难，而且非常有必要。"

罗江本人首先兴奋起来，拿起话筒说了很多的想法，其他人也议论纷纷，尤其是罗江在当地的朋友，以一种不可思议的速度投入到对电影的畅想中去了，既有对陌生的电影事业的憧憬，也有对可以不谈论画作的兴奋。牛山在几个人补充发言后清清嗓子说："我们的王小融老师就是一位资深的制片人，虽然年轻，但已经在十几部电影中出任制片人了，晚上罗江兄可以和王小融老师多沟通沟通，有专业人士的帮助很快就可以实现。"

这番话又让在座的很多人来了兴趣，纷纷打量青春靓丽的王小融，马竹隐对着来自各个方向的目光频频点头，有理有节有声明。

后面的发言都不谈画展而谈电影，主持人滕鹏也不加干涉，倒是马竹隐，提醒大家多谈画作，电影是另外的话题，应该在另外的场合聊。罗江赶紧向马竹隐致歉，后续的六七个、七八个人都围绕画作发言，主要是赞美。

赞美一直延续到晚饭，整个晚宴就是赞美的高潮所在。牛山虽然不屑，可面对热情的脸和上好的酒，也跟大伙儿一道呼呼啦啦地吃喝起来，别人敬酒时起身相迎，弯腰致意，离席恭送。很快牛山喝多了，冷冷地看着身边窜来窜去的人群，不可遏制的厌恶和愤怒涌上来。每个人都让人厌恶，尤其是马竹隐，昂着通红的脸接受奉承，同时也不忘和今晚的主人公罗江说话，不断发出呵呵呵的大笑。王小融笨手笨脚地坐在一边，脸上挂着进退两难的微笑，整个人像一个巨型的彩色充电器。牛山突然间觉得想吐，一个不熟悉但一直对自己特别热情的人走过来碰杯，牛山直接干了壶中的酒，强迫对方也干了，然后寒暄几句，互相留了电话。喝了几口鱼汤压压酒，牛山拍拍滕鹏的肩膀说："我回房间给家里打个电话啊，不喝了。"

"还没打通……"牛山没理会滕鹏，径直回到了房间，倒在床上，脱掉了外衣长裤，拽下袜子，又干脆连内裤也脱了。全身宽松下来，心情才好了一些。看看时间，八点半，他拨通了父母家的电话，母亲接了电话，问怎么这么晚才还打电话。牛山反问："我给你们打了好几次，每个手机都打过了，怎么没有人接电话？"

"我们一天都在你舅舅家,手机都丢在家里了。王晓林又生了一个女儿,我们本来就是一早去看看,打算坐一会儿就回来的,结果去了之后他家里漏水,厨房客厅弄得一塌糊涂,大人小孩都挤在一起,乱七八糟的,我们帮忙收拾,拖地啊吸水的,忙到中午好了,你舅舅非要留我们吃饭……"牛山听到这里犯困了,表弟王晓林生了女儿而不通知自己,看来自己真的跟他们不在一个世界里。他睡着了,又被吵醒,母亲在电话那边大声喊着:"你是不是睡着了,你在哪里?"

牛山反复解释自己喝多了,不过现在已经安全回到房间里,不会有什么事。最后他说:"我要睡觉了,不说了,再说我就直接说睡着了。你说来说去就是那些事!"母亲哼了一声,挂了电话,牛山站起来冲澡,然后睡着了。不知道几点钟,有人按门铃。牛山后悔自己没有把门铃调到勿扰模式,他走到门后问是谁。

门外面传来一个女人的声音:"是我,王小融。"牛山凑近看了看,打开门,王小融挤了进来,径直走到最里面的沙发上坐了下来,把随身的包扔在一边。她脸色通红,不知道是喝多了,还是哭过。

"你怎么了,怎么满脸通红的?我记得你晚上没喝酒啊?"牛山远远地站在王小融对面说。王小融不说话,牛山看看后面,似乎后面有人。确认门关好之后,他问马竹隐和滕鹏去哪里了。王小融说:"马竹隐喝得很开心,喝得我都不认识了,滕鹏给他挡了很多酒,应该也喝醉了。我在你这里洗个澡吧。"

牛山看看洗手间，似乎在确认那里是否可以洗澡，他点点头答应了，拿起遥控器打开电视，不断换台看，王小融从他眼前走过，他问了声："你有衣服换吗？"

"你把你明天穿的T恤衫给我当睡衣吧。"

牛山皱皱眉，还是从旅行箱里拿出干净的黑色T恤递给王小融。王小融嫣然一笑，说声谢谢就走进卫生间。牛山在床边躺下来，用更快的速度换台，又给滕鹏打了一个电话，没有人接。他想给马竹隐打个电话，有些担心，就算了。看了差不多半小时球赛，王小融才从洗手间里走出来，手上拿着她自己的牛仔裤和衬衫，头发披散在肩膀上，蓬松干燥，这让王小融看上去更为妩媚了。她穿着牛山的T恤，因为长，遮住了内裤，下身光溜溜的似乎什么都没有穿，洁白的大腿看上去刺眼而性感。

"到底怎么了？"牛山僵在床上问。

"没什么，就是不想跟马竹隐回去，又没有其他地方去。我睡沙发吧。"说着她抱出一床被子一个枕头在沙发上躺了下来，脚对着牛山这边。牛山的目光没有地方放，王小融的脚近在咫尺，顺着脚往上，就是所谓的玉体横陈了。见王小融没什么想说的，牛山也不再问什么，借着残存的酒劲和此刻的舒坦说："你身材真好啊，白天看不出来，现在看得清清楚楚了。"王小融微微一笑，又露出僵硬的表情。牛山赶紧说："我意思是很多女的穿衣服时身材很好，衣服有塑形的作用，脱了衣服没有那么好，你脱了衣服比穿衣服身材还要好，今天不算冷，你怎么不穿短裙呢？"

"我第一次见你和滕鹏,穿得太显眼不太好,故意选了素一点的衣服。"王小融说着,站起来,像是展示一下身材似的,停顿之后转身去烧水,"我泡点茶给你喝吧,满嘴都是酒气。"

"好的好的,我回来就睡了,水都没烧。"

"你这么体贴,真是看不出来,一般而言美女都是要别人照顾的。"牛山对着王小融的背影说。

"那你照顾我啊,还躺着不动。"王小融说,"不过你喝了很多酒,多休息休息吧。"

王小融站在牛山和电视之间等水开,偶尔对着牛山,偶尔转向电视,似乎在展示她绝佳的身材。牛山也不客气地看着她,只是看,此外还能怎么样他完全不清楚。

王小融冲好两杯袋泡茶,自己端了一杯坐在沙发上,被子盖住了膝盖。随着说话她上身不断前倾晃动,牛山发现她除了T恤什么都没穿,仅仅半小时的时间,自己宽大的黑色T恤就被她的胸部勾勒出明显的形状来。牛山深吸一口气,觉得这一切太让人恍惚了,事情如果到此为止,自己也觉得够了。

"你出来玩怎么不带上老婆和小孩啊?"王小融笑着问。

"我出来就是为了不要每天都跟她们在一起,适当离开一下,回去关系更融洽,还怎么带她们呢。"

"听上去很有道理。"王小融评价说。

"不是说关系不好,就是每天在一起,我和老婆的关系需要我负责,我和女儿的关系需要我负责,老婆和女儿的关系也要我负责，我要稍微摆脱一下，这样才能休息一下，遇到麻烦也能更冷静一点。"

"那你们关系好不好，你跟你老婆？"王小融突然问。

"应该说还不错吧，所有关系好的那些事我们都有，所有的麻烦我也会遇到，不过遇到问题的时候我让自己要冷静，或者就多花时间在工作上，要么在工厂里盯着印刷机，要么自己画画，很多日常生活的事就化解了。"

"这样真是挺好的。你老婆做什么的？"

"在大学教美术理论，跟滕鹏是同门。"牛山不无自豪地说。

"那多好，一个画画一个评论，一个做生意赚钱一个做研究，真是让人羡慕。"王小融说。

"没什么好羡慕的，我的理解是，我们这些人在这个领域都是二流三流的人物，永远不可能到一流了，忙来忙去只能忙一些基础的事，普及一下油画艺术这种事。"

"你也太谦虚了吧。"

"没有谦虚，说自己二流什么的已经是自夸了，放眼美术史，最多是三流，这已经是不得了的成绩了。不过我还是想成为一流的画家，不甘心。"

"那罗江这种画展你怎么也来了？"王小融说着哈哈哈笑了起来。

"我真的不想来，他画得太用力了，恨不得画成壁画，还找这么多人来强迫大家首肯。不过竹隐不会开车，滕鹏把车卖了，只有我开车。你的意思我清楚，我很早就意识到了，很多三四流的画家作家，以为自己成天跟其他三四流的画家作家混在一起,到处抛头露面,这样就能成为一流了,他们不知道就算他们一年到头都在外面窜场子,该不入流还不入流,只会更差。我在南京基本没有圈子,跟竹隐和滕鹏是关系特殊,也就这几个同行的朋友了。"

"在艺术领域量变导致质变的规律往往无效,难得你这么清醒的,我看到太多人急于抛头露面,自己给自己添油加醋的,很多导演也是这样。"王小融严肃地说,还做了两个扩胸伸展的动作。

"反正我就是认为不要恬不知耻地胡说肯定没错,有可能我九流都达不到,但我不能去恶心别人。"牛山说着,站起来给王小融和自己加水。他心跳急剧加速,因为再往前或者往旁边偏离一点,就可以接触到此刻半裸的王小融,后面怎么样都不难想象,从她走进卫生间到躺在沙发上,都已经一个多小时了。问题在于马竹隐,牛山知道自己宁愿和王小融形同陌路也不能和马竹隐交恶,他们从青年时代就厮混在一起,和马竹隐之间如果有问题,意味着自己过去二十多年的人生也是有问题的。

王小融突然站起来说上厕所,牛山点点头,目送王小融走进洗手间。在床的角度看不见洗手间的门,不过牛山没有听到关门的声音,随即听到了小便冲刷在马桶内壁上的滋滋声,牛山闭上眼睛,一股无可名状的情绪涌上来,几米外是一个陌生而新鲜的美女,无以伦比的双腿赤裸着,但她上厕所时发出的声音和每个女人都是一样的,和每天清晨或夜晚的生活也是一样的。

王小融走出来说:"睡不着,我们出去兜兜风吧?"

"我喝酒了啊,你开车?"

"可以,问题不大,晚上也没什么车,我白天看到那么宽的路感觉就是给人飙车的。"

他们哈哈笑着,带着夜游的兴奋各自穿好衣服,下楼上车。

每家酒店都大同小异,每个城市也越来越像,但夜晚让眼前的景物有别于所有的酒店和所有的城市。王小融开车,问牛山去哪里。牛山看看左右说:"罗江说这里有个湿地公园什么的,不过晚上可能不开门,你想去哪里就去哪里吧,回来导航就可以了。"

王小融受到鼓励,一踩油门朝着夜色深处冲了过去。作为一座过气的煤矿城,万松市如今大概只能算作四线城市,早晚也会出现拥堵,但午夜时分的马路给人一种真空的感觉,一眼望过去没有人也没有车,时光似乎回到了几百上千年前。王小融在过了每一个红绿灯之后就疯狂加速,然后在下一个红绿灯前拼命刹车,车子或者在惨痛凄厉的刹车声中停下,或者带着谨慎缓缓通过路口。如此这般冲刺了几十次,王小融满脸通红,脑门上都渗出了汗珠。她双手死死握住方向盘,腰板拼命绷紧了以应对一次又一次的冲撞。因为前前后后地晃动,牛山也有些头晕,心跳加速,口干舌燥。不过他什么都没说,希望王小融能继续这样下去。

又跑了几个路口,王小融扫了一眼油箱说:"我们往回吧,油不多了。"这里应该是新区一代,道路宽敞,四周开阔,明亮的灯光让树木下的阴影显得更加深重。牛山指了指前面一处暗处说:"你开到那边,我来导航一下。"车子缓缓开过去,脱离了灯光的照射。牛山一边在手机上搜索一边漫不经心地问:"你今晚到底怎么了,跟竹隐出问题了?我看你刚才的样子有点吓人。"

王小融没说话,眼睛直直地看着前方,不知道是畏惧前路,还是打算再一次把油门踩到底。牛山扭头看看王小融,她脸部的侧影看上去比正面还要漂亮,有一种雕塑感,几近神圣。王小融也扭过头,牛山擦擦她的额头说:"你都出汗了,感觉刚刚干了什么坏事。"王小融被逗笑了,伸手把牛山的手打开。牛山伸出左手抓住她的手腕,又往怀里一拽,左手前伸搂住王小融的脑袋,两个人开始接吻。王小融摸索着关掉了车灯,这提醒了牛山,他抬眼看看前方,只有一片昏暗,微微泛黄的路灯光和黑暗相互融合,车窗外呈现出一片死寂,到处都弥漫着时光的残留物。这里不是万松市,更不是南京,也不是酒店或者家里,这里哪里都不是。王小融不失时机地嗯了几声,牛山把手机放好,腾空了两只手对王小融做每一件想做的事。

牛山再次拿起手机时,已经是凌晨三点,过去的两个小时他们尽情放纵,小而严密的轿车有效地把这次漫长的放纵包裹在一个不为人知的时间地点。王小融趴在牛山胸口问:"你这是有多久没碰女人了?"牛山有些尴尬,黑暗也不能帮他掩饰。他反问王小融:"现在,你算是跟马竹隐真正分手了吧?"

王小融点点头,又把脑袋埋在牛山胸口,左手绕在牛山的肩窝处,机械地画着圆圈。

"到底为什么？我走的时候你们不是还好好的吗，一副男才女貌的架势。"

王小融似乎有些不高兴，抬起头梳理一下长发说："你明天去问滕鹏吧！"

牛山不说话，赶紧把她的脸捧在双手间，放在眼前，似乎这样端详的机会不多了，第一次也是最后一次。又纠缠了十来分钟后，王小融推开牛山说："我们回去吧，太晚了，明天你还要开高速呢。"

"你去我房间睡觉吗？"

"去啊，不然还能去哪里呢。不过我还是睡沙发。"王小融打开车灯，开始启动。牛山扭头看看她，在骤然响起的发动机轰鸣声中，他说出口的话又咽了回去。

站在电梯里上楼时，牛山说："我睡沙发，你睡床，怎么可能让你睡沙发呢。"王小融笑笑，微微朝牛山倾斜了一点表示感谢，又笑嘻嘻地说："我回去第一件事要洗澡，太脏了。"牛山有点脸红，低头看看手机，凌晨三点多的手机上呈现出一片死寂，海量的内容都静止不动了，像新鲜的遗迹。

进了房间后，王小融说了声"我先洗澡，你等一会儿啊"，随后她磨磨蹭蹭地脱衣服，同时说着话，仔细地扎头发，缓慢的动作和刻意张开的身体，似乎在弥补此前在黑暗中没有被仔细观赏的遗憾。牛山觉得她突然由黑变白，非常刺眼，看多了会眼睛痛。收拾了足够长时间，全身赤裸的王小融轻松地朝洗手间走去，牛山在身后一边大口喝茶一边喊："你身材真是太好了！"

第二天醒来时，王小融已经走了，牛山躺在沙发上看到床上空空荡荡，喊了几声，没有人回应。他拿起手机看看时间，不过才早晨八点出头，随即滕鹏的电话打了过来，告诉牛山他昨天已经跟马竹隐一道回南京了。牛山大惊失色，坐起来问为什么。

滕鹏发出一阵狂笑，费了好大力气冷静下来说："你一点都不知道昨天晚上发生了什么事？"

"不知道啊，你不是看到我很早就回去了吗？"

"你要是不走就好了！你走了大概二十分钟，竹隐带着王小融到另外一个桌子上敬酒，大家都站起来碰一下，结果呢，大家刚坐下来，三个人就站在马竹隐面前。你猜是哪三个人？"

"我哪知道，你快说。"

"韩静，和两个侄子！"

牛山大骂一声脏话，从床上蹦下来。滕鹏哈哈哈一阵大笑说："我们都没看到竹隐什么表情，我们都知道竹隐喜欢显摆，敬酒就敬酒吧，非要带着王小融，带着就带着吧，还非要十指相扣！韩静看得清清楚楚，松都来不及松啊。韩静走到他们面前，拿起一个红酒瓶就往王小融头上砸，竹隐使劲挡了一下，酒瓶在王小融肩膀上划了一下，应该没什么事。不过接下来事情就大了，韩静正手反手一个劲抽竹隐耳光，一边打一边说着什么，大概是要杀死两个儿子之类的。竹隐挨了好几下才反应过来，扑通跪了下来，抱着韩静的腿大哭大喊，感觉是他被韩静抛弃了。大家都蒙了，几个人反应过来了，赶紧围过去，有人把竹隐拽起来,有人把他们隔开。"

"你呢,你怎么办?"

"我走过去想把王小融拽走,韩静骂我,你们这些狐朋狗友,畜生不如,没有人性!我吓坏了,赶紧转过去把两个侄子保护起来,把他们从包间里推了出来,万一韩静真的要拿两个小家伙出气呢。"

"然后呢?"

"一大群人都去了马竹隐的房间,马竹隐对罗江说了一下,罗江把人都带走了,不过也没走,就在走廊上耗着,一个个七嘴八舌的。"

牛山想了想,那个时候自己要么在洗澡要么已经睡着了。

"我劝韩静不要生气,有什么事回去再说。韩静非要竹隐马上回去离婚,立刻就走。竹隐一个劲求饶,说不要离婚,不要离婚,看在两个儿子的份儿上不要离婚,自己从此不再跟王小融有任何关系。韩静说除了王小融还有李小融张小融呢,你知道竹隐怎么说的吗,他说那我去把自己阉了行不行,化学阉割!"滕鹏说着,哈哈大笑起来。

牛山厌恶地问他:"竹隐都这样了,你怎么笑得这么开心?"

"因为他们刚刚把所有能喊来的亲戚都喊来了,竹隐当着所有人的面赔礼道歉,就差又跪下来了,韩静稍微舒服了一点,不离婚了,没事了哈哈哈。我笑他们没事了。"

"以后事多呢,韩静让竹隐在那么多人面前丢人现眼,以后竹隐怎么可能对她好!"牛山觉得,用这种近似于身败名裂的方式挽回婚姻，恰恰是悖论。

"以后再麻烦也是活该，活该！"滕鹏在那边喊。

"你们是昨天半夜回去的？"

"是啊，罗江找了一个亲戚开车送我们，我说如果累的话我可以开一会儿，我就坐在副驾驶，他们一家四口挤在后排。开始的时候竹隐也没说什么，后来大概是酒醒了很多，开始夸夸其谈，说什么真的没想到她会来，还说什么他和王小融主要是工作上的关系，就差说王小融勾引他的了。韩静也简单，不管竹隐说什么她就一句话，直接去民政局排队，一上班就离婚。竹隐也搞笑，突然一拍大腿说，明天十月七号，还在放假，民政局不上班。韩静说那就后天，后天六点钟去排队，一定要第一个去登记离婚。两个人都气昏了，一路上胡说八道。"

"你怎么不给我打电话？"

"我搞忘记了，也一直担心韩静再对我破口大骂啊，何必把你牵扯进来呢。"

"你跟罗江说了后来的情况没有？"

"一直说，罗江基本上两个小时打一个电话给我。我想不起来给你打电话，也是因为他的电话太频繁了。他大概觉得是因为他邀请我们过来，才给马竹隐机会，间接导致了昨天的事。不过我真的就是不想把你扯进来，现在告诉你也不迟啊。"

牛山苦笑一声说："是我开车过来的，她难道不知道啊，她能一路赶到万松，还直接找到酒店，你想想她是不是对竹隐了如指掌，要么找了私人侦探，要么有什么监控手段！"

滕鹏不笑了，叹口气说："我也一直觉得奇怪，她怎么就能直接找到万国酒店，找到中餐厅，找到包间，还准时赶到酒席上呢？我一直在想这件事，而且我大概知道怎么回事了！"

"啊，怎么回事？"牛山问。

"什么侦探啊监控的，都不可能，只有一个可能，就是有人把我们的行踪一直跟韩静汇报，发消息发图片。我们一共四个人，竹隐自己不可能，我也不可能，有可能的就只有你和王小融了！"

牛山顿时觉得一阵惶恐涌上来，看看左右，王小融确实离开了，除了茶杯拖鞋可以看出问题，房间里看不出第二个人的痕迹，更不用说是王小融的痕迹。他不知道怎么跟滕鹏说，从王小融进门到凌晨时分在沙发上睡着，其间的事历历在目，回味无穷。

"我觉得是王小融！"滕鹏在那边得意地说，"你当然也不可能了，只有王小融有可能，因为这样一来竹隐非离婚不可啊，她就可以跟竹隐在一起了，与其偷偷摸摸，不如大干一场，来个痛快。"

"按照你说的竹隐那种样子，王小融岂不是失望极了！竹隐第一反应不就是不要离婚吗，一副死皮赖脸的样子。"

"对啊，这也是一了百了的做法啊，要是我是王小融，与其每天催竹隐离婚，被他甜言蜜语地哄着骗着，还不如看看事到临头他到底怎么选择呢！看看关键时候到底是什么样的人。选自己就顺理成章，不选自己就愿赌服输。"

"照你这么说，王小融是一个刚烈的女人啊，敢作敢当。"牛山笑着说。

"有勇有谋，你不觉得吗？"滕鹏在那头带着几分享受说道。

"那王小融呢？韩静来了之后她去哪里了？"牛山问滕鹏。

"对啊，我们把她忘记了！昨晚她走了就不见了，行李还丢在竹隐的房间里，韩静把她的衣服撕得粉碎，把化妆品都砸了，要不是儿子在场，她大概能放一把火把王小融的箱子烧了。你看到王小融没有？"

"我怎么会看到她？我还没醒就被你电话吵醒了。她不会有事吧，会不会看到竹隐那个死样子想不开？"牛山做出非常担心的样子，抬高了声音问。滕鹏也紧张起来："那我不跟你说了，你赶紧去找她啊！"

"好的，我马上就去找她，我有她电话，昨天中午她给我打过一个电话喊我下楼吃饭的。"牛山在滕鹏的催促声中答应着，又严肃而迟钝地说，"有件事我要告诉你，是我一直在给韩静发图片，发定位。不是王小融，如果王小融要发图片，她怎么能远远地把自己也拍进去呢？"

登顶之夜

滕鹏身体微微后仰，深吸一口气，整个人像疯狗一样冲向"瓦尔基里户外店"。他把自己当成拳头或者子弹撞向宽大的橱窗，一阵噼里啪啦的破裂声后，滕鹏站在原本是玻璃的地方，有点不相信这是真的。我一直站在路边看着他，真想他被一头撞回来，这样我们就可以绝望地离开，喝点酒然后各自回家。我也一直看着路上，破碎声在夜里非常清晰，能感觉到车灯的光芒在快速推进时恍惚了一下，下沉了一点。司机想必听到了什么，但路边的深厚漆黑梧桐树挡住了视线，他们微微扭头又踩下油门，朝自己的生活深处开去。

滕鹏从紧张中回过神来，用胳膊肘撞开玻璃碎片，掀下冲锋衣的帽子对我喊：快过来，搞定了。他的声音非常细，和他一米八九的庞大身躯形成了很大反差，我忍不住笑了起来，用喜庆的语气对滕鹏说，你刚才很潇洒，要不要再来一次啊。滕鹏马上用更尖细声音阻止我：小声一点！什么再来一次，我的脸好像被割破了，你快来帮我看看。我赶紧跑过去往他脸上凑，在我靠近的同时他一直唠叨说快看看，快看看是不是割破了，说着他把漫无边际的大脸往我这边送过来。这让我有点不自在，对他说，你都敢冲进来还怕划破点皮啊，你赶紧办事，我还是在门口望风。

滕鹏是"瓦尔基里户外店"老主顾，三年来他光顾了差不多一百次，每次都会彷徨很久，似乎想把每一件物品都买回家，然后带着它们去世界上最远的那些个地方。滕鹏畅想的时候，老板朱小兵会精准又悄无声息地出现在他的左边或者右边，开始跟滕鹏聊人生，聊远方，南极、北极、格陵兰岛，西藏每次必谈。他们还会聊人生短促，没有时间走遍这个星球的每一处。最后滕鹏会买一堆价值不菲的装备离开，似乎有了这些就可以留住时间。有些装备滕鹏从未用过，有一款可折叠的黑钻登山杖，碳纤维材料，六千多块，始终没有拆封；还有一个据说可以持续照明七十二小时的应急灯，也在第一次充电之后再没碰过了。有些物件滕鹏第二天就装备到身上，例如滑雪服、高山靴和强光手电，还有一款肯定属于违禁品的大马士革野外求生刀。在温和缓慢又无所不好的南京城，滕鹏往往装扮得像是刚刚从遥远的地方回来一样，他的背景因为他夸张的装备而显得不真实，有时像可可西里，有时像塔克拉玛干，有时又像唐古拉山。他总是给人一种祖国地大物博的感慨，给人一种还会走得更远的错觉。

现在，他趁着朱小兵出去游玩的空档破门而入，打算尽情挑选自己喜欢的装备，或者尽情破坏，以发泄被朱小兵忽悠的愤怒。滕鹏在和朱小兵推心置腹并且成为他的大客户近三年后，愕然发现朱小兵卖给他的东西比其他地方贵很多很多，比网店起码贵两倍。滕鹏算了一下，自己在朱小兵的店里花了差不多三十万，其中十五到二十万是被他忽悠的，既不必要又特别昂贵。更重要的是朱小兵在兜售装备时总是满脸真诚和炽热，双眸里闪烁着坚毅和赤诚，按照滕鹏对我的说，他恨就恨这一点。

店里散发出奇怪的味道，有烟味，有皮革味，更多还是塑料的气味。户外用品绝大部分都是塑料材质，只是不断升级为更新更高级的塑料而已。滕鹏掏出一个手电筒，只有半个烟盒那么大，光线却和汽车大灯相差无几。扫了一圈店内，滕鹏又照照自己，扭头对我说，我这衣服不错吧，这个帽子真结实。我站在店门外的暗处，听到他的话就挪到门口让他可以看见我。我感觉到他语气里的自豪，就再接再厉说，你这件外套四千多块钱吧，比西装都贵，肯定没问题！不过你刚才撞玻璃那一下很漂亮啊，身体绷得很紧，最近是不是一直在健身？滕鹏放弃了细声细气，粗着嗓子笑着说，没有没有，就是偶尔在灵谷寺那边慢跑。说完他突然严肃起来，对刚才的放松有些后悔。破门而入的目的不是为了谈论慢跑，是为了报复朱小兵。滕鹏举着一个黑乎乎的玩意对我说，你看看，这种溯溪鞋居然卖一千多，亚马逊才卖三百多，加上税也不超过四百。我附和一声，他又用手电指点着一个帐篷说，凯乐石的野营帐篷一般不过两三千，他居然卖八千，整个就是欺负我不懂啊。我不懂帐篷，只得沉默。滕鹏在店里叹声叹气地走了好几个来回，突然气呼呼地问我，你说我是多拿一点东西走好，还是都给搞坏掉好？我嘿嘿笑了两声。要不然你给我一根烟，我把这些帐篷都烫个洞？滕鹏有些开心地说。我没理会他，看着眼前的街道发呆。十月底了，天气开始变冷，谁也不知道今年会冷到什么程度，每年冬天的严寒程度和有无亲人过世成正比。

见我不说话，滕鹏又问我，要不我把他这里的鞋子全部拿一只走，让它不成对，急死他，你看怎么样？我有些烦了，想告诉滕鹏这种量产的鞋子少了一只根本不是事，但更多的是害怕。等了一会儿我说，我还是到路边去望风啊，站在这里什么都看不到。说着我就转身往外面走去，一直走到两棵梧桐树中间，站在那里抽烟，像一个在深夜等待出租车或者等待时间流逝的路人。滕鹏在后面小声说了点什么，可能是让我跟他一起挑点东西带走，但我不敢进去。这种事后果可能很严重，说不定我们已经被监控照得清清楚楚了，滕鹏大有来路不怕这些，我要出事就真的出事了。

我越想越害怕，抽了两根烟之后，转身看着在一片漆黑之中忙碌的滕鹏。他不断弯腰起身，身影若有若无，叹息声若有若无。我狠狠心，弯下腰跑走了。这一走就是好几年不见。

两年前子弹生了二胎，在奢华的仙台酒店摆下三桌酒宴，分别款待同事、同学和亲人。我们几个曾经的同事受邀和他现在的同事坐一桌。我旁边是滕鹏，坐下之后我冲他笑笑，说了声你好。滕鹏报以寻常的微笑，转脸看着酒桌正中间的酒水，脸色阴沉下来，眉头紧皱。我推推眼镜看了看，饮料和红酒看上去都很寻常，白酒则是茅台风格，上面写着"茅台核心工艺"，我伸手把酒瓶拿过来看，背面还有几个大字"贵州酱心酒"。我刻薄地说，用茅台招待客人挺好的，用别的酒招待客人也挺好的；用假茅台招待客人就太傻了，对弄虚作假有侥幸心理啊！

滕鹏非常激动，表情舒展开来，说了好几声对，同时撅起屁股递烟给我。他又高又胖，弯腰凑过来的样子有如一只大型哺乳动物，我看着觉得开心，他则认为我俩有缘。我们就在一片欢乐祥和的氛围中熟悉起来，吃饭时不断互相敬酒，当然，用的就是我们鄙夷的假茅台。饭后，子弹送走第一桌的亲人，非要在第二第三桌的同学同事中拉上几个人再喝一点，我和滕鹏都参加了。路上我忍不住问滕鹏，你怎么穿得这么户外？这种酒席不应该穿正式一点吗？滕鹏笑笑，用喜欢、习惯了之类的应付我。子弹在一边大声说，他是我领导，他想怎么穿就怎么穿。我喝多了，有点不知深浅地问，大家都西装，起码也是穿休闲装，你怎么穿着一件黄灿灿的冲锋衣，感觉像是要去登山一样，鞋子也是登山靴吧，这种鞋子在光滑的大理石地面上走得也不舒服啊。滕鹏有些不高兴，但我们的友谊正在迅猛升温，他挤出一丝微笑对我说，老牛你很懂啊。我说我不懂，就是觉得太显眼了。随即我看了看滕鹏，他正从上往下严厉地瞪着我。

一群人以子弹为中心，带着抑制不住的大呼小叫走进一家烧烤店，径直走到最里面，在最大的桌子边上坐下来。大家都喝多了，都觉得无所不能，点的菜和啤酒也特别多。滕鹏坐在我身边，小声对我说，你能掺酒啊，我不能，白酒已经喝多了。我说那就当饮料喝吧，这种啤酒跟自来水差不多。滕鹏附和几声，扭头和他认识的人招呼。这桌人除了滕鹏，老同事只有我和赵志明，其他都是子弹的同学和新同事。赵志明跟谁都自来熟，一直在聊着什么战队的事情。我不玩游戏，听不懂他们在说什么。很快他们换了话题，主要是某人提拔、某人未能提拔、某人怎么还不提拔和某人终将得到提拔。我一直在犹豫要不要离开，只是出于对回家的厌倦乃至恐惧，才一直坐在那里。

我一个人住，父母倾尽所有给我买了一套房子，位于城市南面一个巨大的小区的最南面，抬头就可以看到丘陵和田地，和父母家旁边一模一样的丘陵和水田。除了便宜，父母大概觉得这样的景色能让我时刻想到自己来自乡村和丘陵，而类似的景色又可以免去我的思乡之情。只是回去的路太远了点，而到家之后的那种空旷无人和寂静无声让我有些难熬，有时候我会莫名其妙觉得害怕，总觉旁边有人，半夜醒来的时候我尽量不去看镜子，非常担心镜子里出现一张镇定的不苟言笑的别人的脸。除了窗外那片迷惑性的景物，这里和老家完全不像。这里什么都不像，就是一个遥远的小区，每套房子面积都超过一百六十平米，整个小区像背包上的污迹一样，和背包一起悬挂在城市这个巨人的屁股后面。这些话我不便对滕鹏说，我又忍不住问他，你也不喝酒，怎么还一直坐在这里？

滕鹏说，不等什么，不想回家。等时间到了再回家。

你呢？

不想回家，我一个人住，这个时候回家跟回到单位没区别，跟站在大街上区别也不大。我说着，举起啤酒杯跟滕鹏碰杯，他欣然捧杯，仰头大口喝着。我真的喝多了，忍不住又问，你是不是每天都这么晚回家？滕鹏激动起来，神情有些悲怆，挥着手说，那怎么可能，我一周只能出来两天！我老婆一周只允许我出来两个晚上，其他五天晚上，不管多忙都要回家带小孩，不分平日和周末。子弹在一个清闲的单位工作，滕鹏是他领导，似乎也不可能每晚都没事，我好奇地问他如果有工作上的事情怎么办？滕鹏叹口气说，首先要证明确实是单位的事，要拍照或者视频，其次由她来评估我是不是应该出席，如果应该，必须的，就算了，不算名额。如果我坚持要，就用后面的名额。

我觉得这太奇怪了，问他为什么，除了回家带小孩还有其他什么理由。他说，没有理由，奇怪的人多呢，等你结婚了就知道了。不过她有一个好处，就是从来不催我，说了晚上可以出来，那不管多晚回去她都不问一声。我反问，这也是好处？担心滕鹏不高兴，我连忙又说，我家里人老催我结婚，你要是有未婚的女同事就给我介绍介绍。

滕鹏从未给我介绍过谁，但自此之后总喊我吃饭，一般一周两次，不分平日周末。很多次，滕鹏都组织了一大群人一道，有种把好几天要请的人凑在一起的感觉。他每次都介绍我说，我兄弟，老牛，艺术家。我后来也感觉到他带上我是为了让世界更开阔一些。和他一起玩的都是公务员或者做企业的,我这个所谓的艺术家往往能打破围绕在桌子周围的闭环,让这个无形的圈子开一个口子,让每个人都疑似呼吸到新鲜空气。有时候滕鹏也会很烦躁,靠在椅子上扫视着眼前一群面红耳赤的人说,这群傻逼。

他看到我在看着他,连忙补充一句:我也是的。

我们越来越熟悉,彼此间也就放肆起来,有一次,滕鹏当着一桌人问我,老牛,我喊你艺术家喊了几千次了吧,你说说,你这个艺术家到底有什么作品啊?这个问题换一个语气就非常自然,但滕鹏问得非常轻佻,问完之后就哈哈大笑起来,哈哈哈,哈哈哈,大约有四五十个这么多。我觉得不管我说什么都会被他的哈哈哈哈给裹起来,变成稍有不同的哈哈哈哈,他就是在讽刺我。我也很生气,指着他胸口始祖鸟的图案说,你自己说说,你一个副局长,怎么每天打扮得像个逃难的,这种冲锋衣穿着捡垃圾也很合适啊,耐磨耐脏防风防水。

大家哄笑起来,他们大概也常常这样挖苦滕鹏,现在我跟他们高度一致了。他们都是滕鹏的大学同学,每个人的脸都因为酒精极其放松,变得飞扬流动;而且我发现,有三个人是滕鹏的死党,赵昌西、卢晓峰和丁冬,几乎每次都在。丁冬说,是啊老滕,你说你是不是傻,一件运动服也要花两三千,看上去跟一百多的差不多,你跟你手下走在一起看上去就像个跟班的!

他就是为了让自己看上去年轻一点。

不年轻的人才故意把自己打扮得像个年轻人，就像硬不起来的人一天到晚说干干干一样。

滕局长目前应该还是可以硬起来的，毕竟四十岁不到……滕鹏的脸色已经非常不好看了，对着这帮一起住过四年的人又闹不起来，只能身体后仰，像就要扑上来一样。其他人也无所谓，一副有种你来咬我的架势。

我故意问他们几位说：我一直很好奇，滕局长看上去也不像多爱运动的人，但为什么这么热爱户外运动？这又引发一阵哄堂大笑，连滕鹏自己都笑了起来，目光慈祥地看着我，让我觉得他好像一直在等我问他这个问题。几个人七嘴八舌地开始说着滕鹏怎么爱上户外运动但从不参加户外运动一事，他本人也不断加以补充完善和纠正，生怕别人说得不到位。

滕鹏陡然间对户外运动有兴趣，是三年前的春节后，阴冷潮湿的江南冬天加上没有年味的春节假期，让很多人都索然无味，感受到虚无和痛苦。作为一个年龄略大而未婚的优秀青年，滕鹏在回到郊区老家三天后就仓皇逃回南京，主动跑去单位值班，履行公务人员的责任，下班则和几个同事在附近冷清的街道上找个小店聚聚，其中有小马和王小融。小马和滕鹏同一年进的单位，一直原地踏步，他太爱玩了。王小融是单位里公认的美女，丈夫在一家超大型IT企业工作，常年驻扎在东南亚，春节也不例外。和很多人一样，滕鹏喜欢谈论王小融，但也限于谈论。初四晚上，小马问滕鹏愿不愿意出去玩一趟，走一次徽杭古道，从绩溪县走到临安市，大概是这路线，滕鹏已经记不清楚了。其他人七嘴八舌地炫耀起自己对旅游的知识和经验，我连忙打断说，不要说什么路线啦，说说滕局长怎么了。

滕局长当时还是科长，日常工作非常繁忙，几乎没有外出的机会，于是觉得出去走走也挺好的，何况小马说还有王小融和她的两个同学一起去。他们上午出发，坐大巴车再换黑车，中午到一个镇上，好像叫伏山公镇，吃了一顿非常好吃的农家菜，下午三点多开始出发，计划在山路上走一夜。就是这一夜，把滕鹏折腾得够呛，后来回来都不好意思见小马和王小融。

我大概能想象出来，身高体胖的滕鹏突然间走几十公里山路是多么艰难。我问他：从那次回来之后你就开始成天披着一身户外装备，你是打算再去走一趟？卢晓峰说，是的，就是这样，但不是因为爱，是因为恨。那一夜滕局长一直被王小融和她一个闺蜜训斥，从出发骂到结束。你怎么穿这种鞋子啊！你怎么没有手杖！你怎么没带备用的背心衬衣！你怎么带个皮包，这么重！你怎能没有手电筒！你怎么没有运动水壶，这个保温杯能装多少水！你怎么没有创口贴！

这些东西小马不应该让你准备吗？我问滕鹏。

他说了，还发了一个清单给我，我没看。滕鹏懊恼地补充一句。我们哈哈大笑起来，但我觉得不至于此，就又问他，她们训斥你只是你的感受，都是同事，她们不至于多凶，肯定还有其他事情。

是还有，一会儿就变成人身攻击了。你怎么这么胖，你肚子怎么这么大,你能不能爬上来啊,你别摔下去啊不然我们没办法把你拖上来,你平时到底走不走路啊,你一顿饭要吃多少,你应该去游泳因为只有躺着的运动才适合你了。

你怎么出这么多汗,你看路都被你淋湿了,哦,你自己裤裆也全都湿了。赵昌西学女声说了句,我们都笑得坐不住了,连滕鹏自己也笑出了眼泪,一直不好意思把头抬起来。

赵昌西忍住笑问滕鹏,王小融那个同学,叫徐明月的,你还有联系吗?滕鹏露出悲伤的表情说,有联系又怎么样?

她长得很漂亮啊,高高大大的,比你老婆不知道漂亮多少倍,跟你站在一起身高也显得合适啊。卢晓峰说,少来,漂亮有什么用,合适有什么用,她有马钰那样的老爸吗?

是啊,如果滕鹏你跟徐明月在一起,我们要少吃多少饭,吃也是我们请你,你肯定忙着还房贷。

滕鹏,你老实说,马钰长这么难看,你怎么下得去手的?

丁冬说,这也简单啊,每次干马钰就当是在骂她爸了。

滕鹏真的发作了,冲着丁冬扑了过去,一时间风声大作,椅子凳子乱成一团,我吓得往后一缩。但滕鹏扑过去之后一把捧起丁冬白皙的脸轻轻咬了一口,又卡住他脖子大喊道,我要干死你!我要干死你!大家赶紧把两人分开，劝他们不要这么亲热，又纷纷摆出社会栋梁的表情，不再拿马钰开玩笑了。

饭局结束后，滕鹏的几位同学作鸟兽散，滕鹏对我说，去你家坐坐？我很奇怪，因为吃饭的地方距离他家很近，离我的住处有点远。滕鹏着说，我今晚不回去没事的，老婆去北京出差了，老人在带小孩。我也不见外地调侃他说，马主任亲自给你带小孩了，你小心你儿子一早就有官腔啊。滕鹏笑笑，表情又很是享受，如果在古代，他这种人已经有品级了。

我们往路边走，我突然觉得奇怪就问他，不对啊，你那个时候应该跟你老婆确定关系了吧，怎么还能跑出去玩？

你指去绩溪那次？那时候我跟我老婆还没确定关系，其实也差不多了，但是他们家每年过年都去海南，主要是我老婆陪她爷爷奶奶，她父母去几天就回来。她去了海南就不联系我，我也懒得联系她，能出去玩就出去玩两天了，和同事一起也好说。

徐明月你后来一直没见过？我问滕鹏。

一直没见过，也没联系了，想想也没意思，我比她大九岁，还能怎么样。

我觉得他有点想多了，嘲笑他说，你要是没有跟你老婆谈，追徐明月又有什么不可以的，大九岁不是问题，你虽然穷，但也是衣食无忧那种穷。滕鹏感叹说，是啊，我很喜欢她。那天晚上，王小融和她另一个闺蜜一直在数落我，拿我开心，徐明月倒一直没说什么，一路上几乎是扶着我在走，遇到上坡推着我，遇到下坡拽着我，路窄的地方拉着我，我实在走不动的时候她留下来陪着我，还要帮我背包。那一路上我真的喜欢上她了，回来之后我通过王小融约她吃饭，约她一起爬山，她一次都没有出现过，好像从来没有这个人一样。我觉得她不想再扶着我了，觉得一个老爷们居然这样有些太差劲了。

所以你就一定要让自己能跋山涉水！我突然有点懂了，但还是不能完全体会滕鹏的感受。滕鹏正色说，不说这个了，都过去三四年了，人长什么样都不记得。过几天我要做一件事情，你跟我一起啊。说到这里他停住了，我没理他，因为现在我就跟他一起，而且我不喜欢这种话说一半停下来的方式。

滕鹏强调说，我要去做一件大事，你跟我一起啊。

我没说什么，快步朝停在路边的出租车走去。

我要去把朱小兵的店砸了。滕鹏说这话时，我们刚钻进出租车坐好，我感觉到司机微微一愣，连忙用沉稳的语气说，师傅，去盛江华府，南门。

滕鹏继续说，妈的，我要去砸了朱小兵的店，他耍了我几年，东西卖那么贵，比外面贵三四倍，从来不打折！每次我一去就对我不停地说啊说啊，抓着我一件件跟我推销，我不去的时候成天邀请我去，说什么有空来坐坐，来看看新到的货，全都是在忽悠我。

我跟滕鹏去过一次朱小兵的店，再也不想去第二次。我厌恶朱小兵，他总是一副漠然的样子，又会突然站在你耳边叹息，抛出一些让人发毛的句子，"这双越野鞋不错的，千万不要年纪大了就认为这个世界只有皮鞋，皮鞋不能跑步，越野鞋能跑步，也能当成皮鞋"，"这是一双能在世界上所有山顶朝太阳挥手的手套，麂皮加纳米材料，珠峰对它而言都低了"，"这个炉子在世界上任何地方都能生火，不管什么海拔什么气温，它跟人一样有挡不住的生命力"。我觉得朱小兵不是有病就是太坏，那次我提前离开了，丢下滕鹏一个人。但这些话对滕鹏而言是有杀伤力的，滕鹏大概一直想着和徐明月而不是他老婆一起走啊走啊，越走越远。

现在滕鹏要说去砸店，首先勾起了我对朱小兵的恶心，但我还是劝他说，人家做生意当然能卖多贵就卖多贵了，你情我愿的，砸店犯法啊。

滕鹏自信地说，不会，我找好人了，真出了事有人负责捞我。他这么一说我更紧张了，眼前出现了诸多不祥的画面。滕鹏继续恨恨地说，我不是怪朱小兵东西卖得贵，是怪他每次都跟我推荐得那么好，说得极其诚恳，还让我热血沸腾。我想了想，他其实有套路的，每次都听我说，如果我说到沙漠，他就拿出最好的水壶和帐篷，我说到雪山，他就推荐羽绒服和登山靴，说到海岛，他就推荐各种道具和速干衣，反正只要我提到什么他都能推荐一堆东西，这只是第一步，第二步是他跟我说，威廉姆斯用的也是这个，席尔瓦用的也是这个，埃德蒙·希拉里攀登珠峰穿的就是这个，反正就是脱口而出，我后来反复回想他说的人，还上网去查，有的能查到，有的根本查不到，我怀疑是他随口编的。

能说出真人真事也没什么了不起啊，刷刷论坛就可以知道了。

他就用这些人名来忽悠我，第三步就是带着强烈的感慨跟我说，他做生意，不然每天都出去走走，走得越远越好，人活一辈子如果连地球都没有走一遍真的太遗憾了。他还说趁现在年轻应该往远处走，至于苏州园林啊杭州西湖啊，可以老了再去，坐轮椅去都没问题，现在就应该去最高的地方，最冷的地方，最荒凉的地方。他这么一说，我也跟着热血沸腾起来。

我忍不住笑起来，眼前出现了店内的画面，一大特色是大量悬挂黑白照片。朱小兵没有使用那些蓝天白云雪山长河的户外照片，他挂的照片都是关于男性和运动的摄影特写，清晰可见的肌肉纹路，圆润欲滴的汗珠，挣扎的表情，还有脚下溅起的尘土，或许在传达一种无论去哪里都要有意志力和好身体的想法吧。大约三十张大幅的高清照片被挂在两米多高的墙壁上，射灯的光不是打在照片上，而是打在两个原木相框之间的墙壁上。墙壁是水泥的，粗粝直接，也有一种画面感。再往上，屋顶也没有做装修，裸露着各种管道，红色油漆在灰尘和时光中一点点在变暗。很多人喜欢这里，我在很多场合看到很多人在"瓦尔基里户外店"的留影，但这加深了我对这家店及老板朱小兵的反感，同时也理解当滕鹏第一次走进店里的震撼。

我带着讽刺的口吻说，你确实是热血啊，被王小融骂了几句就矢志爱上户外装备，又被朱小兵忽悠。虽然你哪里都没去过，但是你的装备已经可以去世界上任何地方了，这不是挺好的吗？

不是被王小融骂，是被徐明月爱！滕鹏辩解说。

你是浪费了很多钱，但是朱小兵也算是为你提供了热情和幻想，不是挺好的吗？

滕鹏不接受，继续强调要去砸店，不砸不行，要我一起去。车子停在盛江华府南门，空荡荡的小区大门口笼罩着微薄的夜雾，灯光因为潮湿的空气显得有些凝滞和黯淡。我和滕鹏并肩走着，我心情低落，主要是疲惫，希望滕鹏赶紧走开，也懊恼为什么答应他来——只是，吃过他几十顿饭，不答应也太过分了。滕鹏异常兴奋，脚下不断踢着路上偶尔出现的石子塑料瓶易拉罐垃圾之类，他大概幻想着冲开店门的轰轰烈烈，想着在店里大肆折腾的快意恩仇了——他可以像站在山巅一样振臂怒吼。只是他这个仇恨我还是不能理解，或许是因为除了房子我没有过大额的消费，没有机会被别人骗钱。

滕鹏在我家喝了一夜的啤酒，一直在说，极为兴奋，差不多天色发白才离开。我累得没力气送他，目睹大门被他砰的一声关上后挪到床上倒头就睡。在睡前短暂的晃动不安中，我疲惫地想，要是不认识滕鹏该多好，就不用去砸店了。

再见到滕鹏是一年多以后，地点还是我们第一次喝酒的仙台酒店，滕鹏安排的。他已经脱下了令人振奋的哗哗作响的冲锋衣和气势不凡的徒步鞋，穿上了符合身份的西装和皮鞋。看得出来，他对西装有所抗拒，在众多的颜色和材质中挑选了一件最常见的深蓝色反光面料的那一款，对肩膀上的头皮屑也毫不在意。苍老甚至邋遢之余，滕鹏也有了一种特殊的气质，一种来自会议室和文件的气质。

坐下来之后都略有些尴尬，滕鹏笑着问，你们在一起啦。他指的是我和徐明月，问的时候带着几分调侃和调皮。我简单介绍了一下来龙去脉，给他一个确切的答案，他频频点头，感叹道，原来你们在一个小区买的房子啊，太有缘了。我觉得这话不像赞叹，倒像是同情。

等我说完，滕鹏换了一副表情说，不错不错，你们要好好在一起，以后肯定会越来越好。你们可以住到一起，把小区里另外一个房子租出去，这里房租有六七千了吧，足够还一套房子的贷款，剩下的一个贷款你们两个人一起还就很轻松，你们以后大有希望啊。

徐明月一直面带笑容在旁边听着，突然嘿嘿笑几声说，多谢领导关心哦。她的声音很尖锐，似乎刺破了滕鹏表面的那层防护膜，他也不好意思地笑起来。我适时地问滕鹏，那天晚上你没事吧，我有事先走了，又一直不好意思问你。滕鹏没有直接回答我，而是东拉西扯。我们怵燥地干杯，喝的是滕鹏带来的真茅台。过了足足半小时后，滕鹏突然大声说，那天晚上太过瘾了，我在店里狠狠撕碎了五六件衣服，平时小心翼翼地打理的卫衣啊抓绒衣什么的，都被我扯碎了。我还砸了一个煤油灯，把七八个手杖都踩断了！老牛，你知道我为什么那么开心吗？

你不是一直想着报复朱小兵吗？他让你花了那么多冤

枉钱。

滕鹏身子矮下去不少，看上去亲切很多。他皱着眉说，不是钱的问题，这点钱不算什么，给小孩报一个早教课程就是六七万，他妈妈一口气给他报了三个，什么领袖班啊哈佛英语的。说他卖得贵是借口，不然我还怎么说呢，他店里的东西质量没问题的，确实都是原装进口的。

我看看徐明月，带一点调侃的意思。跟她在一起之后，我们聊过滕鹏，我告诉她，是她几年前几个小时的关怀，让一个人疯狂爱上了户外运动，确切地说是爱上了户外运动装备，满脑子雪山高原马道天堑的。徐明月冲我笑笑，对滕鹏说，你是在发泄你几年下来根本没时间外出的郁闷吧。

对！滕鹏大喊一声，一巴掌拍在饭桌上，桌上的餐具连同手机之类的都来了一场地震。还是徐明月了解我！我有一天去一个单位检查工作，他们一楼大厅的墙上都是镜子，足足一百多米长，我一边走一边往镜子里面瞟，看到自己前凸后翘，肚子很大，把七八千块钱的攀山鼠冲锋衣撑得像个老年人身上的毛衣，然后我发现我一天都没出去过，一天都没有，连南京都没离开过啊。当然我经常出差开会，但是开完会我就跟其他人一起吃吃喝喝，按理说我应该在当地转转，爬爬山，找个公园长跑什么的，但是我都没有。那一刻我气死了。

是气你自己。我抢着说。

是啊。我们现在都讲究实事求是，老实说我打扮成这样，不是给自己看的，是给我老婆和老丈人他们看的，告诉他们我随时可能会走。但是我想了想，我根本没有想过要走。别说那种耗时几个月的长途旅行了，黄山泰山离我们很近，我连想都没想过。

我笑着问，你那天冲到店里，是不是打算被抓走？如果你坐牢，也等于是去了很远的地方啊，而且再也回不来了。

滕鹏连忙解释说，没有没有，我不敢这样，我连晚上回家都不敢不照办，怎么敢故意让自己被抓起来，一辈子就完了，还拖累你。我就是要去店里发泄一下，然后不搞这些了！我几乎把店里的每一样东西都翻了一遍，所有东西都被我换了位置。天快亮的时候我才走，像是在野外过了一夜，最后朝一对衣服上踢几脚的时候，感觉非常放松，像爬到山顶但还有力气没使完。

徐明月笑着说，你应该穿上你最好的装备，再一起毁了，然后光着身子从店里走出来啊。我笑了起来，又觉得不便过于夸张。滕鹏倒是没生气，叹着气说，我也这样想过的，但是当时是十月底，光着出来会冻死的。我们一起哄笑起来，我笑得更为放肆，我和滕鹏一起洗过澡，知道他光着身子的熊样。滕鹏说，进店搞破坏我能找人帮忙解决，在大街上裸奔没人能救我了。

这个话题多说也令人乏味，我们说起别的事情，只是因为他一度极为短暂地喜欢过徐明月，有些话又不便多说，只能在更加让人乏味的事情上打转，比如工作与前途。滕鹏一点点恢复了居高临下的姿态，不断询问我们现在工作怎么样，特别是徐明月的，不断加以分析指点。我们对工作都足够认真，认定必须保持辛勤和职业精神才可以安身立命，滕鹏的指点反而显得有些侮辱人了，似乎我们不好好做事，只是靠他口中那些规则和姿态。但滕鹏是善意的，他的意思是，如果有事可以找他，这样的话没有明说，已经在嘴里打转了。他明白无误地说他还会升职，无非就是去某个自己想都没想过的单位而已。马钰父亲还有三年左右才会从退居二线变成退出舞台。

略带仓促地吃完饭，我们三个站在灯火辉煌的仙台酒店门口，徐明月埋头叫车，滕鹏的司机已经等在路边。滕鹏跟我们热情告别，我突然冲他喊，我想起来，那几年你成天穿着户外服装，其实就是裸体啊！

徐明月放弃了叫车，说走一会儿。我说也好，低头往前走，对这顿饭充满了后悔，如果没有这顿饭，我和滕鹏或许还算老朋友，现在这顿饭恰恰证明不是了。

徐明月笑笑说，你最后说的话，他可能非常生气哦。

也可能很高兴，很高兴他原来已经裸奔好几年了。他一想到自己也是一个裸奔过的人，应该高兴才对啊。说着我大笑起来。徐明月没有附和，只是等我笑完好一会儿才问，我一直很奇怪，你第一次和滕鹏见面无非就是去子弹小孩的满月酒，按理说你们这种本来不认识也没有共同语言的人，吃吃喝喝之后就不再联系了，你们怎么搞得跟老朋友似的？

我想了想那天的情景，我和滕鹏确实是有点一见如故的感觉，主要是劣质的白酒加深了这种幻觉。后来，凌晨时，大家散伙后，我本该回家，但滕鹏喝多了，我有点不放心，就说我送你回去。滕鹏有些不高兴，一个劲说没喝多，还能再喝点。他一边说着一边歪歪倒倒往前走，我歪歪倒倒地跟着，他太高大了，我不可能扶着他，只负责看着。没一会儿滕鹏变得兴奋，停下来对我说，要不你代替我回家吧，我把门开了，你进去，反正这个时候回去也是睡书房，书房在进门左手边，你放心，没有人来找你。只要你发出一点声音，开门了，进房间了，关门睡觉了，就没有人来管你了。我老婆不会过来的，从来不过来，小孩太小了也肯定过不来，阿姨也不敢过来。你只要把门一关就能睡觉了，里面有一张床。我老婆已经重新上班了，每天一早就出门，然后阿姨就带着我儿子去他外婆家，你随时可以走，可以洗个澡再走，不过我的衣服你穿着太大就是了。

我吓了一跳，酒也醒了很多，坚决反对。滕鹏一个劲地说没问题，不会有人发现你的，然后他继续描述我去他家的情景，不需要悄悄的，只需要正常就行，正常开门，正常上厕所，发出正常的声音，就没有人管我了。我被他说得有些烦躁，反问他，那你去哪里？滕鹏说，我去你家啊，你不是说你一个人住吗，你告诉我详细地址，我去你家住一晚，对了，还可以帮你带几件衣服回来，明天上午我们再碰个头。

万一你老婆进来看看你，那我就死定了！这是私闯民宅啊！

不会的，她绝对不会到书房来。

我笑着说，万一她突然来了兴致要跟你过夫妻生活，结果扑到我身上，我就真的要坐牢了!

怎么可能，太阳从西边出才有这种事! 滕鹏喊了一句。

但是明天是周一，我们单位例行开会，实在不能请假啊。要不然也不是不可以，但是明天老板组织开会啊，请假就太过分了，我也很遗憾。要不我陪你走到你家门口吧，你鸟人喝太多了。

滕鹏嘟囔了好久，我都没松口，陪着他走进一个公园式的小区，周围的树在夜风中微微晃动，像朝每个人致敬。随后我们拐到一个门洞前，眼前的住宅楼有一种欧洲宫廷的风格，具体什么风格我不懂，颜色在路灯之下显得非常沉稳。滕鹏掏出一个四四方方的金属片，嘀嗒一声开了门，进了电梯又刷了一下，直达八层。站在宽敞明亮的过道里，滕鹏又开始邀请我进去坐坐，再聊一会儿。他不再提留下来的事，反复说进去坐坐，再聊会儿。我确实想进去坐一会儿，上个厕所，喝点茶再撤也可以的。

滕鹏说，你单位是不是就在清凉山公园附近，距离这里很近啊，要不你今晚就住我家吧，省得跑那么远回去，明天又要早起。一瞬间我动心了，但是一想万一滕鹏趁我睡着了离开，造成我代替他回家的事实，就太恐怖了，连忙拒绝，并且把进去坐一会儿也拒绝了。我转身按了电梯，坚决要走。为了安抚滕鹏，我大着舌头说，下次，下次不喝这么多酒，到你家坐坐，再给你儿子带一个礼物，你看什么时候方便我都行。滕鹏一把抱住我，其实是裹住我，喊了几句兄弟好兄弟、一定一定之类的，停顿了至少半分钟才松开。过了很久之后我才反应过来，我和滕鹏认识的第一个晚上，我们的关系就已经到了顶峰，准确的时间是我站在他家门前的那几分钟。顶峰的意思就是，接下来要下山了，大家回到聚集点然后各奔东西。

等我说完，徐明月慢慢说道，那次从绩溪回来后，他约过我很多次，我不答应，他过几天会再来一次，前后差不多有半年吧。后来突然停下来了，王小融告诉我他结婚了。我算了算，他结婚前一周都在约我出来吃饭。

我哦了一声，没说什么，滕鹏不是那种同时过着已婚和单身两种生活的人，应该说他是哪一种都没过好的人。徐明月也没有谴责的意思，继续说道，我一次都没答应，就是觉得，那天走夜路就是跟他关系的巅峰了，再往后肯定会出问题，所以我非常坚决不再见他了，不像你，笨得要死。

我苦笑着说，他一直喊我出去玩，我也不好意思拒绝，认识你之前我也没什么人一起玩啊。

你其实还是有些羡慕他吧？徐明月抛下一句，继续往前走。我跟在后面看着她，突然有了一阵畏惧，有一点恍惚，还有一丝愤怒。如果不出意外，我要和她在一起生活很多年，但这一切又是怎么发生的呢？

论坛之夜

程灵素隔着玻璃冲着商场里挥挥手,露出一个五味俱全的笑容,继续往大门那边走去。从"法兰西餐厅"的橱窗到大门有二十米,再从里面走过来,这个折返需要好几分钟,但也就几分钟而已。程灵素花了大约十分钟,如果她没有去洗手间或者接电话,而是一直走的话,她肯定是在一点点往前挪,双腿绑上了由过往的人生压缩而成的沙袋。她甚至有可能走两步退一步,所有的时间都耗费在前进和后退时的挣扎和停顿上。最后她还是到了,在加里森对面坐了下来,露出一个抱歉的笑容,低头不语。

程灵素看上去成熟了很多,原本披散着的头发扎了起来,露出大大的脑门,更让脸上的线条非常醒目,顺着嘴角向上的表情肌线条清晰,让她看上去有种异域风情。加里森也不知道该说什么,指着恭敬地躺在桌上的两份菜单说,我们先点菜吧。他拿起一份,一页页翻着,像浏览论坛上的帖子一样,期待和厌倦一齐扑面而来。

俯仰天地最近怎么样了?我记得你跟她关系最好。

程灵素脸色阴沉下来,小声说,我跟她很久没有联系了，在古龙客栈那里吵架后就没有联系。

那次吵架很厉害，好像很多人都卷进去了？

是的，其实跟我一点关系没有，但是龙猫之吻让我一定给他帮忙，连怎么骂人的话都帮我写好了，我发了出来，俯仰天地就跟我吵了起来。我要是私下跟她解释一下，可能就没事了，相信她能理解我只是给别人帮忙。但是我受不了她的语气，说想不到我是这样的女人！我是什么样的女人她又怎么知道，那就继续吵了。我们在一起玩了那么多年，不到十句话就吵完了。

我都知道，我一直看着，真的不知道说什么，双方都有一两百人加入战斗，每一边都有几十个人我都熟悉，我只能看看。

程灵素笑笑说，你不掺和进来也挺好的，不然会少很多朋友，另外一方的人也不会多拿你当朋友。

很多人从来都不是朋友，我也跟不少人一直聊着，说了不知道多少话，但一停下来，几个月之后就又成陌生人了。加里森说着，叹了口气，看上去像是对眼前的菜单很失望。

这是一家充满了乡间风情的西餐厅，无论多么郑重其事地问你牛排几成熟，上来的都是全熟的，询问是为了证明这是一家西餐厅而不是麻辣烫。服务员多为中老年人，脸上流露出父母常见的忧伤和麻木，也流露出长时间身在超大型商场养成的沾沾自喜，说话的腔调也油滑起来，甚至指手画脚。在一位声音浑厚的老大爷的指点下，加里森做主点菜，香煎S级菲力牛排、墨西哥蜗牛焗饭、地中海凯撒沙拉、赛德克海鲜南瓜汤、芒果千层蛋糕,两道主食一个沙拉一个汤一个甜点,加里森感觉不够,又加了一个三文鱼加州卷。这些菜都有着盛大而遥远的名字,像他们的网名一样。然后两人开始了等待,似乎一对夫妇在等待一个后代,等待后代远走高飞。

在若有若无的背景音乐中,两个人漫无边际地闲聊,既不说他们曾经熟悉的那些人,因为确实不熟悉,也不便说当年亲昵的对话和现实里不多的几次见面,那么只得说近况了。加里森小心地问了几个问题,关于程灵素最基本的情况,既是关心尊重,也是行动指南。程灵素依然未婚,在含糊其辞中,她还没有男友,和父母住在一起,从长阳花园搬到了郊区,很远。加里森猜测那是一幢别墅,只是她没有好意思强调。

难怪这些年来一直都没遇到你,我打算跟你好好道歉,一直没实现。程灵素害羞地笑了笑,表情之下似乎有许多张嘴在说话,脸上翻腾片刻才平静下来。你不是因为我们的事才搬家的吧?加里森一边喝水一边装作若无其事地问着,随即他自己回答说,应该不会,我自作多情了。我一直想知道,你为什么突然就非常生气了,我到底做错什么了?程灵素没说话,只是带着几分哀怨和痛苦看着加里森,她用眼睛在说,别说了好不好。

加里森识趣地说起其他事情,在汶川地震后突然觉得害怕,担心人生太没有作为了,就请叔叔帮忙介绍到了现在这个单位,开始每天朝九晚五。

你也会害怕?我以为你一辈子都不会上班了。感觉你不会适应的。

其实很适应，我工作的状态很不错，有时候在放下电话的一瞬间，我自己都觉得自己还挺能说的，跟什么人都能说几句，像工作了几十年一样。

程灵素笑着说，难以想象。

不过我也害怕看到自己跟别人说话时的嘴脸，肯定又享受又愚蠢。

食物一一端上来，程灵素不再说话。造型让人不忍破坏的千层蛋糕，本身品质不好但周围精心装点着辅食的牛排，被精心修饰得极为艳丽的沙拉，当然还有四周的音乐，都给人一种闯进一个设计精良的论坛的感觉。在轻音乐不易觉察的起伏顿挫中，一个个类似的人出现或者消失，让整个餐厅看上去像一个缓缓滚动的屏幕。

加里森说，晚上有没有空，到我家去坐坐。

故地重游，加里森补充一句，笑了笑。程灵素沉默了几秒钟，答应了。九点不到，他们在音乐中起身离开，穿过巨大的玻璃墙，走进他们此前一直注视的夜色中。

长阳花园一期是这座城市最早的小区之一，破败不堪，与随后时尚亮丽、充满设计感的二期三期形成了强烈的反差，如同加里森和程灵素穿着打扮的反差。小区的住户都是当时就地安置的拆迁户，加里森是第一批，只是当年的激动和自豪已经随着墙壁褪色发黑而荡然无存。他像一棵植物一样从未挪动过，为了适应环境，他整个人也有了一种朝北墙角下青苔的色泽，身上的每一件衣服都是落伍的、破旧的，灯光照耀之下令人尴尬。黑夜和比黑夜更为混沌的灯光让两个人宛如阴影，他们必须快速穿过小区走进室内。程灵素上一次到这里来的时候，因为大雨而视线模糊，因为气氛暧昧而无暇多看。这一次，程灵素是一位老朋友或者亲戚，和加里森并肩而行，她用一种不易觉察的轻松在延缓加里森的脚步。

加里森家是一套位于四楼的两室一厅，一个房间几乎是空的，里面堆放着很多过期杂志，还有一个哑铃凳，十只哑铃一字排开，分别是五磅、十磅、十五磅……直到六十磅，排列出一股震撼的气势。哑铃的橡胶已经磨损开裂，灰尘在缝隙中默默积累，手柄上也有了锈迹。墙上贴着几张健美照片，都已经发黄，变成了告诉人们岁月远去的老照片。还有四五张女明星的半裸写真，同样褪色了，关键部位因为反复摩挲而反光，微弱，但是确切，令人感慨。客厅里没有电视沙发茶几之类的配置，因此，客厅不像是客厅，这里也不像一个正常的家。一个老式的八仙桌傲然立在客厅中央，两个电脑屏幕背对背放在桌子上，主机在桌子底下，到处都是线。桌子周围有四把油亮发光的中式椅子。加里森解释说，一台电脑是自己专门用来打游戏的，速度快；另外一台是用来上网的。

客厅的窗户底下有一条长椅，很宽，很深，几个靠垫扔在上面，其中一个靠垫上还放着一盒安全套。加里森走过去把安全套拿起来，放在靠墙的一个柜子上面。这个柜子方方正正，造型古怪又古老，一个挂钟挂在柜子上方的墙上，为这个房间计时，似乎也为它自己计时。程灵素笑笑说，日子过得很滋润嘛。一个多月前，一直潜水的一个人，你应该知道名字的，工作上跟我遇到了，单独吃饭，然后就来这里。程灵素问，那你带过多少女人回家？加里森脸红了，也就三四个人吧，离婚以后就几次。这个数字让程灵素极其失望，甚至有些吃惊。程灵素觉得加里森脸红不是因为多，而是因为太少。她没说什么，看看四周，四周的色泽和这个仓促的数字很对应。两个人陷入了尴尬的沉默之中。加里森说，我去烧点水。

程灵素也站起来，看看卧室。她曾经进去过，现在只剩一点模糊的印象，有如一幅画，摊开一会儿又被快速地卷了起来。一张大床占据了房间主要的空间，一个写字台很荒唐地放在床对面，另一张写字台更荒唐地放在床侧面、窗户底下，上面放着一套看上去很昂贵的音响，有功放、两组有源音响和两个低音炮，一字排开。一支过时而骄傲的军队，这支军队有着不适合战场环境的艳丽色泽，容易成为目标，它们不是为了作战而是为了纪念才存在的。床的另一边是一排顶天立地的衣橱，其中一条敞开着，用来放置杂物，里面倒也整齐，主要是因为衣物很少。窗户旁是通向阳台的门，门的上半部分是玻璃的，这让整个卧室看上去光线非常好。此刻，程灵素透过两层窗户看着外面，夜色中可以看出去很远，近处的团团灯光之间是远处的星星点点，更远处是厚重的漆黑。上一次是雨天，阳台上又都是衣服，她觉得卧室非常的阴沉，混合着久久没有散去的体味。

加里森在外面问她喝白开水还是喝茶，程灵素说，喝茶吧。说着她走回长椅坐下来。这里就是待客的场所，主客只能并排而坐。程灵素笑着问，你跟人家就在这里啊?

当时太热，我们在这里聊了一阵，嫌卧室开空调太慢，就在这里了。程灵素看看四周，突然觉得有些难过。空旷，破旧，家徒四壁的感觉。她欠身，把放在八仙桌上的茶端起来喝了两口，嫌烫，又放了回去，放松地靠在椅子上。加里森靠近搂住她，程灵素没有反对，但加里森的手开始挪动时，她伸手阻止，不行，现在不行。加里森没说什么，也不坚持，只是继续搂着程灵素，像搂着结婚多年的妻子，或者一个病危的至亲。程灵素突然说，那次是我不对，一想到以后每次都要被你嘲笑，我就决定不跟你联系了。

加里森哀怨地看了看程灵素，她继续说，我就是忍不住，可能是有毛病，停不下来。这话让加里森有些激动，他问程灵素，你怎么会我觉得我在嘲笑你呢?

你又没有看到你自己的脸。程灵素严肃地说。

加里森有些痛苦，他确实不喜欢自己的嘴脸，有一次，自己一边滔滔不绝说着电话一边不自觉走到了洗手间，镜子里的画面让他一阵恐惧，极为恶心的脸，他第一反应是那不是自己，另外一个人占据了自己镜子里的头部位置。而跟程灵素那次，自己一定也无比丑陋滑稽，把程灵素吓坏了。想到这里他紧紧搂住程灵素，似乎她即将离开人世，而他们还没有过够相濡以沫的日子。

他们这就样僵硬地坐着，足足十分钟。程灵素站起身，去洗手间。洗手间非常干净，外面一进是洗脸池和一个破旧不堪的老式洗衣机,一个毛巾架挂在眼前,上面有好几块毛巾,感觉来自于二十世纪五六十年代。里面隔间是马桶和淋浴间,可以用一个帘子隔出淋浴的地方。马桶旁放着一个小小的不规则的木凳子,边缘开始腐烂,凳子上摆放着厚厚的几叠粉红色的卫生纸,这种中老年人才使用的卫生纸让程灵素身体隐约有点发麻,还没开始的摩擦已经产生了清晰的不适。墙上挂着一个小小的热水器,摇摇欲坠。热水器对面是一个支架,上面堆放着肥皂、洗浴液、洗发水、搓澡海绵之类的杂物。上一次,因为紧张或者兴奋,程灵素不觉得这个卫生间有什么问题,但现在她突然担心,冬天在这里洗澡会不会冻死?加里森惨死在冰冷刺骨的洗手间无人问津,他的一只手一定伸得很远,但指尖还是没有抓住一个可以让他活下来的人。和这样的人不可能谈婚论嫁,甚至不能深交。

从洗手间出来后,加里森正在卧室里忙着什么,程灵素看到自己的茶杯已经加满水,放在长凳上的挎包被挂在了客厅一角的衣架上,原本雪亮的日光灯关了,老式的比日光灯还亮的射灯打开了,黄色的光线让整个房间刺眼而动荡。从外面看,窗户里的人已经进入了临睡前的沉默和无可奈何。程灵素找个理由,不顾加里森的挽留,在十点钟左右离开了。

离开是一个漫长的过程,一个多小时后快要到家时,加里森还在问为什么不能留下来。

我以为多年不见,你会留下过夜。

程灵素答非所问地说,这句话很押韵。

多年不算太多，也不算很短，是他们一起去孔雀新家的那一年，初秋的那一天。孔雀是简称，全称叫孔雀王，大家嫌费劲拗口，就省略了第三个字。起初有人省略第一个字，称他为雀王，这引起了孔雀王的强烈抗议，他反复说自己并不姓孔，可以省去姓称呼名，孔雀王是一个整体，不宜省略。他举例说，有个人网名叫不识北，不识北是一个整体，你不能像称呼单位里同志一样称呼他为识北，识北和不识北完全反了，而简称不能和全称完全相反。当年的咬文嚼字何其认真，从不专注于工作和生活的人专注于虚无。其他人打圆场说，那么就孔雀吧，不丢人，是抬举你。孔雀王于是成了孔雀，并且不断研究孔雀——似乎在给自己取名孔雀王时，他并没有仔细研究过。孔雀是多个论坛上的活跃人物，不上班，家境不错，热爱一切古典话题、历史问题和当下流行事物，甚至对全世界范围内的动漫都了如指掌。因为搬迁，孔雀喊了很多人到家里吃饭，整个活动就是吃饭，为了让五六个小时的雅集充实饱满和高潮迭起，他们玩诗词接龙。一个人说出上句，后一个人用上句的最后一个字开头，说一句，依此类推，但他们说的全是古诗词，唐诗宋词。加里森对古诗词毫无热情，没有受到古诗词的滋养和召唤。如果你不能在规定的时间接上来，那么就表演一个节目，可以唱歌或者唱戏，可以说笑话或单口相声，背一段台词也行，甚至演讲。都是语言类节目，不大的客厅里挤着十来个人，只能如此。

好了好了，游戏开始。

梦里看剑说，我先来，先说一个简单的。白日依山尽，黄河入海流。其他人哈哈哈笑起来，如此耳熟能详的诗句在这里，意味着开开玩笑，让大家放松，他们以追求生僻拗口的诗句为荣。

这里要注意，必须是完整的一句，而不能是一个落单的句子。

秦淮老狗说，流水落花无问处，只有飞云，冉冉来还去。轮到荒原狼，他有些吃力，去……去，去年元夜时，花市灯如昼。孤独的黑键说，昼这个字有点难啊。昼，昼……其他人提醒说，晚春。孤独的黑键说，哦，昼静帘疏燕语频，双双斗雀动阶尘。塞巴斯蒂安说，尘，有点难度。尘土长路晚，风烟废宫秋。相逢立马语，尽日此桥头。大伙儿一阵感叹，有人感叹塞巴是如此厉害，有人感叹头这个字太好接。独孤九十九剑是个高手，从不隐瞒自己在家用功，他不急不慢地说，白居易的《病眼花》，头风目眩乘衰老，只有增加岂有瘳。瘳！轮到孔雀，他站起来说，想不起来，这个是必杀字，我表演节目吧。大家很期待，他想必表演过多次了。孔雀深吸一口气，嘴里吐出了尖声尖气的女声：要是我的生日过寒碜了，不仅我的面子没地方搁，朝廷的面子也没地方搁，同治中兴以来的气象都跑哪儿去了？这样一来，不单洋人瞧不起，连老百姓也瞧不起。洋人瞧不起你，他就敢欺负你，老百姓瞧不起你，他就不服你，这样就会出事，祖宗的基业就会毁于一旦……大家热烈鼓掌，举杯庆祝，庆祝一项事业。这也是一次调剂，舒缓一下气氛。随后从头开始，被恩宠的粉猪说，我就说一句我自己最喜欢的诗吧，杜甫的《悲陈陶》，野旷天清无战声，十万义军同日死。几个人感叹，死太简单了，太简单了。再次轮到孔雀时，是一个孅字，他挥手说，我总是遇到最难的，背台词吧。很多年之后，我有个绰号叫作西毒，任何人都可以变得狠毒，只要你尝试过什么叫嫉妒……孔雀太想还原电影的效果，以至于有些扭捏作态，加里森嘿嘿嘿笑了起来，大家也跟着呼应，在加里森的笑声上反复涂抹。程灵素说，别笑，孔雀他真的能记得这么多台词，你行吗？好几个人都默默摇摇头，加里森想了一下，发现自己什么都不记得。对于眼前发生的一切，他非常不适应，偶尔攥紧拳头。他总是回答不上来，然后，表演一个拙劣无比的节目，没有笑点的脱口秀或单口相声，搞得其他人毫无兴趣，几个人在他表演时闲聊起来，谈起了《铁血帝国》《星际战甲》和《封印者》。加里森透过自己无趣的声音听到了别人的谈话，突然间觉得自己身在一个几层玻璃组成的瓶子里，一层玻璃是诗词，一层玻璃是游戏，一层是诗词和游戏的合体。

程灵素也总是接不上来，再简单的字她也接不上一句，似乎是一个小学生。她不断唱歌，歌声嘹亮动听，直奔高处而去，孔雀的房子完全配不上她的歌声。可是程灵素很固执，一首歌必须唱完才闭嘴，如果原唱在一句歌词上重复了八遍，她也必须唱完八遍。在程灵素唱歌时，大伙儿都表现出克制的不尊敬，有人起身去厕所、打电话和低头看手机，有人一直看着程灵素，眼角有迷离的笑意也有惆怅的鄙夷。

两小时后，加里森已经酒足饭饱，对大伙儿说我先走了。此时是下午三点，接龙游戏刚刚进行了一半，惊涛骇浪就在眼前。加里森不顾挽留，走了。程灵素也站起来说，我也走啦，下午还有事情。你走了我们不够接龙了。加里森说，那要不你们玩杀人游戏吧，三国杀也行。他说着，站在了程灵素身边，把离开变成一个集体行为，其他人也不好强留。

外面下雨了，乌云滚滚，朝哪个方向看都是一片惨淡。程灵素问加里森，你是不是去坐车？我不坐车，我就住附近，在长阳花园。程灵素惊呼一声，啊，我也住在长阳花园。他们在门洞里驻足，对视了一眼，对这种巧合感到惊喜和愉快。或许也有疑惑，他们聊了那么久，说了那么多话，但从没说过自己住在哪里。程灵素带了伞，加里森撑着伞，程灵素靠在身边，两个人走在孔雀家所在的巨大无边的小区里。

加里森说，下午要是没事，就到我家坐坐吧。

我一个人住，离婚后房子归我了，比较乱就是了，加里森解释道。程灵素答应了。似乎答应去加里森家是一件耗费体力的事，她沉默了好一会儿才恢复过来说，我跟父母一起，在长阳二期的麒麟苑。我一个人住，父母老早离婚了，我妈妈跟我弟弟住在一起，我爸爸在韶关，我一年去看他一次。韶关在哪里，我从来没去过。在广州，到广州再坐大巴车往北返回。他们侧身，让一辆轿车从身边缓缓驶过去，刚才的话题跟在轿车后面吃力地跑着，越来越远。你不打算再结婚了？没想过这件事，每天都上网玩，感觉聊天聊不完,还有很多东西要写。我看你打游戏也很多啊,每个杀人帖里都有你。加里森嘿嘿笑了笑,可能以前没有这样过吧,我以前在钢铁厂,后来办了内退。因为上网?不完全是,就是不想上班了,太没意思了,要是干到现在我可能话都不会说了。

十月的雨水打湿了两个人的衣服,到了加里森家里,加里森一番劝说,加上确实感到冷,程灵素洗澡换衣服,把自己的衣服晾在阳台上。加里森翻出一把红色电吹风说,如果走的时候还是没有干,就吹一下。他试了试,电吹风还能用,离婚对它没有影响。程灵素换上了加里森的汗衫,整个人显得柔软和松弛,像一个没有防备的物件。加里森看着自己的衣服和衣服之下的程灵素,不再拘束紧张。他指着程灵素的胸口说,你的胸太大了,连我的衣服都装不下了。程灵素红着脸说不上话来。随着雨水越来越大,他们越来越无聊,他们认识以来已经说过无数的话,句句都保存在留言箱里,如果不删除就可以随时回顾和重温,此刻反而不必多说了。加里森把一张CD放在音响里,把音量调大。还能用,还是结婚时买的。随着巨大的音乐声响起,他们听到了雨声,听到了音乐混入雨声,一层层的声响渐渐把两个人包裹起来。只是这种包裹有些脆弱,有些仓促。一小时后,程灵素不顾潮湿套上衣服,推门而出。她的雨伞丢在加里森家客厅的桌子上,一半悬在外面,就要掉到地上。加里森一次次从这把雨伞旁边路过,都没有伸手把它摆正,或者收起来。渐渐地这把伞成了家里的一个物件,也在一次使用后不知去向。

程灵素突然发来一大堆照片给加里森，结婚照。照片上的她完全是一个陌生人，浓妆艳抹，只有隐约的自我还残存在努力的凝视中。此举似乎在宣布，她的婚姻生活即将拉开大幕，以后或许不能吃饭见面了。加里森忍不住问了一句，有空没有，晚上一起吃饭。程灵素答应了，这让加里森反而有点困惑，他追问，你都要结婚了，怎么还跟我吃饭呢？他问得很恳切，似乎在弥补冒失和不得体，等待程灵素拒绝。程灵素没有拒绝，解释说，觉得特别烦躁。

晚饭是在加里森家里吃的，两个人拎了一堆熟菜和啤酒上楼，遇到了邻居，他们客气地跟加里森打招呼，称之为小滕。进门后，程灵素把一堆食物堆放在桌子上，又忙着从厨房拿出几只碗，小心地把菜倒进碗里，让汤水稳稳地待在碗里。加里森看着这一切，心生恍惚。眼前的女人像极了妻子，忙着晚饭，天黑了，吃完了，还要把这一切收拾干净，让自己消失在生活的深处。

两个人闲聊了一晚，主要是程灵素抱怨未婚夫和他的家人非常过分，罗列了三五件事，比如女方出钱买车，因为男方花钱买房子了，再比如三年内一定要生孩子。加里森没有多说什么，一切都尘埃落定了，抱怨再多还是得结婚。饭后，两个人像一对夫妇一样在偌大的小区里步行了半个多小时，继续聊婚姻生活。作为离异人士，加里森的经验之谈还是值得一听的，但他自己没有信心。如果他的经验有用，他又何至于离婚，如果他想让他的经验产生作用，他又何至于让程灵素这么了解自己。程灵素不断说，这些话也只能跟你说说了。加里森笑笑，低头不语，脚步不停。最后两人一抬头，看到了公交车站，程灵素说，今天先回去了，然后挥挥手离开。加里森微笑着送她。如她所说，今天先回去了，下次见面应该毫无问题，而且值得期待。带着一丝丝的甜蜜，他转身回家，在推开门的那一瞬间，加里森突然痛苦起来，寂静笼罩着房间里的一切，自己像已经死了一样，现在仅仅是在灵魂消散之前挣扎着回望一眼自己的家。程灵素自然不在家里，她分散在桌子上的每一个空碗表面，在变冷的同时消失。加里森强打精神让自己悲从中来，把碗筷收拾起来，在厨房慢慢洗着。流水声像是一种切割，一种讽刺，也是他自己的声音。专心工作吧，程灵素不要再联系了。

程灵素似乎理解加里森的心思，非常有默契地消失在每一天，消失这件事在随时可以见面的两个人心中酝酿着。有一天她主动对加里森说，到你家坐坐，以后可能真的不会去了。一周后她结婚，这也是一拖再拖的结果了。她抗拒婚礼，借着单位忙、酒店很难定等理由把婚期拖延了几个月，现在确实没有办法了。她到加里森家里来，是聚会史是告别，或许什么都不是，这需要足够久的时间来解释它。加里森感觉很复杂，被信任的感觉令人激动，但随即而来的礼节也让人伤感，这意味着一刀两断了。他买了一箱啤酒，和往事干杯吧。

吃饱喝足之后，两个人在那张宽大的木椅上闲聊，后脑壳垫在绵软的靠垫上，目光在天花板上游弋。为了烘托气氛，加里森特地用电脑放着音乐，是一组悲凉的电影配乐。

这么说，你以后就不会出来玩了？

估计会很少吧，要出来可能也是两个人一起。

两个人也可以啊，孔雀他们还在玩诗词接龙，感觉再玩下去他们都可以去做教授了，不过我还是喜欢爬山，平时太累了，周末就到山里走大半天，下次我喊几个人，你们一起来。

老人都催着我们生小孩，估计很快就会有了，程灵素叹口气说。

要生的话就抓紧生，要么就不要小孩。省得年纪大了带小孩，太辛苦了。我现在唯一庆幸的事是当时没有小孩，不过也挺后悔的。

后悔什么？

后悔没有小孩，感觉没有什么寄托，也没有责任。假如我现在有个小孩的话，做什么事我都会再用心一点，很多不喜欢的事也会去做，但现在我无所谓，每天就在那里瞎混。

程灵素笑着问，你还是不打算结婚啊？

怎么会呢，我一直打算结婚的，只是没有遇到合适的对象。我觉得再也遇不到合适的人了。

因为你没有非结婚不可的压力，所以你遇到的很多人你就可以找理由不去相处，最后用不合适概括一下。我觉得你还是很沉迷现在这种生活的，没有什么家庭负担，跟很多朋友一起玩。还能认识很多女网友，好不好不知道，保证新鲜。

加里森尴尬地笑笑，搂住程灵素的肩膀说，也不总是认识什么女人，年级大了，看着年轻的姑娘感觉会害羞，还是老朋友比较亲切。程灵素呼了一口气，抬头说，我大学时有过一个男朋友，后来分手了。很多年都没有谈恋爱，那次到你家是分手之后的第一次，跟你聊那么多也是第一次，比男朋友说的话还多。聊的什么我其实都忘记了，到你家之前，我都不知道我们在一个小区，你说我们都聊的什么啊。

但是我被你气坏了，可能是我自己有问题吧。加里森说着，把程灵素搂得更紧一点，似乎是在道歉。

我结婚主要是自己年纪大了，再不结婚就是怪物了。

加里森站起来，硬生生打断了程灵素结婚的话题。他在用行动告诉她不要再说了，毫无意义，难道能把一件事情说成另外一件事情吗？加里森转了一圈后又默默坐下，两个人并肩靠在那里，音乐起伏，气候宜人。婚姻生活莫过于此了，令人满足，令人虚无。时间似乎是一条河流，十来首音乐似乎是一支小而精致的船队，在河面上缓缓驶过，波浪轻柔无声。时间一到，小船不见踪影，不会再回头。房间陷入了寂静，程灵素突然问，你最近一次什么时候。两个月之前吧，一个认识很多年的朋友到南京来出差，在她住的宾馆里，我们聊了很久，聊着聊着她就哭了起来，老公总是出轨，她为了孩子也没办法。她一直闹，老公收敛了一点，但再也不碰她，像报复她。我就问，要不要我服务一次，她同意了。我就服务了一次。

我就服务了一次，程灵素重复一遍，哈哈大笑起来。

当她停止笑声时，墙上的挂钟因为电池即将耗尽的缘故，指针发出嗡嗡的颤抖声。时间在颤抖中让人觉得不可信，不过他们两个人都没有看时间。程灵素叹了一口气说，我一点都不想结婚，今天我不回去了行不行？

你刚刚说你要结婚的，加里森惊叹一声，随即又问，你意思是你不想跟现在的未婚夫结婚是吧？程灵素点头承认，她连续点了好几次，对每个问题表示肯定，包括还没有问的问题。不是害怕结婚，就是不想跟他在一起，准备婚礼这几个月太让人痛苦了。加里森站起来说，你不走我太高兴了，你睡卧室，我就睡在这里吧，我收拾一下。

他眼里只有婚礼，没有我。

都这样的啊，他要张罗很多事，忽略你也能理解。

忽略得有点过分了，不然我怎么会在这里呢。程灵素冷笑着说，这么早我不想睡觉，一起看一部电影吧。

你自己挑一下，我去把卧室收拾一下，你想住多久都可以。加里森陡然站起来，异常挺拔，往卧室走去。走几步后又折回来说，对了，我知道你叫赵玲玲，你记不记得我的名字？不等赵玲玲回答，加里森说，滕鹏，滕王阁的滕，鹏程万里的鹏。赵玲玲扑哧一声笑了起来，眼角的余光扫到墙上的挂钟，伸出手指着那里说，电池没电了，你要赶紧换一个。

平安夜

房子过户之后,父亲建议让姑父来负责装修事宜。陈尚龙大吃一惊,完全不知道姑父如今已经是城乡接合部装修界的知名人士。他一边听着父亲罗列姑父的成绩一边心存愧疚,自己和亲戚们是多么疏远啊,姑父的业务已经遍布几大知名豪宅,他竟一无所知。父亲像导游介绍风景一样半文半白地说:"装修太辛苦了,水也深,你姑父给你全权负责,你还担心什么呢,他在几个楼盘都做过的,现在还有不少生意,我让他先给你弄。有他在你就不用自己一次次跑装饰城,也不担心被人坑。你姑父肯定不会跟你乱要价,除了成本和手下人的基本收入,不会有什么额外的费用……"为了弥补这份疏离感,陈尚龙爽快地答应了父亲,事实上,他之前已经和一位学油画出身如今做装修的朋友非正式地说过装修一事。陈尚龙估计父亲早已经替自己做主答应了姑父,那么自己必须答应,儿子不能给父亲难看。

姑父很快带着队伍进场,陈尚龙在第一天去过一次。见到姑父时陈尚龙非常震惊,没有想到他如今这么苍老,不多的白发在黑发中极为刺眼，比白发苍苍还要触目惊心。姑父脸上满是皱纹，像经历过什么大事，而实际上仅仅是年事已高而已。陈尚龙明白，自己通过姑父的外貌才深感自己跟他已经多年不见了，姑父苍老而陌生的脸又带来一种日历一页页嗖嗖翻过的恍惚感。毕业后，陈尚龙在春节时就不再随父母走亲戚，而春节拜年几乎是他唯一和姑父等亲戚们接触的机会了。对此陈尚龙没有心理负担，他误以为自己或许不会和姑父等人有日常生活上的往来——连父母都不在自己的生活现场，何况姑父等人。如今，遇到买房装修之类的事，自己还是要依靠父亲及亲戚们。

在陈尚龙的印象中，姑父正当壮年，红光满面，眼神炯炯，不愧为当地著名的木匠。十多年过去，姑父进入了老迈之年，而陈尚龙只记得他当年的样子，和碧绿幽深的村庄一起，属于乡愁的具体内容。

震惊只是陈尚龙心里的事，也是短暂的事，表面上他没有显露出来。他和姑父简单说了几句，明确了房子整体的颜色、要专门打造的两面墙的书橱就算了事了，带着几分冷漠离开了装修现场。姑父带来的几位手下人，陈尚龙一句招呼都没有。姑父把陈尚龙送到门口，好像他是主人而陈尚龙是上门走动的亲戚。当然，在未来的两个来月里，他确实是装修这件事的主人，房子即将以他个人作品的方式逐渐呈现出来。

十几天过去，陈尚龙再也没有登门看装修进度，其间姑父给他打过几个电话，主要是告诉他一些材料的价格，陈尚龙了解一下就可以了。

天气渐渐变冷，气温开始在零度上下徘徊，冷风吹过，令人伤感而凄惶。房子按计划明年二月完工，然后摆放透气，陈尚龙会在五月的婚礼之后搬过去。这些都是已经和女朋友焦雨涵安排好的，他们也安排好了结婚事宜，即回陈尚龙老家按照乡间风俗办一次，狠狠操办，然后再在城里办一个简约版的，没有司仪没有气球、拱门、红地毯的那种。几天前，焦雨涵突然跟陈尚龙说，有一个去新加坡某大学做半年交流学者的机会。为了彰显郑重，焦雨涵专门让陈尚龙去学校附近的一个茶座等她，彼此带着几分严肃面对面坐下来。焦雨涵说，这个机会原本轮不到她，只是安排好的那位副教授妻子查出了晚期胃癌，他不得不放弃，自己可以争取一下，概率很大的。一旦成行，就是元旦后就过去，暑假回来，婚期正好在这期间。应该要改期，至少也得改变结婚的形式，不大可能有时间到乡下去办了。

陈尚龙觉得她这是给自己出难题，让他在延期举办和草草举办之间二选一，而不是在去和不去之间二选一，她应该已经得到了确切的答复而非争取争取。他带着几分冷漠说："要不我们去新加坡办吧。"

焦雨涵有些恼火，显然这句话是不负责任的，如果那边举办婚礼，意味着没有人会去，有一种私下结婚的仓皇和不道德。"那我再去跟院里商量一下，我意思是，既然结婚的事不能调整，我也让出这个机会吧，然后请院里考虑尽快安排我出去交流，不能等太久。不过谁知道呢，这种事情就算写下来也不算数的。"

陈尚龙不知道该怎么回答,是强烈反对还是坚定支持,都没有想好,只得含糊其辞。延迟婚期是不可想象的,父母盼望他结婚已经多年,当他们把在劳动节举办婚礼的决定告诉母亲后,母亲随后就打了大约一百个电话通知方方面面的人,一是邀请,二是炫耀。她的炫耀太像弥补了,弥补陈尚龙迟迟不结婚给她带来的诸多失落伤心和真切的麻烦:尤其是别人问起时,那种尴尬和羞耻就是生活本身了。如果让她再一一通知改期的事,她肯定会又一次以泪洗面,进而担心事情是不是要黄了。

平安夜的晚上,焦雨涵因为主持一个学术活动不能跟陈尚龙一起吃饭,陈尚龙就待在单位加班。外面下雪了,片片雪花落向兴奋的人群,在灯光的照耀下显得灰暗而凌乱,在半空中就融化成水,在人们的脚底下以污渍的方式汇聚着。大街上都是人,节日是一个巨大的现场,一次日常生活里的突发事件,人们纷纷涌上来。晚上七点,陈尚龙准备下楼吃饭,回办公室看一部电影然后就回住处。那是临时租住的一个高层的单室套,离焦雨涵学校很近,室内低矮而局促,一眼看到尽头,陈尚龙一般不愿意多待在那里。相反,同事们都离开后的办公室有一种包含阴森的空旷,一种让人兴奋的陌生感。

在陈尚龙走向楼下的"西安面馆"时,姑父的电话来了,问他在哪儿,过来一起喝点酒。见他语气犹豫,姑父补充说:"今天的酒很好,是牛明禅存了不少年的原浆酒。"

牛明禅是姑父的手下,主要负责运输,兼顾杂务。陈尚龙感叹一句，不置可否，姑父又说："菜也不错，烧菜的老杜现在是我们的帮工，以前开过饭店，你记得吗？"陈尚龙说我记得，很多年前常常去那里吃饭。

姑父说："你要是没有事情就过来吃饭吧，多少年都没跟你一起喝过酒了，我电话是打得迟了一点，我也是突然想起来的，多少年没跟你一起喝酒了，差一点忘记喊你了……"

姑父的意思是，因为多年没有跟陈尚龙一起喝酒于是忘记了可以和陈尚龙一起喝酒，甚至忘记了曾经和陈尚龙一起喝过酒，现在自己在弥补。陈尚龙还能说什么呢，赶紧过去。路上他有点紧张，似乎是仓促地去姑父家做客，不带点什么似乎有些不好，随即又笑了笑。他去的是自己的家，不出意外，会在那里住很多年，此刻它还没有呈现出最终和完整的面貌而已。路过楼下的巷子时，陈尚龙买了一斤干切牛肉，足足八十块钱。在店主潇洒地把牛肉切成一片片时，他给焦雨涵打了一个电话。没有人接听，她应该正在对着话筒讲话吧。

房子在一套老小区里的顶楼，小区由几个政府部门集资建造，品质一流，虽然十多年过去，但依然让人放心。唯一的麻烦是爬楼有些辛苦，陈尚龙给自己规定十年，即十年之后无论如何要换房子，那时他四十五岁了，爬不动了。

陈尚龙拍了拍外套上的雪水，跺跺脚，像客人一样小心地迈步进门，用余光担忧地看了一眼脚下漆黑的水迹，害怕作为临时主人的姑父会不高兴。房间里热气腾腾，几个人穿着常见的那种由老婆编制的粗线条毛衣围坐在一个小桌子周围，厨房里灯火通明，传来炒菜的声响。陈尚龙没有立刻坐下，四处看了看。带阳台的那间卧室里堆满了木材，散发出一阵阵香味，阳台上挂满了姑父一群人的换洗衣服，在半明半暗之中有一种由来已久的镇定。另一间卧室里铺着三个地铺，空地处放着几张油漆斑斑的长条椅子，上面搁着衣服和茶杯，房间里有一股微微的臭味，是几个中老年男人在封闭房间里常见的体味。客厅相对干净，餐桌在一进门的地方，两张行军床一前一后放在理应摆放沙发的地方，这样五个人就对应着五张床铺。行军床的对面是电视墙，今后会放一台大电视，此刻放着一个小小的电视和一台IBM笔记本电脑。电视关着，笔记本电脑上放着张涵予和吕良伟主演的《水浒》，一场大雪把阳谷县遮挡得白茫茫一片，看不出今夕何年何月，武松身形矫健，表情兴奋，大步流星地走向紫石街哥哥的家。

陈尚龙问："你们不看为什么放着？"

姑父笑眯眯地回答："听听，等吃完了再倒回去看。"陈尚龙想起了早年间一大群人围坐在一台黑白电视机前凉床上的画面，当时有一种紧张和期待，如果错过一集，或许就是错过一辈子。那时的电视不是节目内容，而是人生事件，仅仅发生一次。

老杜把陈尚龙买的牛肉盛到碟子里，又端着一道菜从厨房出来，顺手关掉了灯，客厅里的灯光显得更亮了。陈尚龙在酒桌边坐下来，看看上面的菜，不多，但每道菜份量特别足。最后端上来的是茄子炒豇豆，一股浓浓的猪油香味扑鼻而来,而豇豆因为被干煸过,也散发出清香。此外还有红烧鲫鱼,足有七八条那么多,用一个超大的碟子盛着。一道冬笋烧肉,用一个很深的汤盆装着,简直可以卖到两百块钱了。还有一道蒜苗猪肚,一道菌菇汤。他买来的牛肉因为有一斤之多,顿时在气质上和这些菜有同类的感觉,像好兄弟一样融入其中。

一双筷子递到陈尚龙的手上,酒也倒上了,用的是一个带把子的玻璃杯。几个人喝酒,姑父不断说:"不要客气啊,多吃一点。"如果他接着说"就当在自己家一样",似乎也是成立的,双重的成立。

陈尚龙跟各位一一碰杯之后才稍微活跃了一点,陡然举起酒杯,敬所有人。他认真地说:"感谢各位,最近几天辛苦了,后面还要继续辛苦大家。"姑父热情地带头,让各位都举起杯来,并且说不站了不站了。他们纷纷喝掉一大口,纷纷咂嘴说:"啊……"

对门传来一个女人的惨叫,"啊……啊……"不绝于耳,几个人面面相觑,不知道该继续聆听下一轮的惨叫还是该出去看看。姑父一生谨慎,如果不是因为最近几年房子火热,他大概也没有机会在城里穿梭行走,出入高档小区豪宅别墅。此刻他低头不看任何人,只顾着吃菜。但大伙儿已经站起来了,陈尚龙靠门最近,被众人的目光催促着出去看看。他觉得没问题,自己是这里的住户了,还有五个老爷们儿在后面压阵,能有什么危险呢。

陈尚龙拉开门,惨叫还在继续,这让他们确定是对门一家出了什么状况。陈尚龙咣咣咣砸门,一边砸一边高声说:"开门,开门啊,里面出什么事情了!"

房子里安静下来,门严丝合缝的,没有光线泄漏出来,因此说里面没有人也是成立的。陈尚龙回头疑惑地问:"是这边没错吧?"大伙儿频频点头。陈尚龙转身,继续砸门,加大了力气,声音变得沉闷而危险,里面的人必须在开门和门被砸倒之间做出选择。

一个年轻女人开门,探出身子,往前走了一两步,陈尚龙几个顺着她的脚步齐齐后退。女人笑眯眯地问:"你们找谁,有事吗?"

在惨淡的灯光下她的脸上堆砌着笑容、泪痕、恐惧和烦躁,陈尚龙回答说:"听到有人惨叫,过来看看,你没事吧?"

不等她回答,陈尚龙大声问:"刚才是你在叫吧,没出什么事吧,不会有人要杀你吧?"

姑父他们在后面笑了起来,女人有些难为情。一个声音从她背后传来,带着几分厌恶问:"谁啊,谁?"随后一个又高又胖的男人逼近到大伙跟前。陈尚龙回头确认各位都在,大声说:"刚才有人惨叫,我们看看出什么事情了!"

"没有,没有人叫!你们都听错了!根本没有人叫,叫什么叫!"男人在女人后面连声回答。

陈尚龙转身就走。目的已经达到,即确认了没有在惨叫的同时受伤或者毙命,也制止住了喊叫,后面是否还会继续,那就说不上来了。男的在陈尚龙几个进门前突然怒气冲冲地说:"我警告你们啊,装修时小声一点!"

姑父突然愤慨起来，走上前反问："你跟我说说，装修怎么小声？你来说说看，怎么小声？哪家装修声音小的？我们早晨九点开工，晚上六点到点就结束，声音大小跟你们有什么关系？你说说，小声是什么意思，给锯子电钻装消音器吗？"

男人看了看眼前的几个人，知道自己面对的是一个队伍，什么都没说，愤愤不平关了门。陈尚龙几个回到桌子边继续喝酒，为了防止事态再次恶化，他们虚掩着门，让灯光泄露出一些落在楼道里，让外面的声音可以及时传进来。不知道谁起的头，大家纷纷敬姑父。陈尚龙尤其激动，完全没想到一辈子窝在丘陵的姑父陡然间如此彪悍，而且不失道理，端起杯子一个劲敬他。姑父反而害羞了，带着中老年人罕见的羞涩之情一口口喝着。

他们就着惨叫的话题边喝边聊，主要是在猜测女人是如何备受折磨而忍不住惨叫的。几个人提到，这样的事情在乡下很常见，大概是因为乡下晚上特别安静，所以只要吵架，声音就会跟狗叫一样传得很远。一般人家都难免吵几句，因为不频繁，所以显得很突然，很稀奇。不稀奇的反而是每天都吵架的那些人家，不多，但总会有的，他们就代表着每天吵架，代表着乡间的一种生活，不稀奇。

半个小时后，对门传来砸东西的声音，破碎声接连不断，伴随着压抑的啊啊啊，陈尚龙他们简直能猜到什么东西被砸了。水杯，花瓶，镜子，水瓶，灯泡……他们猜着，虚掩的门很形象地把砸东西的画面以声音的方式描述着。

"去看看啊！"老杜突然说了一声，这提醒了大家，他们纷纷挤出门，一起拍打对面的门。他们都喝了不少酒，拍打声都带着兴奋，陈尚龙看了看自己的手，非常有力，旁边还有四五只同样有力的手一道在拍打，似乎在彼此竞争。门出现了晃动，再这样持续几分钟它就要倒塌。

还是刚才那个女人，呼啦一下拉开门问："你们搞装修，有没有发现他在白天带女人回来？"

这个问题让陈尚龙几个都愣住了，大家的脸上都呈现出一种不自信和陌生感。这个问题对他们而言太遥远了。

见他们都不回答，女人自己说："他在白天带女人回家，趁着装修声音大在家里出轨！"

陈尚龙几个人更颓唐了。这个问题非常重大，别说没有人看到，就算看到，也不便一五一十说出来。

陈尚龙突然说："今天是平安夜，要不然你就不要吵架了，到我们这里喝酒吧，好酒好菜。"

女人转身进门，马上又出来了，多了一件黄色的羽绒服在身上："跟你们喝酒，走，走啊。"

陈尚龙几个又一次陷入了茫然，比此前的更为广阔和凛冽。几个人像是被这个女人押送着一样回到了酒桌前，在坐下来之前，女人也到处看了看。这幢楼两边的户型不一样，陈尚龙这边是一百平米的，对面则是一百一十五平米，多出来的十五平米让整个布局完全不同。

陈尚龙问："你叫什么名字？"

"王小融！"女人骄傲地说，并且对每个字进行逐一解释。

"小融！"牛明禅冒了一句，嘿嘿嘿笑了一声，他亲昵的称呼和璀璨的笑容都很熟练。

"我叫陈尚龙。"

"那喊你小龙呢还是小陈？"王小融一边打量着木材一边问。

"姑父他们叫我小龙，同学朋友一般叫我尚龙，还有人叫我尚哥。"

"反正我就叫小融，我就喊你尚哥吧，很酷。"王小融说着，往酒桌边走，姑父和老杜连忙撅着屁股给她让了一个座位。陈尚龙跑进厨房拿了碗筷出来，大家都众星捧月，既有平安夜的团聚氛围，也有对王小融的浓厚兴趣。为什么是严冬而不是酷暑天呢，这样可以把王小融看得更清楚啊。

王小融很奇怪地对白酒毫不拒绝，她目睹姑父往印着"tea"字样的玻璃杯里倒了半杯，抄起酒杯就敬大伙儿，连声说感谢。谢什么她没有明确说出来，可以指酒和菜，也可以指让她在这里容身，甚至可以指解救她。

陈尚龙自然主要负责和王小融说话。他不断问问题，在哪里上班，在这里买房子多久了，住的感觉怎么样，这边的学区怎么样。除了刚才的惨叫和砸东西，陈尚龙什么都问一问，还不断地对王小融的回答给予肯定。

王小融告诉陈尚龙，这一带虽然老旧了一些，不过生活真的很方便。如果有时间可以早晨出去买菜，路边很多买菜的小摊贩，蔬菜、鱼类和家禽又新鲜又便宜，常常有很不常见的鱼和蔬菜。楼下大方巷中间有一家砂锅店，应该是全城第一好吃的砂锅，每天都排队，他们只做中午，下午就休息了，牛气！砂锅旁边有一家一鸣面馆，也非常好，特别是他家的辣椒，辣得难以想象，喜欢吃辣可以去过过瘾。大方巷接近中央路的那一片，四五家服装店都不错，尤其是男装，总有特别新的款式，都是大品牌的单子被退回来的那些，基本没有毛病，价格也特别便宜。还有一家万家超市，囤积了大量十多年前的货物，总能找到又便宜又实用的生活用品，连搓衣板、苍蝇拍这种都有的。西边的五牌楼街上，有一家潮汕火锅，原汁原味的牛肉，百吃不厌；再往西有一家蛋糕店，是连锁的，不仅各种造型都可以做，而且做得非常好吃，老板是个女的，国外留学回来，专心致志做这个蛋糕店……姑父等几个人默默听着，除了买菜他们几乎不出门，更不可能在蛋糕店之类的地方坐下来吃点喝点，王小融的介绍对他们而言有些遥远。

陈尚龙意识到了这一点，努力把话题拉回来："你结婚了？"

王小融说："没有啊，那个死胖子是我男朋友，我们还没结婚。房子是我的，不是他的，不过他出钱装修了，去年弄好的，结果他倒像是房主一样每天都待在这里不走了。"

陈尚龙感叹："怎么会有这种人呢？占女人便宜。"

"也不算吧，车子是他的，平时的花费都是他的，我本来工作的，现在辞职读书了，没有收入了。每天去郊区的大学城，不是上课就是泡图书馆准备论文。"

"读博士？"陈尚龙问。硕士研究生的论文不必这么辛苦地准备，而博士论文很难。不等王小融回答，泥瓦工曹寇斩钉截铁地来了一句："那他就是住在你的房子里，但是养你！"

大家哄笑起来。笑声中，胖子的声音传了过来，随后是愤怒和尴尬的大脸，挂在门的位置，怒气冲冲地让王小融回去。

"喝什么喝，要喝回家喝。"胖子吼道。

"我回家你让我喝酒吗？"王小融对门外甩了一句。

"要不你也过来喝一点吧。"老杜冲门外喊了一嗓子，大家又笑了起来。陈尚龙则非常担心胖子进来，或者王小融离开。胖子继续说："王小融你给我回来，你给我出来！你一个女的跟五六个男的在一起喝酒算什么事，太危险了。"

"回去我才危险呢！你回去吧，不然我让他们把你赶走。"

胖子突然哀求起来："融融，你回来吧，我错了。"声音带着哭腔，几乎就要大哭且下跪了。

"我为什么要回去，平安夜，你都不让人安生！"

陈尚龙一阵肉麻，"融融"二字过于抒情。他以户主的身份站起来走到门口，站在胖子的阴影里说："你要不进来坐坐啊，我是这边的房主，以后我们就是邻居了，大家认识一下也很好啊……"

"谁要跟你认识！你快点把我老婆送出来！"胖子又转换风格喊起来。陈尚龙有些茫然，不知道该怎么处理。

他带着满脸疑惑看了看自己家里,目光在王小融脸上停留了一下。王小融站起来说:"我回去了,谢谢大家的酒,谢谢你。"然后从陈尚龙身旁挤过去。

没有人动,谁也不想掺和到王小融的争吵中去,更没人愿意因为挽留王小融而引发新的纠纷。

等对门传来砰的一声关门声,陈尚龙和姑父几个人都笑了起来,纷纷嘲笑这对男女停不下来的吵吵闹闹。

牛明禅说:"我觉得他们在一起不会长久,因为我发现那个胖子实在是太胖了,而小融是个美女,美女都会有帅哥追的。"

"什么帅哥,不是说了胖子白天带女人回家吗。这也太抠门了,就算有其他女人,不会找地方去吗,还往家里带!"

"这个家还不是他自己的哈哈哈……"

"我觉得胖子不至于,我看他的样子,虽然有些痞,不像多坏的人啊。"

"再说谁会看上他呢?"

"小融不就是看上他了吗,他肯定有他的本事。不过,小融既然跑来问我们,之前还砸了那么多东西,这件事应该八九不离十。"曹寇冷静地分析说,又补充道,"有什么意思呢,好好过日子不就行了吗!折腾个鸡巴!喝酒……"

陈尚龙没有心思讨论,他走到阳台,打算给焦雨涵打电话,告诉她自己晚一点去找她,先陪姑父喝酒。看看时间,九点半,陈尚龙有点奇怪焦雨涵为什么不打电话给自己，按理说讲座应该结束了。他安慰自己，或许是什么人兴致浓厚拖延时间了，或许是焦雨涵还在送别啊收拾的，没来得及给自己打。正犹豫着要不要先打过去，陈尚龙听到隔壁的阳台上传来胖子的哭号声，还有王小融的尖叫声。

两家的阳台靠得很近，陈尚龙这边窗户大开，王小融那边，阳台上窗户全都关得严严实实。但他们叫得确实太大声，陈尚龙还是听到了。他只听到叫声，内容不得而知。陈尚龙打算仔细听一下他们在吵什么，但就是听不清，风声夹杂着平安夜的喧嚣一直在耳边呼啸，而如果关上窗户，噪声没有了，那边的声音也没有了。唯一的办法是把王小融家的窗户打开。

在好奇心的驱使下，陈尚龙继续在那边听着，他企图通过语气音调、先后次序、起承转合等含糊的因素判断到底发生了什么事。听了好一会儿，除了喊叫和哭号，他只听到了一个词，却又不知道是"分手"还是"搬走"。或许两者是一个意思。

回到酒桌边，几个人都有了点醉意，陈尚龙则有一种说不出的惆怅，他自己知道，这份惆怅来自再也见不到王小融的担忧，那么就多喝一点吧。姑父几个人说起了往事，酒桌上开始有了"往事——干杯——沉默——往事——"的循环。

老杜说："小陈脾气很大，我记得有一次他和一个女孩一起在我店里吃馄饨，女孩吃不下，大咧咧地舀了两调羹馄饨放在小陈碗里，小陈竟然嫌人家脏，把碗一推，不吃了!"陈尚龙想了想,似乎是有这么回事,但是环境啊场景的都记不清楚了,那个女孩,应该是自己的同学,叫什么、在哪里,都不清楚,二十多年前的事了。大家哈哈哈一阵哄笑,感叹一下,喝一大口。

陈尚龙也说起自己的一件往事:"小学时放暑假,远远地听到有人叫卖冰棒,一定要去买一根吃,妈妈不给,我躺在地上打滚,嘴里不断地喊,我馋,我馋死了,我馋死了啊……"他讲到自己大喊的时候,真的喊了起来,还从凳子上站起来,撅着屁股。几个人笑得前仰后合的,满脸通红,酒气四溢。

这时有人在拍打已经关严的大门,砰砰砰的声音让人心惊发毛。在拍打声的间隙里,陈尚龙他们听出来是对门的胖子在外面。胖子怒气冲冲地喊:"你们小声点,白天装修还不够吵吗,晚上还要吵!"

大伙儿一起愣住了,陈尚龙这才意识到六个男人一起大喊大叫可能声音确实是大了点,站起来去开门。胖子在门外又喊:"楼下的人都被你们吵到了,上来跟我说你们再吵就报警了。"这句话让陈尚龙顿时发作了,他不能接受自己跟姑父喝酒居然会导致报警。他对着门外大喊:"你报警去吧!"

胖子没有报警,而是站在门外一直说个不停,抱怨装修太吵,震动太大,抱怨他们晚上还这么吵。

陈尚龙气呼呼地拉开门说:"你给我滚,再多啰唆一句我就报警了。"这一下胖子不干了,要往门里挤,陈尚龙赶紧关了门,胖子用脚踹了三四下,大骂陈尚龙是混蛋是流氓，凭什么报警！

"我报警说你殴打妇女！"陈尚龙在门里面怒吼一声。

门外一下子清净了，似乎从来没有人出现过。

胖子的突然消失让陈尚龙也安静下来，大家面面相觑。灯光平缓如一片湖水，菜已经下去大半，有的只剩下冰凉的汤汁，十斤装的原浆酒也下去了差不多三分之一，六个人都喝了半斤以上。也差不多该结束了，在姑父的倡议下，大家每个人杯中都倒了一点，一指高，干完结束。

老杜说："你们先喝着，我去冲个黄瓜鸡蛋汤。"

陈尚龙见老杜去忙，也拿起手机朝姑父比画了一下，去阳台打电话。焦雨涵在电话那边质问他："不是说好了你来学校找我的吗，你怎么去喝酒了？"

陈尚龙非常不高兴，他此行的重点不是喝酒，而是和姑父一起喝酒，这两者有着天壤之别。他没有理会焦雨涵的质问，反问道："你现在在哪里，怎么结束了也不给我电话？"

"说好了你来找我的，你不来应该给我打个电话啊，就算我不能接电话，你也应该给我一个消息啊。"

"我忘记给你发消息了。你怎么就不能给我打个电话呢，那么早结束了就一直等我电话，非要我先给你打电话？"

焦雨涵说是，是的。陈尚龙非常愤怒，酒劲和让出国的事一起涌上脑门，他大喊："你什么意思啊！"

不等焦雨涵回答，陈尚龙又大叫起来："你他妈的到底什么意思啊？我跟姑父一起喝点酒，有什么不对。他给我们装修，尽心尽力的，我平时也没时间过来，现在不就是陪他喝一顿吗！你看到有我的未接电话，给我打过来就是了，我大不了马上过去找你，你赌什么气啊，你是不是读书把脑子读坏了！"

对面的阳台上突然传来女人的声音："谁说读书把脑子读坏的，你别胡说。脑子不好正要多读读书啊。"

陈尚龙吓了一跳，王小融在对面窗台上，窗户大开，她半个身子都探出了外面，身上的毛衣显得很苍白，而脸红扑扑的。

焦雨涵在那边问："谁？你跟谁说话，听上去是个女的！"

"邻居，到我们这边来借点东西的，正好听到了。他们跟我姑父几个都混熟了，我今天来才认识……"

"我跟你姑父他们根本不认识，我早出晚归去学校准备论文，根本没时间认识你姑父他们，每天回来都累死了……"

"就是因为我每天都不在家，死胖子居然敢带女人回家，简直疯了！"王小融说着，但语气里有一种兴奋和释放。

"她在说什么？我们打电话她怎么打岔，这么不尊重人？"

陈尚龙本可以走开，但是焦雨涵的话让他更加恼火，站在原地冷冰冰地说："她没说什么，就是跟其他人在聊天，你张口闭口不尊重人，有那么多要讲究的吗？"

"就是，哪有那么多讲究啊，再说尊重是放在心里的，不是放在嘴上的，那不叫尊重，那叫优越感吧。"王小融越发来劲了，一股酒气随着她的话飘到了这边。陈尚龙错愕地看了看王小融，似乎想看到飘来的酒气是什么样子的，他还看到，在未来很多年里，王小融的香水味洗发水味道等都可以从这里飘到自己家。

焦雨涵被陈尚龙的话还有王小融的吵闹惹得非常不高兴，略加沉默后说："我挂了，今天太累了。"

"你到底什么意思！你到底什么意思啊？"陈尚龙着急地喊起来，语气柔软了很多，听上去像是哀求。

"没什么意思，就是累了，有什么事明天再说吧。"

"管她什么意思，女人闹，不理她就行了。"王小融笑嘻嘻地说。

"你不能总是突然来一句，突然说累了，突然不理人，以后怎么过，你自己说以后怎么过？"陈尚龙带着几分怒气质问。

"我真的累了，晚上一直站在那里主持活动。你继续喝酒吧，不打扰你了。哦，平安夜快乐！"

"能过就过，不能过就散伙好了，我已经把死胖子赶走了，接下来我就把房子卖了，去江北换一个别墅。"王小融自言自语，在酒精的刺激下未来一片开阔。

陈尚龙看了看王小融，又冲着电话喊了几句，已经挂了。他长叹一声，问靠在对面阳台上背对着自己的王小融："你还要喝酒吗？"

"想喝，但是不能喝白酒了。我不能喝白酒，一点就晕了。"

"那你平时都喝红酒？"

"红酒多一点吧，家里还有一点，一会儿继续喝。"

陈尚龙想说"我过去陪你"，问题是姑父就在旁边，而姑父和父母一天一两个电话，自己不能这么胡来。他知道自己此刻应该打电话给焦雨涵，或者立刻去找她，而不是想着和王小融喝点什么。但焦雨涵实在让自己气愤，平均一周要出现一次完全不讲理的情形，甚至摆出一副严冬天气般的冷漠，他有些泄气。

陈尚龙回到酒桌边，端起酒杯敬姑父等人，一口全部喝了。牛明禅和电工老顾已经结束喝酒了，正在呼啦呼啦喝汤。酒量很大的曹寇和老杜还在喝，姑父陪着，像是要尽到主人的义务。陈尚龙主动往酒杯里倒了一点酒，曹寇和老杜喊起来："够意思够意思，厉害，我们也应该再来一点。"说完他们也拎起硕大的酒壶加酒。

门外传来沉重的拍门声，不是拍打陈尚龙家，是拍打对面。拍打很有节奏，声声入肉，一只肉手仿佛正在拍打中变成枯木或者木炭。陈尚龙站拉开门看了一眼，是那个大胖子在拍门，他想起王小融所说的胖子被赶出家门的话，这会儿胖子大概是反悔了，回来了。

陈尚龙坐在那里，带着一脑袋的酒意听着胖子拍门，身体也随声音微微抖动，舒服。突然他数起来："一二三四五……三十三十一三十二三十三……一百二十一一百二十二一百二十三……八百五十八百五十一八百五十二……"

过了一千，陈尚龙举起杯子说，"胖子厉害，拍了一千下了，我们干一杯！"

"加上你数之前拍的,有一千好几百了!"曹寇说。

"还是出去看看吧,这样拍下去手都拍断了。"

陈尚龙坐在那里没动,他希望胖子赶紧走。姑父似乎意识到了自己此前的失礼,站起来走出去说:"兄弟你不要拍了,我们帮你数着的,整整一千五百次了,再拍下去你手腕子要震断了!"

胖子转过身,泪眼汪汪但是愤怒地看着姑父这边,看着灯火通明的客厅。这份光线可能刺激到他了,让他有一种再也不能置身其中的悲哀。他怒吼一声:"操!"转身,咚咚咚走了。

已经十一点,陈尚龙感觉姑父几个人都在用一种无言的冷漠传达希望自己早点离开的意思,他喝了一大碗已经变凉的鸡蛋黄瓜汤,称赞几声好,站起来准备走。

姑父送到门口,叮嘱说路上小心,一定要注意安全。

陈尚龙连声答应,并且强调说自己没有喝多。

"我看你是喝了不少,不然你怎么会跟小焦发火呢。没什么好发火的,有什么事情商量商量就可以了,哪有不能商量的事情呢?"

陈尚龙有些震惊,一是震惊于自己居然对焦雨涵发火,这怎么可能呢?二是震惊姑父说话的方式,非常德高望重和经验丰富,似乎他因为长年混迹在高档小区搞装修而成了男女问题的权威了。陈尚龙低头说:"我喝多了点,她怪我不跟她一起过平安夜,我说我不去是因为情况特殊,我是跟我姑父喝酒,不是瞎混去了……"

"没事没事,偶尔发发脾气也是应该的,哪个男人没脾气呢。你快回去跟她好好聊聊吧，不要真搞出什么矛盾出来。"

陈尚龙连连答应，正准备离开，对门的胖子又上来了，脚步沉重，咚咚咚的，和装修的声音可以一比。他表情木然，手上拎着一个发黄的白色塑料桶。姑父已经进门了，而牛明禅正在门口抽烟，他吸吸鼻子，大喊一声："我操，汽油！他拎着汽油！"

陈尚龙很茫然地回头看看牛明禅，瞬间明白过来，转身，直接从七楼扑向胖子。胖子距离七楼还有四五级台阶，即爬了一半的楼梯，他手上捏着打火机。面对陈尚龙的虎扑，他双手一松，本能地挡向眼前。两个人从半截台阶上滚到了六七楼之间的转弯处，摔得哼哼唧唧的。除了喝多的老顾靠在行军床上睡觉，姑父、牛明禅、曹寇和老杜四个冲了过来，大声喊："你要干什么！你要干什么！"

"你想放火是不是？"

"汽油呢，汽油在哪儿？"

好在汽油桶滚在胖子身下，而陈尚龙压在身上，三者都没多大问题，胖子的脑袋在墙上磕了一下，这会有些发蒙，陈尚龙连扑带滚，感觉想吐。

曹寇狠狠踢了胖子一脚说："你是不是想放火！你想烧死谁？你想烧死小王吗？"

"我不想，我不想，我就是想让她把我的衣服拿出来还给我，然后我在门口细细地烧掉，就不回来了。"

胖子带着哭腔解释着，姑父几个人一听气坏了，简直是怒不可遏，纷纷踢他，几下之后变成了踹。"死人才把衣服烧掉你知不知道,你烧谁衣服就是谁死了,你说说谁死了,你他妈的说啊!"

"小畜生,没事烧衣服,等你死了再烧!"

曹寇说:"就算你想烧几件衣服表示彻底分手了,你带这么多汽油干什么,我看你是不怀好意,你是不是想烧人!"

胖子呜呜呜地哭起来,陈尚龙让大伙儿别踢他了,又对胖子说:"你还是去医院吧,估计摔得不轻!"

"你把我撞下来的,你要负责!"胖子指着陈尚龙说。

陈尚龙气呼呼地说:"滚,你给我滚,你不滚我报警,说你打算用汽油烧死你女朋友,这么多汽油足够泼人一身了!你信不信我马上打电话!"

胖子张嘴大喊:"我是想烧死我自己啊!啊……"

几个人愣住了,被吓住了。他们还来不及感受胖子营造的悲伤,就感觉后面亮堂了不少,也温暖了不少。回头一看,王小融一手端着红酒杯,一手指尖捏着一件硕大的花短裤在两户之间空地上细细地烧着,地上还有十来件衣服,火苗已经快一米高了。从陈尚龙的角度看过去,王小融身在火焰之中,有一种从容赴死的坚毅,他不顾全身疼痛和酒劲上头,猛地站起来,几步冲过去把王小融从火堆里推开。由于王小融原本就不在火堆中,陈尚龙需要跨过火焰才能推向她,这让陈尚龙有些仓促,他几乎是砸向王小融,两个人一齐往后面的门上倒了过去。门是虚掩着的,两个人摔进了王小融的家里。胖子也跟着冲了过来,他哇哇大叫,不断地说:"为什么,为什么!"不知道他担心王小融摔倒,还是担心她被火烧到,还是在心痛已经被点燃的自己的衣服。

"你不是要烧自己的衣服吗,我来帮你烧!"王小融恶狠狠地说。

胖子嗯嗯啊啊说不出话来,陈尚龙刚站起来,胃里一阵难过,哇的一口吐了出来。在呕吐物即将从嘴巴里冲出来那一瞬,他意识到不能吐在王小融家里,而那堆火焰是不错的地方,于是他对着火堆的边缘连连呕吐。臭气熏天之中,汤汤水水和酒确实让火苗低矮了不少。

胖子乘势挤进王小融的家,使劲关上了门,留给陈尚龙几个人一大片寂静,似乎一切什么事都没有发生过。姑父几个纷纷上前安慰陈尚龙,有的进去端了一大杯冷水让陈尚龙漱口,陈尚龙喝一口,在嘴里咕噜咕噜转两圈,再把水喷向火苗。火苗变成了表面漆黑的小火堆,又变成了一摊冰冷的灰,陈尚龙还在那里一口口吐着水。

电话响了,应该是焦雨涵的,陈尚龙当作没听到,回到家里休息。他靠在行军床上,旁边是已经歪倒睡觉的老顾。牛明禅倒了杯热水给陈尚龙,还不断解释:"本来没喝多,往下跳一下再往上跑一趟,就多了,上头了!"

"是上头了,这个酒度数高!"曹寇在一边关切地说着。

电话铃还是在响,姑父说:"你接电话啊!"

陈尚龙不愿意,只管闭目养神。三十秒过后,铃声消失了,陈尚龙睁开眼睛说:"姑父我走了,我赶紧回去,我想睡觉。"

几个人一阵关切,但谁也没说让陈尚龙留下来,这里没地方给他睡觉。为了让姑父等人放心,陈尚龙又喝了一大杯热开水,然后抹抹嘴,露出笑容说:"姑父我走啦,吐出来就好了,吐不出来才会醉,我没事的!"

几个人站在一堆黏糊糊的灰烬上和陈尚龙挥手告别,陈尚龙也只得连连道别,心里喊着:"我要回去,我要睡觉……"他走过六楼门前,楼上的人看不见了,但姑父还在朝下喊:"路上小心一点啊!"

曹寇喊:"直接打个车回家吧,牛明禅喝酒了,不然他可以开车送你回去……"

陈尚龙加快脚步,只想赶紧回去。他担心的不是姑父等人的关心和挽留,事实上他们也没有挽留自己,他担心焦雨涵。

小跑着绕几下,一会儿就来到了二楼,陈尚龙看到在一楼铁门后坐着一个人,一个肥硕的黑影。对,就是对门的胖子。

胖子把头埋在胳膊里抽泣,频率很低,好几秒才一次,肥硕的背部狠狠抽搐一下,应该是说,是震动一下,每次震动的收尾动作都非常缓慢,即大震一次,小震七八次,惯性消失后才平息。陈尚龙突然喜出望外,深吸一口气走了下去,从胖子身边走过时他又一鼓怒气涌上来,狠狠踢了胖子一下,嘴上说:"你也配跟王小融在一起!操!"

胖子大概摔得没有知觉了,又被这句话深深刺激到,扭头朝上看,脸上挂着眼泪鼻涕地说:"我不配,我不配啊。"说完伸手要抱陈尚龙的大腿,陈尚龙往前冲出去几步,用膝盖顶了胖子几下,拉开铁门就冲到外面。室外很冷,寒风吹在脸上隐隐带刺,不过陈尚龙还是大口呼吸了好几下,觉得舒服。他扭头看看自己家和隔壁王小融家,都灯火通明,但自己不得不离开了。

很快陈尚龙和平安夜的人群,尤其是从教堂散开的人群混迹在一起,看着前后左右成双成对的男女,他觉得自己和焦雨涵也是这无数对中的一对,被人看到,被人忽视,也被人从旁边挤过去。人和人就是这么挤来挤去的,有时候是彼此挤在一起,恨不得挤到对方身体里,有时候又疏远起来,从身边挤着走远,消失在人群中……电话铃果然又响了起来,但陈尚龙还是不打算接,除非焦雨涵一直打,次数达到她以往不接电话的数量。带着这样的运算走着,陈尚龙很快就什么都不记得了,五十三度的原浆酒他喝了七八两,而酒之外的事情在今晚都起到了酒的作用,焦雨涵、王小融、胖子、姑父……他不胜酒力。

陈尚龙醒来是因为耳朵痛,痛得让人心悸,儿子陈墨白正在用细小的指头在给他掏耳屎,而且还把他的脑袋左右搬来搬去,以方便查看。陈墨白最近总喜欢给他掏耳朵,还喜欢在清早把他的眼屎一一揪下来,动作毛毛糙糙,有时突然一下让人不能忍受——这一点和他妈妈焦雨涵给陈尚龙的感受是一样。都是自找的,谁让自己鼓励陈墨白帮自己掏耳朵呢,谁让自己有这个儿子呢,谁让自己跟焦雨涵结婚生子呢……焦雨涵在外面喊:"尚龙,你要记得给你这些花浇水,怎么浇我都写在纸上了,也跟墨白说过了,他可能记不住具体的,但是他会提醒你,你也别忘记了。

"我不在的这些天你能不能联系一下你姑父,他还在做装修吗,还做的话让他安排一下把墙上几处裂缝处理一下啊,裂在那里看着触目惊心的,这才几年!他自己不来没事,让他安排人过来就行了,哪怕我们照常出钱也都可以。

"我记得加油卡里还有不到一千块钱了,下次你加油的时候记得充一些钱,现在好几个加油站充值都有赠送的,好像充一千送五十块吧。五十块钱也好几升。你不要嫌麻烦,每次都用现金,现在哪有人出去总是用现金的!

"记得跟你家人说一下,帮我们留一刀咸肉吧,春节我去拜年的时候正好带回来,我还要带一点过去,包装好应该可以带上飞机,在新加坡能吃到咸肉那真是感觉太幸福了。你记得跟你爸爸说一声啊,现在应该可以准备了。

"今天是圣诞节,我们一起出去吃一顿吧,然后再带墨白去教堂看看,他还没去看过,见识一下也很好。下一次一起出去吃饭要到春节了,不过时间过起来也很快……"

陈尚龙趴在床上不想动,也不想说话,对焦雨涵的每件事,他都用嗯来回答,对焦雨涵所说的时间过起来也很快,他狠狠地嗯了一声。陈墨白奶声奶气但很大声地说:"爸爸爸爸,你刚才没醒的时候,一直在说话,你一直说王小融,王小融,还说我们一起喝酒吧……"

焦雨涵正好走到床边的衣橱前收拾衣服,她扭头看着趴在床上的陈尚龙，带着讥讽和好奇的神情，手上捧着自己的几件内衣裤一动不动。整间屋子安静了几秒，从窗帘边落进来的光线似乎也往回缩了缩。

焦雨涵又问："你爸爸还说跟王小融干什么？"

"嗯……还说，你不要伤心了，我去你家吧。"

江岸之夜

外婆在七十岁之后记忆开始变得紊乱，七十岁的她在说七十岁的事，更多时候是六十岁的她五十岁的她四十岁的她乃至二十岁的她十几岁的她在同时说话，说六十岁的事五十岁的事四十岁的事二十岁的事和十几岁的事。更复杂的是，七十岁的她说着五六十岁甚至十来岁的事情，六十岁的她说着四五十岁的二三十岁的十来岁的事，五十岁的她说着此前的事，二十岁的她说着更早以前的事……通过她的喃喃低语我能感觉到她化身为每个年龄的自己，说着每个年龄的回忆。在外婆所有的往事中我觉得最大的是从南京城逃出来，但她本人似乎对此没有兴趣，不知道是回避还是遗忘，或者真的不记得很多事情。关于1937年无边的恐怖，那年的天寒地冻和长途逃亡，关于人群和围绕在人群上空的轰鸣声和死亡气息，外婆说得越来越少，而我从其他途径了解的反而越来越多，两者互相作用的结果有一种残忍的眩晕感，那就是外婆虽然每一天都在眼前，但确实有一种淹没在历史深处的感觉，血肉之躯逐渐陷入某个平面，那种颜色浅淡的画面，成为古旧的文献资料纸张那种乍一眼看上去的土黄色的感觉。逃出南京这件事像一处遗迹被埋在深处,上面是一层层略显新鲜的遗迹,战争的遗迹和战后的遗迹,举国欢庆的往事和欢庆之后艰苦岁月的往事。十个子女的出生更是在她本人身上覆盖了十层土,让她自己的童年往事几乎变成煤炭。还有最近的二十几年因为子女的子女们开始长大和她身体衰老带来的无数事件,每件事都是一次地质运动,让高山变为深海,让汪洋变成山峰,让一些血肉远去而另一些无关的人开始贴着她的眼珠。

1998年暑假的很多个午后,在外婆的喃喃自语中,往事像夏天的狂风暴雨之后的枯枝败叶一样飞扬在院子里,和眼前真实的狂风暴雨彼此难分。风停雨歇之后,半空中脚底下全都是湿漉漉的树叶和语句。雨水打在酷热的水泥地上散发出浓烈的煳味,我站在这种夏日暴雨后特有的香味之中仔细辨认着外婆每一句话背后的那些故事和人。线索太少,那些话像语速飞快的历史书,又像是反复搬迁后扔在地上的纸屑,上面的油墨字迹正在变淡变模糊。有一天我从长江边的钟卫家回来后,突然发现和外婆的一切最相像的是江岸上的沙子,层层叠叠,细碎,经不起风雨,但无论多大的风雨之后沙子还是那么的多,不息的江水会把沙子一层层推到江岸——或者江水有兴趣的是一只鞋子或者一个瓶子,但不得不推动着沙子。水就是沙子。

很多次,我带着无法理解外婆话语的挫败而走开,回到自己的房间里。那里有一个草率而廉价的书橱,上面放着《童林传》《朱元璋演义》《海明威短篇小说全集上下册》和《地狱里的温柔：卡夫卡传》等大约五十本，书后面藏着香烟。这些书见证了我的某种过渡，从小人书评书往某个专业乃至晦涩的地方过渡，烟也是过渡之物，以它的燃烧、辛辣、烟尘和灰烬参与了这个过渡。我站在窗户后面偷偷抽一根，烟雾缓缓飘向院子后的丘陵深处，那里是我熟悉的地方和不熟悉的地方，因此是熟悉和陌生两者共存的地方，也是我想去和不想去的地方，很多年以来始终如此。为了不让母亲发现我抽烟，我用电风扇对着窗口猛吹一通，抽烟时和抽烟之前的言谈和遐想也一起被吹走，连气味也很难留下。

我的房间里只有一张床、一个书橱、一个八仙桌作为书桌、一把靠背椅。乡村的房间往往巨大，中间的空地足够放下一张双人床那么大的凉席。从暑假开始我就把凉席铺在地上，离开后母亲会把凉席卷起来，但愿她在卷起凉席的时候只想到夏天，不要因为秋天正在到来而感到伤感。她的母亲，可是连伤感都来不及就离开了南京，然后走上了和一生一样漫长的路。香烟就藏在书橱上的一排书后面，出于对图书的一丝敬畏和疏离感，母亲不会去检查那里，所以那里是安全的，香烟从未被发现，如果我长时间忘了它们或克制着不去抽烟，那么那一两包香烟之于这个世界上无数的香烟而言，就是孤零零的一家人，活在寻常不过的村庄深处，有着它们该有的命运，燃烧殆尽只是迟早的事情。

暑假的生活极端寂寞，父亲每天早出晚归，在江水汹涌的那些天他会变得像漩涡一样忙乱，花更多的时间在江岸边江堤上巡视,回家的次数增多而每次时间减少。新闻里更是江水滔天,无数的人被迫搬离家园,有人仓皇离开,一如1937年外婆置身其中的人群一样。不同的是,当年的逃亡是纯粹的逃亡,生死有命,今天的离开则有序很多。我长时间坐在书桌前看书,那些文字像一个无声的屏幕一样让我窥视着另外的世界,那个世界还是模糊的,因为遥远和摇晃而模糊不清。很长时间过去,我什么都没有看到,无非是确认了这里和此刻,是一个随机的偶然的孤寂的或者平行的存在。这是一个激动人心的发现,像是发现了一个起点或者终点一样让人激动。还有很多次,我不分时间就躺在凉席上睡着了,外婆走过来把我叫醒,让我去做一件事,去把盛在竹篮里挂在半空中的昨晚的剩饭拿下来,去把冰在井里的菜和西瓜提上来,去用井水把院子里火热滚烫的水泥地面冲洗一遍然后把饭桌搬到湿漉漉的位置,去喊在家后面山上的田里忙碌的母亲回来吃饭,给我一点她自己的钱让我去不远处三岔路口的树下看看有没有人卖西瓜……我站起来,她则开始自言自语,零零星星的话像是从身上剥落出来的一样撒得到处都是,我有一次一边吃饭一边看着外婆,带着极大的疑惑,她是不是要把过去的每天都说一遍,或繁或简的,说完之后人就会随着最后的话消失在半空中,留下一些被命名为死亡的热闹的假象?

之后近十年,外婆一直保持这样自言自语并且极其无序的状态,无数的人名和事情像沙子一样随着她的絮叨铺满地面，又很快消失不见，似乎我们所在的丘陵中央充满了大风和江水。外婆的自言自语充满了季节性，夏天话多，冬天话少，春天里她虽然没有多说什么但是脸上的表情像是正在诉说一切，而秋天里她有些惶恐，似乎又要开始一次"跑反"。"跑反"是母亲常常挂在嘴边的词汇，我揣测，在她的童年里，她的母亲，也就是外婆也常常这样跟她说起这件事。很多年后我确切地了解到"跑反"这件事，在强盗土匪或者侵略者来的时候跑到山上湖边江中小岛等隐蔽的地方，等安全了再回去，穿过被战火席卷过的村庄回到自己家中。所以"跑反"是农业的，乡村的，也是过去的，它的历史足够悠久，又戛然而止，让人来不及研究它的本质。按照"跑反"的严格解释，外婆不是跑反，是逃亡，她一去不返，再也没有返回南京定居，再也没有见到当年的亲人和邻居，一个都没有。五十多年后，她倒真的回去住过几天，住在她最为有出息的二儿子家里，城东一个普通的小区，名为"蓝旗街小区"。仅仅几天时间，外婆就不堪忍受噪声的频繁，以及无人打牌的孤寂，坚持离开了南京。第二次离开更有意味，首先是当事人众多，一个个都健在而且健谈，其次是她不避讳谈及此事，和她闭口不谈第一次的"跑反"完全不同。从她自己的角度来看，那件事似乎不应该发生。为什么要发生1937年那种事情？为什么不能不发生那一切？那种惶惶如丧家之犬的逃难，顺着长江朝理论上的西部跑，体力和装备最好的一批人可以跑到芜湖、九江、武汉，进而分流，一部分可以到重庆，乃至深入四川深处，眉山之类的地方，但外婆没有跑多远，几十公里就落单了，在外公所在的渔村停留下来。她应当是从中华门出的南京城，但为什么沿江开始跑，或者说大伙儿为什么要沿江跑？江岸给人的感觉是不安还是安心？不安是因为右侧就是江水，足以淹没一支队伍、一群人和一个个家庭，安心则是在道路不明的时刻和天空下，古已有之的长江串联起一座座城市、一个个地名，只要沿着这道水流走，哪怕是逆流，也能确定无疑地到达另外的一个类似于南京的城市。当然这都是我的揣测，乃至想象。我有过沿江游玩的经历，最近更是每年沿着外婆当年的这一条路线带上女儿回父母家十余次，我知道沿着江岸走往往无路可走，礁石或者山丘，深不见底的树木柴草，突然的凸出或者凹陷都会阻止人的脚步，我只是用揣测和想象代替和外婆的交流，为什么跑到江边？什么时候开始和家人邻居走散？花了多久走到现在这里（此地距离南京主城区三十五公里）？怎么遇到的外公？是首先看到他本人还是遇到了他的家人？为什么决定留下来？是自己的想法还是他们的？是不是被强迫留下来……这些事外婆自己逐渐都忘记了，如果问她，她什么都不说，脸色也如同江水一样茫然，水面之下或许有什么深不可测的过往，水面之上也有一种辽阔的气势，但终究只是杂乱和浅薄的一道江面，在寒风中起伏的波浪和皱纹有类似的形态。

在那个暑假抽烟似乎是来自父亲的一种奖赏，奖赏我在暑假这种可以到处跑的时间里，依然只待在院子里，像母亲所希望的一棵茁壮但始终出现在她眼前的树木。我知道父亲知道我抽烟，父亲也知道我知道他知道我抽烟，会装着不经意把一包刚拆封的烟丢在显眼的地方，静候我拿走。他甚至掌握了我的节奏，知道我一包烟可以抽四五天，在极为紧张和珍贵的情绪下小心点上每一根，甚至仔细吸着每一口。实情也是如此，我抽烟的时间基本固定在四个时段，中午母亲午休时，晚饭后母亲做家务的时间，九点多母亲盯着电视剧看的时候，以及深夜时分他们都入睡后。像一道数学题一样，二十支一包的烟，最多可以维持五天，一旦有所打扰就少一次，那么就有剩余，每一根都是实实在在的存在，不像多年后出门时查看香烟，少于大半包就觉得准备不足。这种只有在固定时间才能抽烟的日子让我惶恐而伤心，我仿佛看到了自己悲惨的一生，每件事都能在固定的时间去做，早晨做什么中午做什么晚上做什么，三十岁做什么四十岁做什么五十岁做什么，一切都不能违规，要在时间等编织的法度中度过默然的一生。

大约从1995年开始，外婆逐步失明失聪，暑假时母亲会把她接到家里住两个月，让被另外的子女嫌弃和厌恶的她相对平静一点。似乎是为了充实这份平静，1998年的那个暑假里，我突然发现外婆在看书，很多天我在晌午起床，首先看到的是院子里回荡着的强烈的阳光，随即看到外婆坐在大门后的阴凉处，是一个蜷缩着的剪影，脸朝外但是头深深埋在自己的怀抱之中，那里有一本书。她不认识字，此刻眼睛也因为老花和白内障等已经接近于失明。可她看书还是乐在其中，书距离眼睛只有两三厘米，香烟过滤嘴的长度，似乎要把一本书用眼睛抽干净。书没有燃烧，上面的字很清楚，外婆一个个看过来，把每个字当作了图画。看到类似的图画让她备受鼓舞，就这样，她抱着书弯着腰，往往一看就是一个上午。我发现我从记事开始就是识字的，这不是值得骄傲的事，只是两者凑巧同时，每个人都是识字的同时正好遭遇记事，记事之前只有印象，极其模糊的一些画面，一些充斥着黑白灰乃至承担确定性和厚重的黑色都很稀薄的灰白画面。似乎识字是记事的前提，并且对终身不识字的人充满了疑惑不解和想象。我努力想象自己像外婆那样不识字但看到了一本布满了汉字的书，整齐规则，字字不同又不断重复，笔画多多少少且毫无规律——如果每个汉字在外婆眼里都是一幅画，那么每幅画都有着奇怪的疏密差别，这是不是让人开心好奇？当然会有极为简单的画和最复杂的画，但作为一本书，它里面的画面是适中的、亲切的、有空间也有变化的，这大概是外婆能看得下去的原因，她不可能看一本全都是由"一"组成的书，也不可能看一本全都是"醴"组成的书，世界上也没有这样的书，所有的书都像一条细细长长的江岸，可以在上面行走，也可以望而生畏，可以温和绵密，也可以狂风暴雨。

但江岸只能在江的这一边，或者那一边。外婆是顺着江岸逃离南京城；不像我，顺着江岸，以学习考试为交通工具努力进城。

钟卫在外婆住在我家的那些暑假里偶尔呼啸而来，摩托车负责呼号叫喊，不期而至负责啸聚。外婆也是他的外婆，母亲是他的小姨。他会带来更好的和更多的烟，我们会堂而皇之走到门前空地抽烟，不顾母亲瞪着我们，最多我收敛一些，不给她一个清晰和正面的画面，知道我抽烟和看到我抽烟终究是两件事。钟卫每隔几分钟就拔出两根烟，有一天我转身回院子时看到差不多二十根烟头被扔在石子路上，每根烟头都背负着被脚踩踏拖拽的痕迹。这真是一个让人不堪忍受的数量和画面，像数目众多的子女全都处在悲惨的境地。外婆生了十个子女，夭折五人，健在五人。第九个小孩不能称之为夭折，他是在十多岁时，一个人在江边玩，只是他似乎忘记了夏天大水，或者根本没有看到原本清爽利索的江岸和密密麻麻的水杉树此刻只剩下孤零零的几棵树顶浮在水面上，他似乎习惯性地从家门口朝树林跑去，结果落进了巨大的漩涡里，很快就变成黑漆漆的一团漂浮在浑浊的江面上。

我和钟卫见面的次数越来越少，从我外出读书开始我们只在春节和暑假能见到，一起抽烟，我拿出最为珍视的可乐，两个人在严冬或酷暑，都是一手拿着鲜红的可乐瓶一手挥舞着燃烧着的烟。后来他春节时也不见踪影，反而在暑假里突然出现。钟卫当时并不知道他的人生也如同烟一样以燃烧的方式进行，并且遇到一点点水就会成为僵硬的灰烬了。有一天我突然感觉到，钟卫在院门前的讲述和沉默都是为今后多年不见所做的铺垫，他提前说了他的事迹和壮举，他的悲剧和丑闻。我们背后的院子里，一对母女正在各行其是。母亲在读书，以看图的方式让每一个字都成为一个图像，每一个字的笔画都带着她所熟悉的几十年来遇见的风雨的力道。女儿在忙碌，似乎母亲在自己的视野之内就足够，自己还有太多的事情要去处理，这么多年自己就是一个人照顾全部的一切，照顾野蛮生长的儿子和奔波劳碌又痴迷牌桌的丈夫，母亲从来没有给自己搭手过，她在中止生育之后的黄金年龄都在给大姐带小孩，连大哥的一儿一女都没有去照顾，何况自己这个小女儿。如今他们都厌弃老娘，自己是时候站出来了，起码暑期自己可以大声说话了。此刻母女二人无话可说，未来从眼前以浓云密布的方式一直冲到她的咽喉之中，呼吸尚且困难，说话有些奢侈。钟卫挥舞着夹着烟的右手大声说着他自己必将经历而必然到来的一切，烟灰异常潇洒地断开飞舞着，不知所终。

钟卫从不留下吃饭，只是看看外婆，跟我说一些让我觉得世界广大而遥远的话，然后踩响摩托车离开。显然，1998年的钟卫并不是来自1998年，他每次都从他的未来长途跋涉而来，穿过了无数惊心动魄的生意和年轻人的喊打喊杀，穿过了刑罚和明暗交替但总体而言是黑暗的中青年岁月，穿过了兴盛和衰败，光鲜和凄凉，然后在一片模糊之中找到我家门前四个巨大的樟木树冠和周围一道白色的院墙。看到这些他会心安一点点，毕竟我、母亲和外婆都在，外婆无非从江边的大女儿家步履蹒跚地走到了小女儿家。他不会去找自己的家，那个家要么在密密麻麻的一条街道的中段，半空中难以辨认，要么在江边一个平整的院子里面，但是里面没有人。找到我和外婆，他可以一边跟我尽情诉说他这些年的遭遇，那些一呼百应的辉煌和被追逐围堵的刺激，还可以尽可能放松地抽烟，也能在忙这些事的时候偷偷多看几眼外婆。外婆把他带大，把这个大女儿的儿子带大，为此让大儿子、二儿子和小女儿难堪了。钟卫远离外婆是必须的，凑近了偷偷看很多眼也是应当的，前者符合每个人对他唾弃的期待，后者符合他自己的真实想法，知道自己必将不得安生之后多看几眼二十年多前日夜陪着自己的外婆，也是一种沉醉和安宁。时间仿佛从来没有往前流逝分秒，难度只在于我们把它确定在哪一个刻度之上。外婆就是钟卫眼中的巨大的树冠和环绕的院子，他先看到了外婆，再看到具体的房子院子和我们，摸到门口。至于和我聊上一阵，并不是出于某种必要和迫切，更不存在生意上的生活上的需要，只是他不便像一棵树一朵云一只鸟一样观望外婆，他必须以外孙的身份、亲人的身份和人的身份，恰巧这里还有一个类似的我，于是我们站在那里，在外婆和我母亲的视野里，像极了第三代人的样子。

　　钟卫既然从天而降，离开时也必须飞升而去。确实如此，钟卫每次都发出巨大的轰鸣声离开，我看不到他但觉得自己可以看到声音，看不到修剪着流行的发型穿着足以震撼小镇整条街道的裤子靴子，他已经从头顶飞走，地面的房前屋后和一户户随意的房子构成的连绵的村庄，在他眼睛里模糊起来。他也不会飞出去很远，例如远到自己都不知道怎么回来的地步，那些后来的钢铁和煤，那些柔密的江沙和崭新的纸币，那些团团簇簇的兄弟和不时拿出来看看的武器，这些东西，无一例外都是固体，有着非凡的重量,让钟卫从来没有飞走多远。

外婆对钟卫的出现基本处于无知的状态,她依然在看书,书上那么多好玩的文字,而且书都来自我房间里的那个临时的、粗糙的、漫不经心的书架——多年后我成了编辑,终日与书和文字打交道,视文字为畏途,视文章为畏途,每一部作品都让我困惑不已,丧失了一切的判断力——那些书似乎是我刻意画下来的连绵而生动的图画,这些图画有深邃的空间和坚硬的结构,让外婆痴迷又畏惧,深入其中一如深入她七十多年的人生之中,不知道返回,也不知道方向。

钟卫来了又走了,犹如夏季里一丝不易觉察的风。我不知道外婆在凝视那些方块图画时想到了什么,有没有想到她的父母,以及父母的父母,以及父母的父母的父母,一个由她开始的无限放大的三角形,她处在三角形的顶端,由她开始首先和父母构建了一个三角形,然后三角形的两个点成为顶点,继续构建新的三角形,然后再继续,一个个一层层的三角形往上叠加起来,时间也开始倒流,犹如长江之水天上来。我也从未问过外婆她父母的情形,因为等到我意识到我也是一个代代相传的结果、也有不计其数的祖先时,外婆已经记忆混乱了,甚至言语也开始混乱了,视觉和听觉都不行了。但我知道外婆自己的人生轨迹,生于北京,移居天津,后父母双亡,被远在南京的姑妈收留,1937年逃亡时和姑妈一家跑散,自此再也没有见到过。落单的外婆在长江边遇到了外公,穷苦人家的男人娶了流落此地的残疾的姑娘——外婆在北京或者天津时,玩她父亲的烟斗,把烟叶揉到了眼睛里,导致一个眼珠烂掉——于是,一个家庭开始开枝散叶。虽然我知道外婆的大体经历,但对她的父母依然不知道,母亲也不知道,母亲从未提及她的外公外婆,似乎她是一个没有外公外婆的人,她甚至对自己的母亲也不甚了解。我很多次异常愤怒,愤怒于她几乎不谈自己母亲的过去,不谈她母亲的历史,不谈她母亲的家庭,而这份愤怒终究只能化为失望和遗忘,我不可能对着自己的母亲喊,你为什么不知道你母亲的过去?或者真的不知道,外婆全部的身心大概只能应付五六十年来的眼前之事,往事无力顾及,犹如他人。

在我的印象中母亲几乎没有提及过她的爷爷奶奶,但舅舅等人说过,父亲也说过,那家人,由安徽沿江而下谋生,定居于安徽江苏交界的江岸,地名"仙人矶",一家人逐渐像一家人,人口越来越多,随即家庭也因为分裂而不断增多,植物一样漫山遍野。"仙人矶"不是一个有名的地址,虽然我从小念叨,事实是,沿江往西约三十公里的"采石矶"更为有名,有李白,有抗金,有朱元璋渡江,有茶干,而仙人矶一如仙人一样,什么都没有。仙人或者仙人的传说出现过很多,但我们对他们的探寻大体也到其父母为止,仙人父母的父母是谁,百姓们都不在意,仙人是断代的,是一种终结。我很长时间难免有这种感觉,我见过爷爷但没有任何记忆,见过奶奶但记忆极其稀薄,见过外公但没有记忆,外婆倒出现在我整个的少年儿童时期,直至青年。或许因为他们离开得太早,我难以和他们展开关于他们父母的对话,爷爷的父母是哪两位?

这两位的父母又是哪四位，这四位的父母又是哪八位？这八位的父母又是哪十六位？这十六位的父母又是哪三十二位？随即而来的64、128、256、512、1024、2048、4096……他们是谁，这不是一个数学问题，是一个气象问题，像在大雨中站在岸边望向江面，尤其望向上游，滔天江水铺面而来，感觉可能被淹没，感觉幸存而安全，感觉渺小，感觉酸甜苦辣，感觉幸运而诡异，感觉江岸是江水的一部分，但又不是，感觉江岸为人提供住地，而江水为人提供别的一切。在我开始有了这些疑问的年龄，我已经见不到钟卫了，他已经不在此地生活，他离开了江岸，去了沙漠，或者森林，或者荒原，哪里都可以，当然也可以反过来说，我去了别的什么地方，钟卫一直都在江岸边，在芦苇荡、沙滩、水杉林、礁石、涨潮干涸、灰色的船身、沉闷的汽笛等组成的江岸边，可以远眺，但看不远，可以看到江豚翻滚，更多是江水逐渐变黑的过程。

江岸边往往以一个码头为中心，上下游都停靠着很多的船，有的刚刚到岸，有的即将启航，有的要休整，它的锚非常沉重，有的似乎老死在岸边，它的锚已经长在沙滩之上，和周围的草融为一体，船上的物件一点点在消失，但躯壳还在，犹如六十岁、七十岁或者八十岁的外婆那样。当我去钟卫家时，我从未有过确切的"在钟卫家那边"的感受，去钟卫家会被别的事物拆分和填充，其中最大的填充物自然是看望外婆，最刺激的填充物，则是去江边，去废弃的货船上，站在上面看向东南西北，然后朝沙滩一跃而下。遇到大的船，跳下来成了一种豪情，一种赌博，钟卫和我之外还有别的人，一支队伍，我们先后从船头跳下来，四五米那么高，或者五六米那么高，甚至六七米那么高，但不会再高了，这里的货船仅仅在长江上短途来回，一切都有它的极限。不管多高，回头看看驳船硕大漆黑锈迹斑斑的头部，我们都会心惊胆战，不相信自己真的可以从上面跳下来。这份不信加剧了我们的紧张和后怕，只有站在船头并且看不到下面的时候，我们才又无畏起来，反正下面是沙子，跳进沙子里能有多大问题。我们比高，终于站在最高的驳船最高的边缘往下跳。没有更高的可以比了，我和钟卫还有钟卫的弟弟钟强，他们的邻居、我们的同学，纷纷开始比谁跳得远。淡黄的沙滩下面不知道埋着什么，万一有石头之类的我们可能就要遭殃，为此我们在比赛前要清理江岸，把一小片地方处理成一个更为平整和温柔的沙坑，并且努力在几分钟后跳进来。江岸上只有沙子，干燥的沙子下面是潮湿的沙子，再往下是凝固成块的沙子。我们的体重和跳跃只能勉强触及那些潮湿的，仅表面干燥的那些就足够承受我们了，脚踝没入沙子，随即脚背没进沙子，到此为止了。刨制的沙坑不会更深，倒会让我们滑倒，半条腿都沾上沙子，手撑在身后，手掌上全都是沙子。我们也说不清楚为什么要这样从高处往下跳，或许急速坠落的过程中有极为罕见的一部分和飞翔的感觉完全类似，让我们误以为我们这是在一飞冲天，误以为可以不再回来了。但我们真的热爱往下跳，我们无比盼望一周一天的周末，就是因为在那一天我们可以踩着悬空的破旧的跳板上船，再跳下来，并且可以重复，重复到自己毫无力气和兴趣。如果一位远道而来的人路过此地并且长时间注视这个方向，他可以看到一群十几岁的男孩在一个阳光明媚的下午一次次从船头跳下，落在沙地上，时间久了，他可能发现其中的循环，不管是五个人还是十五个人，都是一轮一轮往下跳，再爬上去，站直，跳下，他也可能失去判断，以为有几百个几千个男孩在这个下午排着队往下跳，并且伴随着欢呼，他甚至可以以为只有一个人，在一个下午完成了几百上千次的下坠。

江岸上的跳跃带来了无休无止的后果，在很多年里，每次我登上高处，就会想着此处是否可以像在岸边一样跳下去，虽然我几乎没有跳下去过，但几乎每一次我都会比较一番，在十层左右的楼上，在二十几层三十几层的楼上，在某个景点添油加醋的高台上，在半空中的缆车上，在悬崖边的栈道上。但凡登高，我都会想着能否饱含刺激地跳下去又大体上毫发无损，这成了我衡量高度的一个方法，也是自保的方法。我不会从我不能幸存的高度跳下去，只是一个劲想。想多了也会有一些令人恍惚的事实，发生在恍惚之间或者梦中等彼时彼刻。最近的一次就在一次打盹时，我纵身一跃，在下坠过程中就突然醒过来，因为我看到了我自己，正在一片漆黑之中奋力蹬着自行车去江边，父亲自汛期以来就一直住在江堤上，每天回家两次，但每次只有几个小时匆匆收拾休息，其他时间则一直在守候，他们在守候着大堤安然无恙的消息，为了证明这个消息，他们不时巡视，用强光手电照亮每一处，在此过程中，两个人滑进了带着漩涡的江水之中，其他人束手无策。我大概是知道了这个消息后才匆匆赶过去的，为了确认父亲没事，就像父亲确认江堤没事一样。但自行车在深夜之中既没有速度也没有光亮，能依靠的似乎只有运气。我不忍心自己这样汗如雨下，于是闪了闪手上的车灯，给他照亮眼前的路。那一刻我知道了，我不是我，我是钟卫，摩托车是我的标志。这是完全可行的，我可以成为自己的任何一个堂哥堂弟、表兄表弟，如果可以跨越性别，我还可以成为任何一个堂姐堂妹、表姐表妹。或许我也可以是外婆，让自己的外孙钟卫给他的弟弟帮忙。

当我费尽力气站在江堤上，并且问了迎面而来的人得知父亲安然无恙，此刻正在值班的帐篷里打牌消遣时，我一方面长出一口气，一方面感到了震撼和惶恐：因为大水，江岸不见了，脚下就是猛烈的江水，长达几十米的斜坡、江岸上的轮船、细沙上顽强的植物和刺眼的垃圾，还有我们的脚印，以及在那里打发时光的我们，全都不见了。这一切会再度出现，但此刻真的消失了，并且让人觉得一切都没有存在过。

盘山之夜

夜色降临是一个缓慢的过程：天边不经意出现了晚霞，一点点蔓延开，在蔓延中，天空依然明亮，没有变黑的意思，甚至和饱含希望的清晨看上去一样。太阳在晚霞的深处一点点下沉，如果你盯着它看，它会像家人一样转身看着你，等你说话，或者交代一件小事。没有什么事情可交代，生活就那么些事情，好一点坏一点没有区别，更多的只是重复，让人泄气。在这份无话可说的灰心丧气中，天色很快暗了下来，变小变远的太阳像一个背影一样一点点走远，它真的成了一个家人，马上就要消失在拐角处。晚霞开始消散，天空变得苍白，黑暗在苍白背后像污水一样难以遏止地渗出来，从一丝丝到一片片，最终把整个天空涂黑。王岑发现，天黑前后爬山的好处是可以清楚地看到天怎么黑下去，时间像折叠的页码被逐渐拉开，带着渐变色。一步一步往高处走，却一点点看清楚了黑夜怎么来到眼前，这让人有些害怕。如果像鸟一样飞到足够的高度，黑暗或许可以被延缓很多。如果继续飞，飞到足够远的地方，日出日落之外，黑暗或许可以被忽略。成尚龙此刻大概就是这样吧,他可以不必按照天亮天黑正午凌晨这样的节奏生活。他已经活在某个经久不变的状态中,至于他本人是不是喜欢这样,王岑不知道。他们已经没办法再说话了,牵挂或者梦境这些方式替代不了真正的随时随地的对话。王岑觉得成尚龙不会开心,虽然她避免这么去想。成尚龙喜欢拍照片,尤其喜欢拍下时间的转折点,比如清晨冲破黑暗那一刻、乌云陡然冲到眼前那一刻,还有灯光突然亮起来的时候。他还喜欢拍地形地貌的转折,从密闭的小路突然拐到开阔地、从山地突然冲进平原、悬崖和海岸挤在一起的画面。这一切对他来说都不会再出现了。他现在没有任何颜色上和景色上的转折,没有任何陡然间涌现的变化,没有任何从天而降的奇观。他像一根线一样静止不动,从三维生物变成了一件二维的事物,这些跟他的爱好完全相反,他不会喜欢。

  时间已经过了八点,前后的人也少了起来,但偶尔还是会有一些操着南京话的人擦肩而过,大声抱怨亲人,或者谈着某次不难忘怀的聚会,似乎他的一生都在这次聚会之中。王岑一步步往山上走,背上的双肩包越来越沉重,有些后悔背上这么多东西来爬山。她使劲把汗水甩在地上,似乎这样可以让后悔变少一点。迎面遇到了很多人,还有人超过了她又回头看看。她不想在山里看到人的脸,这些脸原本不该出现在山里,人脸应该出现在人群里才对。有人靠近时,王岑会低下头甚至闭上眼睛,避免看清楚对方,可另一个画面让她有些害怕:几千张几万张脸,仅仅是脸,悬浮在连绵的山岭上,下巴以下全都没有了,这些脸当中有一张是成尚龙的。她被自己想象的画面吓住了，瞪大眼睛看看周围，寻常不过的紫金山，似曾相识的山路，不断闪现的陌生风景。继续走吧，走到山顶和明天日出之时，这样就不会想太多了。

看着眼前几张稚嫩而生机勃勃的面孔，另一句话在牛山脑子里一闪而过：新鲜出炉的骨灰。他定定神，继续给补习班的学生讲解最新的高考数学试卷。成尚龙去世已经快三个月了，但这显然是一种记忆而不是感受，人感受不到三个月或者三年，时间有时会失去轻重缓急，让人疑惑。八九十天可以压缩成一天，似乎昨天刚接到关于成尚龙去世的电话，似乎课后自己还可以见到成尚龙，甚至有种自己死了而成尚龙还活着的感觉。"王岑"两个字出现在手机上时，牛山有一点恼怒，她找过自己四五次，每次都是喊自己陪她去爬山。是的，成尚龙生前酷爱爬山，自己多次和他结伴而行，自己还会继续爬山，只是王岑的邀请让牛山很不舒服。他们一起爬山算什么。牛山希望自己和王岑之间的关系随着成尚龙去世而结束，让他有些恼怒的是，自己不知道怎么让王岑明白这些。更让牛山恼怒的是，王岑在说话前会长叹一声，这长叹由三四个短促尖锐的哀叹组成，让自己无所适从，难免自责为什么自己还活着。

一声叹息和一阵沉默后，王岑说："晚上有空吧？昨天中午我路过你家那边，看到蒋老师和小牛拖着行李箱上了出租车。考试已经结束了，他们是出去旅游吧。"牛山有些吃惊，承认他们母子确实趁着暑假还没开始抓紧时间出去旅游，自己一个人在家。"晚上能陪我到紫金山走走吗？"王岑温柔地问牛山，"我只是想去山里走走，没有其他事。"

"我找不到别的人，你为什么一直不答应我？"王岑的语气里划过一丝哭腔，牛山也难过，觉得应该坦白告诉王岑，自己是成尚龙的同学老友，不是她的。她应该找一些更合适的朋友，起码是时间上相对自由的。自己现阶段的全部精力都在儿子和家庭身上，这是一个必经的阶段，也占据了绝大部分时间。牛山客气地说："我们找个地方吃饭吧，紫金山就不去了。我们两个晚上去紫金山不合适吧。"王岑坚持去紫金山走走，牛山只得答应下来，但反复说先吃饭再去，牛山已经过了说不吃饭就不吃饭的年龄，来到了每顿饭都必须吃的年龄。他们约定在离山脚不远处的一家茶社见面。

牛山在最里面找了一个卡座，坐下后，长出一口气，靠在沙发上。服务员走过来，把白开水和油腻的菜单放在桌子上。这个画面让牛山有些难过，这些年，自己多次和成尚龙在类似的茶馆碰面，包括这家。喝茶吃饭，谈谈最近的摄影设备、摄影师以及自己满意的照片。"我要去一趟西藏，好久没去西藏了。"成尚龙会感慨一句。牛山马上挖苦说："你一共才去过一次西藏，怎么能用好久没去来形容，你又不是经常去。"说完他会非常愉快。"妈的！"成尚龙无力地反驳一句，换个话题说，"你为什么哪里都不去呢，那还怎么拍照片？"牛山往后一靠，带着得意说："把最常见的东西切割成几个部分拍拍，效果不错的。你看过澳大利亚摄影师杰尼·里斯的作品集没有?"

"听都没听过,你下次带给我看看。"成尚龙对牛山收集大师画册的习惯时而反感时而羡慕,他一贯主张摄影不是欣赏别人的作品,摄影就是要靠近,这个观念自始至终支撑着他,驱使他朝一切拍摄对象靠近,有时候甚至近得有些危险,有些不近人情。

在极少数情况下,如果时间足够,两个人互相鼓舞着去某个隐秘的、走廊迂回而且深不见底的地方洗澡。他们彼此称呼对方另外的名称,把真名实姓掩藏起来。成尚龙被称为"胡总",而牛山被成尚龙称作"戴维"。伴随着夸张的称呼,他们的表情也变得严肃起来,压低声音说着一些和他们毫无关系的国内外形势,偶尔提高音量意在告诉别人他们是社会上那种做大事的人。成尚龙每次都会物色一个丰满的姑娘,几次后牛山取笑他,是不是缺什么补什么,明显是嫌弃王岑太瘦。成尚龙有些尴尬地回避这样的话,也在回避王岑。有一次他们洗澡时聊到罗老师,成尚龙问牛山:"为什么罗老师那么有钱,但从来不请我们洗澡呢?"

牛山说:"他只喜欢给大家买单,买单让他有种德高望重的感觉吧。"

"他那么喜欢买单,一年下来要多少钱啊,他怎么不自己单独爽一下呢?"

"不知道啊,反正我从来没跟罗老师说过洗澡这种事情,毕竟是长辈。我觉得他不喜欢这些,你看他那个样子,早就不存在性别了,是老爷爷也是老奶奶。"成尚龙表示反对，说牛山太小看老人了。牛山反驳说："一个人说什么就是什么，罗老师平时根本就不说这样的话，根本不提这些词。"成尚龙无法反驳，就开始聊他们老了以后会怎么样。牛山希望家里能有一个房间，里面有很多真皮沙发，柜子里满是威士忌和唱片，自己一个人每天在里面待半小时，一旦老婆出差，自己就把所有能喊的男女老少全都喊过来，从七八点喝到半夜。成尚龙对此表示鄙夷，说想不到牛山竟然有这么腐朽的想法。成尚龙希望自己能一直在山里走啊走啊，走到六七十岁、七八十岁。

王岑发消息说有事迟到，让牛山先吃。牛山回复说："没关系，我也正好休息一下。"七点左右，牛山歪在沙发上打盹，身体蜷缩着，有一股弥留之际的挣扎。儿子很难适应学习，尤其是数学，这让他这位数学名师脸上无光。面对毫无道理的错误，老婆一次次斥责他，措辞越来越严厉，弱智、傻子、脑子有问题吗……已经有了自尊心的儿子，要么躲在门后面哭，要么跟老婆吵，这个时候老婆就会迁怒于自己，大喊大叫，责怪自己为什么不给小孩多做做数学启蒙，给他看那么多绘本有什么用。吵架时话总是越说越多，这导致两个人的一切都是错误。不仅孩子是错误的，整个人生都是错误的，牛山偶尔感觉，这种处境，这种负担，大概真的只有死了才能摆脱。王岑推推牛山，牛山带着疲惫醒过来，招呼王岑吃东西。"我不饿，我们直接进山吧。"悲痛让一贯冷冰冰甚至木讷的王岑改头换面了，她看上去更单薄，脸色更苍白，表情里充满了话语，带着让人害怕的喧嚣。

牛山买单出发，又要了四瓶矿泉水，把两瓶装进深双肩包里，和王岑一人手上拿一瓶。两个人朝几百米外的山路走去，很快穿过崭新的太平门城楼城门洞，拐进龙脖子路往山里走。这是一条著名的绿道，连接着市区和紫金山里的各个景点，一年四季都浓荫蔽日，因为充满了急转弯而不断给人移步换景的惊喜。双向只有一股车道，两边的人行道也很窄，牛山走在外侧，一辆辆汽车被自己发出的明亮的光芒牵引着呼啸而过，王岑不断说："小心一点！"

牛山小心地和王岑并肩而行，王岑周身上下散发出浓烈的香水味，这让她同周围的一切有种距离感。她的穿着也不像爬山，高腰的深蓝色牛仔裤非常显眼，上身是光鲜的白衬衫，挎着大号的黑色手提包。因为瘦，多年来王岑给牛山穿什么都好看的印象，今天更是如此，只是衣服之下的身体显得有些空洞和松软。牛山很奇怪王岑为什么爬山还穿得这么时尚，像去拍写真。好在，浅蓝色的球鞋让牛山微微放心了一点，王岑终究是有备而来，或许犹豫不决。

"事情都处理完了？"牛山忍不住问了一句，立刻望向别处，似乎这句话不是自己说的。

"早处理完了，每天都以为他会回来，有时候在家里我会不自觉地说，尚龙，帮我开一下门啊。尚龙，帮我拿一下杯子。尚龙你看这件衣服怎么样，总感觉他还在家里一样。"王岑抽泣起来，车灯把少量的人和一排排的树照得明暗交替，头顶上的树丛里传出轻微的风声，一切正常，一切陌生。王岑不停抽泣，背微微驼了一点，牛山安慰说:"不要太难过了,他确实还在,要过很长一段时间他才会真正走了。"

"那这段时间他为什么不来找我?"王岑抬起头喊了一句。

牛山立刻说:"是啊,要是能回来一次该多好。我一直在想这个问题,应该给每个突然去世的人回来的机会,哪怕只有一周,把一些事情处理一下,交代清楚,把好东西分给朋友,跟大家好好告别一下,这样该多好。"王岑被牛山说得更伤心了,也没办法接牛山的话。有的人死亡像一场雪,酝酿很久之后慢慢悠悠落下来。成尚龙的去世像一场暴雨,现在雨过天晴,下一场雨远在天边。

"他父母有没有再来找你?"牛山问。

"两三天一个电话,让我不要难过,让我要面向未来,问我有没其他打算,劝我多出来走走。我知道他们是希望我重新找个人,但这种话他们说不出口,也不愿意面对。最近他们一周会过来一次,也不事先打招呼,我不在家他们就自己开门进来。尚龙以前给过他们钥匙,但来的话起码要告诉我一下啊。有一次我实在忍不住在电话里对他们说:叔叔阿姨,你们以后不要给我打电话了,我跟你们没关系了。他父亲居然说,你现在还是我们的儿媳妇,等哪天你再结婚了,再生一个小孩,我们就不给你打电话了……"王岑有些激动,牛山看不清她的眼神,可以看清她咬牙切齿的侧脸,脸上原本令人动心的线条此刻纠缠在一起了。他安慰说:"你喊他们叔叔阿姨,他们没有意见?不过可能他们管不了这么多了,尚龙去世对他们打击太大了。"

"我刚才迟到,就是他们又来了。我回家换爬山的衣服鞋子,他们就坐在门口等着我,头埋到胸前,脖子对着楼梯,我差一点被吓死。他们带了一大堆菜过来,说是家里种的、野生的。阿姨一进门,看到尚龙以前的一些东西就开始哭。叔叔一个劲跟我强调,黄鳝不能放,最好今天晚上就烧了吃了,到时候你用水冲一下,用手把上面黏黏的一层挤掉,这样就不腥了。黄鳝很好的,你要多吃一点,身体要紧。牛山,你知道身体要紧什么意思吗?"牛山不知道什么意思,他在想象那个画面:曾经的公公婆婆像一份难度极大的历史试卷堵在眼前,作为地理老师的王岑只用沉默和干巴巴的语言来对待,时间到了之后草草交卷。

"自从结婚之后,成尚龙的父母就不断对我说这个多吃一点,对身体好,一定要早点睡觉,对身体好,要笑口常开,对身体好。这些都是让我早点生孩子的委婉的说法。所以叔叔对我说吃黄鳝身体好的时候,我把黄鳝砸在墙上,把他们赶走了。我跟谁生小孩,我生小孩跟他们有什么关系?"王岑突然停下来,牛山随着王岑一起沉默着,似乎共同经历了极其刺激的事情,此刻需要冷静。走了一阵,牛山问:"他们没有提房子的事情?"

"没有,什么都没有说。他们不说我也不说,婚后共同财产,有什么好说的。他们拿不出借款的证据我也没办法。"

"这件事我支持你,"牛山放慢了语气说,"他们应该不至于跟你闹着要分房子，就是不知道怎么办。他们都老了，本来指望你们给他们生个孙子。现在出这么大的事情，他们能不能活下去都成问题，不会跟你计较房子的事情。"王岑没有说什么，脸上也没有表情，似乎在夜色中融化了。"还好他们只有成尚龙一个儿子，没有哥哥姐姐弟弟妹妹……这样说也不对，不说这些了，你就不要去想这些事吧。"牛山一边安慰王岑，一边走上通往天文台方向的石子路。走了几步他问王岑："你只换了鞋子，电话里你不是说专门准备了一个爬山的背包吗？"

王岑带着苦笑说，就是被刚才说的事耽误了，不过很感激牛山能记得自己说的背包的事，自己仅仅在短促的通话里提到过一次而已。成尚龙去世后，王岑买了一个双肩包，漆黑一片的表面装饰着银色的反光条，质地高级，45升，背在身上有一种把整个人生背走的沉重。王岑一有空就会翻看那个背包，不断往里面加东西。一把功能复杂的瑞士军刀，干纸巾湿纸巾，折叠雨衣。她不断回忆成尚龙的装备，又往里面加了一个墨绿色的指南针，一大一小两个水壶，一套超薄的保暖运动服，一个迷你的药盒，里面有一些必备的药物。一袋轻飘飘的综合果蔬干，一袋沉重的压缩饼干。消防器材公司到单位推销的设备也被她放到包里，一把带有报警求救功能的手电筒和一捆救生绳。甚至还有一个紧紧裹起来的帐篷。所有这些物件都是全新的，整整齐齐地堆在包里，没有汗味，没有磨损，没有泥土，没有匆匆使用后的混乱，说它们全都是死掉的也可以。王岑清楚，大部分物件永远不会用到，紫金山距离市区不过几公里，随着东郊大片区域不断开发，紫金山逐渐成了地图上的市中心。不过，有了这些，王岑觉得自己可以在某一天放心地在山里走着，从清晨走到黄昏，从天黑走到天明，像成尚龙和牛山他们以前常常做的那样。

成尚龙留下来的物品都被王岑销毁了，她没有考虑成尚龙是否高兴，更不认为成尚龙在另外一个世界能用到这些物品。没有另外一个世界，人死了就是从内到外消失得干干净净，每个人的起始时间不一样，但结局一样。王岑学着成尚龙的样子，在背包里放了一个厚实的笔记本。成尚龙说过，很多事情还是写在纸上更可靠。他的登山包里有一个笔记本，咖啡色硬壳封面，上面乱七八糟地写着很多字，有时候一页纸上只有一行字，或者一串数字，还有一些示意图，都是他本人才能看懂的，关于道路，关于细节，关于山的微妙之处。王岑几次努力想把他笔记本上的内容誊写到自己的本子上，只是成尚龙的字迹她完全认不出来，认出来的往往又不知道什么意思。笔记本的前半部分有很多线路图，不少地点被特别标注出来。王岑对比过地图，都是地图上没有的地址，诸如陡坡、深坑、树丛。还有的地方直接打了一个大大的五角星，王岑认为那是一些视野较好又不为人知的拍摄点。之后有一些断断续续的话："紫金山每十棵树就有一棵被刻上了字""六月份开始蚊虫太多！""中马腰买水的地方""反清复明"……王岑看着这些潦草的字往往毫无感觉，她觉得自己不属于这些文字阐述的对象，自己更像是笔记本后面部分的大量空白。倒是成尚龙闲聊时说的一些话比笔记本上的字迹更清晰，王岑记得他说过一件好玩的事："几对男女周末约着爬山，想着能不能碰撞出一点火花。他们一路往山上爬，互相加油鼓劲，偶尔还借着提醒和搀扶动起了手脚，到了山顶后大家坐缆车下山，下山后集体陷入了迷茫，不知道接下来该干嘛，谁该跟谁一起去其他地方。一个男的说：我们再爬一遍！"他们到底有没有再爬一次不得而知，成尚龙有没有一起去、在其中是什么样的角色，王岑觉得自己再也不会知道了。成尚龙还说过："我从1998年秋天来南京读书开始爬山，等到了二十周年的时候，一定要纪念一次，在山上连续待两个晚上才行。"现在就要到二十周年了，他某种意义上算是长眠在山上，比待上两个晚上隆重多了。

成尚龙说过1999年最后一天爬山的事情。大家都想看新世纪的第一次日出，校园里半个月前就开始酝酿着一次盛大的登山活动，大家都在邀请别人同行。成尚龙跟随大部队一道进山，半路上他突然说："看到21世纪第一次日出的人，都不会看到22世纪的第一次日出。"这句话在热烈的登山队伍里没有什么反响，只有少数几个人挖苦说，太伤感了。但成尚龙对这句话很得意，不断夸耀它很经典，笔记本上也有这句话，旁边重重地写下了几行字：21世纪第一天没有日出，天气阴沉沉的。

王岑一直为自己的紫金山之行在做准备，但是一直没有出发，她不知道自己是不愿意去，还是一定要找到合适的人选一同前往。今天她来了，因为心烦意乱，背包又留在家里，身上还是挎着平时用的黑色凯浦林手提包。

山路在月光下一片雪白光洁，两边深不见底的树丛让路面变得显目。路面坚固平整，在夜色中有一种超越的光亮，像一种必然性，让人不得不从它上面走过，不再去考虑另外的路。牛山计划走到天文台就下山，一上一下需要一个多小时，符合一次谈心的时间要求。如果把王岑送回家，又要半个多小时，就足够支撑起一次缅怀。

王岑轻声说："这条路我跟成尚龙也走过很多次，他不愿意带我走小路，说对膝盖不好，只愿意带我走这条路，到了半山腰之后，也不愿爬台阶，只同意我走盘山路慢慢走到山顶。

"尚龙摄影也不愿意带我，他都是去特别险的地方，说是越凶险的地方景色越好。我好几次说可以陪他一起，哪怕帮他背镜头也行，他也不愿意。是不是你们男人都有很私密的事情，不想别人干涉？"

牛山说："我还好，我不喜欢那种钻来钻去的摄影，平时看到的就足够拍的了，往那种高山大川跑我也做不到。"

"那你愿意蒋老师陪你吗？"

牛山咳嗽一声说："确实不愿意，不想跟不懂的人一起。有一次我专门去长江边的梅山拍照，梅山不算高，但是特别险，突在江面上，她非要一起去玩。大半天时间都听她在喊'拍这个''这个好看'，我被她喊得团团转，后来干脆不拍了，随便看看就回去了。"

王岑低低地说："难怪他从来不跟我聊拍照的事，是觉得我不懂。"

"每个人都有自己的事，有的人跑步，有的人打游戏，都是他们的自留地，没想达到什么目标，就是为了打发时间，也不想跟家人分享。女人爱好逛街、喜欢化妆，都一样的，人都是一个人过的。"

王岑沉默下来，两个人在空旷的山路上走着。天已经全黑了，但总不能全黑，像死去的人总会被别人想起。路灯亮着，路面也亮着，远处的市区灯光通明，映红了半空。偶尔有人迎面下山，或急速或悠闲，后面也不断有人超过他们。这一切都很恰到好处，身在人间又像身在虚无之中。夜风很大，牛山问冷不冷，王岑扭头笑笑说，不冷，都有点热了。她指指路边问牛山："这些树为什么光秃秃的？"牛山仔细看看，理解了王岑说的光秃秃，树干非常平滑整齐，就笑着说："附近很多人会在这里锻炼身体，一些老人家喜欢撞树，就是拿背往树上撞，用很大的力气，只要他能承受就行，不用多久树干就会被蹭光滑了。"王岑"哦"了一声，似乎在憧憬那个情景，那个自己已经白发苍苍的年月，用背撞着树，眼神和树干上光洁的部分一样空洞。牛山说："我觉得至少有一万棵树都被这么撞过，紫金山应该算是最大的健身中心了。"王岑没有回答，在她的思绪中，现在她不知道健身之后自己该上山还是下山。

牛山想问王岑为什么要喊上自己到山里走走，话到嘴边又停住了。他知道王岑有些怪罪自己，成尚龙去世后他没有大哭，没说什么安慰的话。牛山希望在面对任何亲人去世时，都一滴眼泪都不要掉，不管是谁。相反，要哈哈大笑，要开心地把他们送走。这一切都是必然的，面对一种必然性为什么要伤心呢？牛山点根烟抽起来，王岑也要一根，伸出手放在牛山眼前，似乎等待牛山把烟或者自己的手放在她的掌心。牛山说："那抽完再走吧。"两个人背靠山坡站住，面对着山路，也面对着远处的灯火通明的市区，两个烟头交替闪亮，路过的人有点奇怪地扭头看一看，确认是两个普通人就继续往前。王岑被烟呛了一下，咳嗽起来。牛山轻轻拍她的背，手上感受到了衬衫的单薄，以及文胸的痕迹，还有王岑因为紧绷而轻微抽搐的身体。在持续的拍打和不经意的抚摸下，王岑突然大哭起来。牛山连忙问："你没事吧？"王岑弯腰咳了几声，这导致她由下往上的眼神显得很丑陋，带着莫名的愤怒。牛山心里一惊，自己这个问题确实有点蠢，王岑当然有事，她的丈夫在三个月前自杀了，那时天气刚刚暖和起来，春天正在所有事物的表面显现。王岑站直后，牛山狠狠吸了一口烟说："你也不要太伤心了，谁都会死的。有时候我就会突然想到，我现在父母双全，岳父岳母也健在，但是他们都会死的，我要负责把他们送走，要送四次，然后就是蒋老师，或者我自己了。有时候，我一想到会在某一天某一刻彻底告别这个世界，什么都没有了，我就痛苦得要发疯。有一次我站在山顶，秋高气爽的，我看着看着，会特别难过，因为总有一天我看不到这些了。还有很多次，深更半夜躺在床上想着这件事，真的要疯了，想拼命喊几句，有时候没有人，我真的喊，像抓住救命稻草一样，抓到什么声音就喊出来。"

王岑压抑着咳嗽，低声问："喊了有用吗？接下来怎么办呢?"

"想开一点啊,尽可能不去想这些事。"

王岑用小得不能再小的声音说:"是啊。"

"尚龙只是比我们早走了几十年,他自己也算解脱了。人在这个世界上就是个瞎子,无边的黑暗是他的尸衣。有人尽情偷欢,有人迷恋苦难。"王岑没有生气,诧异地看着牛山,意思是有这么苦吗?牛山不好意思地笑笑说:"这是电影台词,一直都能记得。继续走吧。"

牛山觉得,关于死亡的思考和其中的畏惧,还有随之而来的幻灭才是真实的,生活里的一团乱麻是持续的假象。赵志明告诉自己罗老师自杀时,他首先觉得这不是真的,是一个假象。他冲赵志明喊:"怎么可能,这怎么可能,志明你不要开这种玩笑。"赵志明严肃地说:"老牛,我怎么会拿这种事开玩笑,这种事怎么能被拿来开玩笑。"

罗老师的葬礼非常凄惶,远在国外的老婆和孩子没回来,年迈的父亲在一年前送走妻子,如今又要送儿子,悲痛之后是麻木,像没有情感的老牲口。一行二十人不到,排着愁苦和感慨的队形把罗老师火化,再把骨灰送到公墓。几个人把消息告诉了另外的朋友,收到消息的人再告诉另外的朋友,越来越多的人知道罗老师去世了,纷纷说不可能。一些人赶过去,更多人来不及去墓地,就不断追问消息,让在场的人发图片,甚至还有视频。视频被制止了,认为是大不敬,连照片也不再发,只有语言描述。就这样,罗老师的葬礼逐渐变成了现场直播,但没有声音和图像。中午时分,罗老师的丧葬结束了,大伙儿的议论还在，没有赶去现场的成尚龙说："这么多年罗老师一直在组织我们爬山，现在他突然走了，我们下午就去紫金山那边，到山顶聚一下，缅怀罗老师吧。"这个倡议在一个小时左右的时间里无人回应，或许大家都在午休。下午两点左右，成尚龙有些恼火地问："到底有没有人去，到底去不去？"牛山说："去，一定去。"陆续有人开始附和。在直播的一个多小时里，每个人都会想起自己和罗老师交往的事。罗老师天生就是做朋友的人，每个人都被朋友带过来和罗老师认识，几次之后，又带新的人和罗老师成为朋友，新的朋友又带来其他的朋友。有人说，如果罗老师一直这样活到一百岁，南京一半的人他都会认识了。这当然是夸张，但是确实有很多彼此毫无关系的人，都因为罗老师而成了关系很铁的朋友，乃至好兄弟、恋人和夫妻。罗老师有点鹤发童颜的意思，皮肤白皙，说话很慢很平和。每次聚会都是罗老师悄无声息地买单，然后笑眯眯地坐在那里陪大家闲聊。因为买单太多，事情发展成只要聚在一起大家都会默认是罗老师买单，而罗老师也只得去买单，哪怕事先说好谁来买单的。如果真的有谁要请客，事先务必说清楚，而且再三强调，以此阻止罗老师的习惯动作。

大家心里清楚，如果没有罗老师就没有现在的诸多朋友，或许没有现在的自己，人很大程度上是被周围的朋友塑造的。想着这些事，再看看成尚龙的踊跃，大家都觉得要响应这个提议。

下午五点左右，紫金山索道入口处，即爬山的起点位置，黑压压地聚集着一大群人，有一百人之多。每个人都为聚集了这么多的人感到惊讶,还有几十个人在赶来的路上,或者临时不能来。一开始人群很压抑,没有欢笑和大声说话。大家站着或者蹲着,低头看手机或者茫然四顾。随着三三两两闲聊的深入,大家放松下来,暂时忘记了死亡这件事。有人甚至觉得,罗老师就站在附近微笑着看着大家,很快就会像往常一样招呼:"人都到了吧,我们出发!"主导这件事的成尚龙招呼大家给各自的朋友发消息说:等到六点,大部队出发,来不了的要么就算了,要么自行追赶大部队。大部队在头陀岭集合,然后从东面的中山陵下山,九点半之前还有公交车可以回城。有人说:"我都专门带了帐篷,为什么不在山顶上过夜?"有人反对,说山顶过夜太冷了,何况很多人都有事要回去。"有多大的事非要在今天办,罗老师的事还不够大吗?"人群中有人冒出一句,牛山不知道谁说的,他记不得当时都有哪些人了,三月初还是冬天,天早早黑了下来,让一些人脸色模糊,加上很多人都用昵称或网名在互相交往,一时间还是无法一一辨认。牛山一直没怎么说话,罗老师跟他认识时间太早,这几年略有生疏,站在由陌生人组成的人群中,他觉得自己还是少说为好。罗老师比牛山早二十年进学校当老师,是学校里的古董。好在罗老师喜欢摄影,喜欢和牛山等年轻的同事一起玩,很多年前就开始带着朋友们拍照片、爬山和吃饭。一群人聚集出发,往往有一种一起去做大事的气势,却又什么都很轻松随意,没有正题。受罗老师影响,牛山也开始玩摄影,还把大学同学成尚龙介绍给罗老师认识。成尚龙玩摄影很多年,和罗老师一见如故，也特别羡慕罗老师的状态：常常出没在山岭密林中。很快，去东郊的紫金山消磨一天时光，成了成尚龙的一个重要习惯，不高兴时会过去，高兴的时候也过去，需要冷静的时候过去，激动的时候过去，觉得空虚的时候过去，觉得失败的时候过去，总之，每周努力确保进山一次，偶尔两三次，似乎自己就生活在不高不险又远离市区的紫金山里，在山里有种从人生中赚到很多时间的错觉。罗老师和成尚龙的关系很快超过了牛山，几乎每次爬山都叫上成尚龙。牛山有了小孩，越来越少跟他们见面。

有一次一大群人爬山，成尚龙忍不住问："罗老师你都已经内退了，怎么还这么有钱呢，我印象中每次都是你买单，一转眼都五六年了。"罗老师憨笑着说："我也没什么钱，就是跟大家在一起高兴，能买单就买掉，省得你们年轻人负担太重。"牛山说："罗老师你太为我们着想了，我们一起玩，人少了没意思，人多了花费太大，多亏有你。你是不是把我们都当成儿子了？"罗老师没有回答这个问题，其他人的哄笑也算是一种答案。时间久了，成尚龙等人甚至有种愚蠢的满足感，误以为是他们自己凭借才华找到了愿意为他们买单的人。

罗老师也断断续续地把自己的情况透露给大家。他生在一个有背景的家庭，早在20世纪八九十年代就发财了，方式方法有些不堪，用他自己的话说就是，伤德。到了新世纪之后，家庭的影响力基本消失，而他也完全可以靠吃利息吃房租过日子了。罗老师总觉得自己配不上这些收入，偶然间发现给朋友们买单可以带来极大的心理满足，就这么一直买着，低调又坚定。"那罗老师的老婆小孩呢？"有一次罗老师不在场，成尚龙问大家。其他人七嘴八舌地回答说，罗老师小孩早早就出国读书，老婆也陪着离开了，一直都在国外。每个朋友都可以把罗老师的前半生拼凑完整，那么，一个大家普遍关心的问题也被提了出来：罗老师当初是做什么发财的？有人说是钢铁，有人说是粮食，有人说是石油，还有人说是疫苗。这个问题一直没有答案。此刻也一样，虽然罗老师已经入土为安，大家以爬山的方式怀念他，但还是不知道罗老师怎么就发财了。

队伍中的少部分人承担着缅怀的作用，更多的人默默跟随，偶尔感慨一下，补充几句。每个人都要费力地爬山，这让缅怀罗老师的活动变得很费力，很辛苦，但不悲伤。成尚龙突然觉得有种说不出的难受，有的人一去不返，这些人还活得滋滋有味。他对牛山说："我们这样做是不是不对啊，罗老师刚刚下葬，我们就聚集在一起爬山，这会不会让人他觉得我们在讽刺他？"

"你想多了，我们是在追思罗老师。"

"等到了山顶，我一定要对着远处喊一嗓子！"

"喊什么？"

"罗老师一路走好，罗老师你安息吧！"

"罗老师我们永远想念你！"

"喊吧，最好能喊破嗓子，喊到喊不动为止。"牛山喘着气说。

"喊到山里全都是回音吧，一直不要消失。"

时间已经过了八点，前后的人也少了起来，但偶尔还是会有一些说着南京话的人擦肩而过，大声抱怨亲人，或者谈着某次难以忘怀的聚会，似乎他的一生都在这次聚会之中。牛山慢慢走着，四处张望。王岑追问："你刚才说得是不是太惨了？"牛山说："本来就惨，我们认识的每一个人都要死掉，而且千万年都是这样，不管他活得多有滋有味。再想想罗老师，那么好的人，说死也就死了，我说的一点不惨。"王岑沉默了，似乎为自己这么快就忘记了罗老师而愧疚和默哀。

牛山犹豫着问王岑："是不是因为罗老师去世后，大家纷纷到山里来怀念他，尚龙去世后没有人这样做，你很伤心？所以就一直邀请我陪你到山里来一趟？"王岑停下来，看着牛山说："没有没有，真的没有。我从没有这样想过，尚龙怎么能跟罗老师比呢，你不要这么想。"

"这不是比不比的问题，我担心你伤心，觉得大家对尚龙的怀念不够。"王岑扬起脸说："不怀念他我觉得也可以，我不要怀念他，我要他活着。"牛山不说话，王岑又苦笑着说："我真的没有拿尚龙和罗老师相比较，有什么好比的，我也能喊很多人来爬山，怀念一下成尚龙，只要我认真严肃地邀请人，应该会有人来的，起码你会来是不是。我不想那样。"牛山很后悔提这个话题，王岑的反应确实是很失落，她出面组织邀请，和别人自发前来不是一回事，十个八个人和一百多个人更不是一回事。

几分钟后，两个人到了紫金天文台前的观景台。他们站在观景台的边缘往西面的南京城看了一会儿，牛山说：

"你听过一个天文的笑话没有?"王岑说没有,牛山接着说:"一群中文系的毕业生搞了一次毕业二十周年聚会,被历史系的学生看到了,他们不屑地说,二十年在我们历史系看来太短暂了,根本不值一提。旁边天文系的人更加不屑地说,人类历史在我们学天文的看来也就是一瞬间,如果宇宙的历史是一年,人类的历史不过是12月31号上午才开始。"王岑没有笑,也没说话,看样子,她是陷入了对自己而不是对成尚龙的深深的悲哀之中。

"我们回去吧,八点多了。"

"我要走到山顶,跟上次大家为罗老师走的那次一样。"

牛山凑近了温柔地问:"你不是说无所谓的吗,怎么还要走到山顶呢?"

"真的不是和罗老师比较。不过一直想跟尚龙一样爬一次山,今天难得能出来,难得你陪着我,我就想多待一会儿,等天亮了再回去。在山顶上能看到星星吧?"

牛山想问她:"如果我不陪你呢,还是一定要我陪着你?"又觉得说不出口,停顿一会儿说,"那我们休息几分钟就继续往上吧。你饿不饿,晚上半山腰的店肯定都关门了。"王岑说不饿,把目光投向偏北的那一片,那是他们家所在的龙江关一带。她仔细看着那边,似乎在辨认家在哪里,又似乎在确认一下自己依然活着,依然可以找一个高处看着家的所在。晚风把她的头发吹散在脸上,牛山看到了王岑悲哀的眼神,突出的颧骨,还有修长的脖子,觉得王岑比以往更漂亮,不是少女之美,而是一种存在之美。她活着,还要活下去。

从天文台侧面的一个生锈的铁门穿过去，走过一个下坡，就走上了通往半山腰的羊肠小道。路修缮得非常好，坚实、整洁，只是特别窄，只能两个人并肩。白天必须前后走着避免挡着对面的人，此刻是晚上，牛山和王岑并排走着，肩膀偶尔碰到一起，个别地方还是太窄了。好几次，王岑轻轻拽一下牛山的衣服，提醒他不要滚到山下去。

"你这几天都是一个人在家？"

牛山盯着脚下的路面说："是啊，天天睡沙发，什么事都不想干，感觉是老年生活的实习状态。"

"什么叫老年生活的实习？"

"就是五十多岁那种，小孩离开了，老婆跟自己也亲密不起来了，要么跟自己无话可说，要么经常开会加班之类的，两个人过等于一个人过那种。"牛山突然打住，王岑现在不就是进入了丧偶的老年状态吗，不管她多大，她都是单身一人，没有丈夫也没有小孩。王岑倒没有联想到自己，接着问："那你现在最想干的是什么呢？这几天没人管你了。"

牛山嘿嘿笑笑说："他们出发之前，我心里想着这下可以想干这个那个了，各种各样的坏事在脑子里层出不穷，一两天下来，除了上班就是躺在沙发上看电视剧，一直看，看到困的不行就在电脑前睡着了，第二天总是起不来，什么事都干不了。"

"那你最想干什么呢？"王岑笑着问。牛山一惊，夜晚的密林里充斥着喧嚣声，这声音抹去了现实的一切，造成了一种可怕的沉默,王岑的笑声似乎是唯一真实的存在。牛山微微扭头,只看到王岑的一小片苍白的皮肤,表情和五官已经看不清楚。他喝口水,咳嗽一声说:"我想做的坏事无非就是吃喝嫖赌啊,大家都会这么想。不过也就想想而已,我真正想的是能有一台机器,可以克隆出自己出来。克隆一个出来,可以跟我打乒乓球羽毛球、下围棋。如果克隆三个来,加上我,就可以打牌喝酒,又热闹又不用真真假假的。反正都是一个人,就什么都不用装了,想说什么就说什么。"

"你说的这是什么意思呢?"王岑不满地问。牛山用讨好的笑声和语气说:"我的意思是,我们只要跟自己玩就足够了。自己只有一个,如果有很多个自己就能解决很多问题。如果这样,大部分人都会很开心,很舒服,不需要和不喜欢的人待在一起。"王岑一边走一边摇头,表示不能理解,突然她停顿一下问牛山:"这有什么意思?你是不是跟蒋老师关系不好?"牛山矢口否认,反问王岑为什么这么想。王岑严肃地说:"我只是很奇怪,如果蒋老师出差去了,你为什么不克隆一个她出来,或者克隆一个别的女人,特别漂亮的那种,或者某个特别早熟的学生。你都没这么想,相反要克隆好几个自己出来,只能理解为你不想跟蒋老师待在一起。"牛山想想,承认了,又解释说:"至少在一个很短的时间里确实不想跟她待在一起,这不是因为我们关系不好,就是在一起时间太久了。算我有问题吧,就是想一个人待着。"王岑努力挤出感谢的笑容,但在黑暗中只是一团模糊:"感谢你我晚上陪我到山里来。"

牛山没说话，努力和王岑并肩，继续往半山腰走去。这条路高高低低，一个下坡之后是陡峭的上坡，平缓一阵后会猛然遭遇下坡，有时候完全感觉不到是在爬山，更像是一步步蹚进深水中。小路两边茂密的树林在夜幕下有一种墙壁的坚固，让人看不到远处，看不到山。

"按照你的说法，尚龙现在就是一个人待着，不会跟我吵架，也不担心我管他，他舒舒服服的一个人。"王岑冒出一句，牛山不知道怎么回答，伸出手想扶一下王岑表示安慰，又生生停在黑暗中。

"人类所有的专业归根结底都是一个专业，就是怎么走得更远。"

"太武断了吧，哪有这么简单。"

"就是这么回事，你看看，所有的科学都是为了这个目的，汽车飞机航空航天，各种材料，各种新技术，我觉得连互联网也是这样。原始人发明一个容器，不就是想把水带着走远一点吗？你教数学，数学是帮助人认识世界，认识世界是为了了解更多未知的领域，现在都说数学是宇宙的语言了，老牛你是在教学生宇宙语言，不是教学生考试。地理更是了，我上课从来不用教材，都是从太阳系银河系讲起。"

"你这哪里是地理，明明是天文啊。"

"天文地理本来就是不分的，非要用专业的学科分类划分这样那样事情，既没用也没意思，反正我这些年上课是都在强调，地理就是让我们走得更远的课程，不是让我们坐在家里的课程。"

"你觉得你这辈子能去一次月球吗？你有没有为这件事做一些具体的准备？"

"这个，哼哈，这个真的没有，现实限制了我的想象力。"

牛山看看眼前的路，盘算还有多久到半山腰的空地。已经不远了，牛山下定决心，到了半山腰，不管从哪一条路，都必须上山，而不是下山去。到了山顶之后，就算王岑不同意，自己也会在山顶待一夜。老婆孩子不在家，自己用这种方式放纵一次总没有问题。王岑提醒了自己，既然这几天自己一个人，就要去最想去的地方，做最想做的事。自己一直想独自在山顶待一夜，王岑陪不陪自己都行。他扭头看看王岑，非常清爽的女人，刚刚到单位报到的情景还隐约记得，那时她还喊自己为师傅。王岑这么多年一直清淡如水，最为过激的行为只有两次，一次是辞掉公职去民办学校当老师，主要是因为收入一下子多出两倍，这对家境艰难的王岑父母而言是很大的改善；第二次是和认识不久的成尚龙结婚，不顾父母让她找一个本地人的愿望，坚决和成尚龙结婚。此外她身上似乎什么事都没有发生，每一次和大家见面聚会，都和上一次几乎一模一样。不知道她平日里最为放纵的事情是什么，是走神还是购物。

"这些天你还好吧，多逛逛街，不要什么东西都在网上买，见不到人啊。"王岑点点头，郑重其事地答应。前年冬天，王岑要去新开业的奥特莱斯购物，成尚龙不愿意，要去山里拍照片，说是大雪封山，可以拍好照片。王岑有些忍不住:"紫金山比我重要吗?"这几乎是她结婚后唯一一次指责,成尚龙猝不及防,停顿了一下说:"我们都没有紫金山重要,最起码它在那边已经几万年了,还要存在至少几万年,我们又算什么呢。我拍照片对我很重要,对紫金山一点都不重要,我们都不重要。"成尚龙没有正面回答王岑的问题,但王岑一直记得这番话,记得自己不重要,不是和成尚龙相比,是和紫金山相比。那天成尚龙倒是改变了计划陪她去逛商场,也买了衣服鞋子,但是王岑一直不开心,比以往更为自卑,每一件衣服,每一双鞋子,似乎都有比自己存在更久的可能,她内心在一一比较着,越来越觉得自己毫不重要。

整理成尚龙遗物的时候,王岑在一个储藏杂物的整理箱里发现了好几个白色的小信封,里面装着证件照。有的只有自己,有的只有成尚龙,更多的是两人都有。严格来说这不是成尚龙的遗物,只是每次拍证件照后多出来的,以前疏于整理而已,每个人家都有大量这样的照片。一张张一模一样的照片摊在桌子上,在光线和角度带来的细微变化中,成尚龙似乎真的一点点在离去。整理一番后,成尚龙的照片有十一种,也就是十一种截然不同又大同小异的表情,胖瘦变化不大,时间跨度大约是十年。其中一小半照片王岑能记得它们的用处,办护照,办港澳通行证,换教师证,办日本签证照片,迁户口……还有一些照片想不起来用在什么地方了。累计七十二张,王岑把它们全都粘在爬山用的笔记本上,仔细地粘在单页的左上角,靠近里面的位置,直到照片用完。原本紧实的笔记本厚度增加了一倍，也像使用了很多年。一次次打量成尚龙或好看或丑的证件照，王岑也在梳理自己和他还没有做的事情。没有和他一道在夜里爬山，没有和他在山里过夜，婚后，包括婚前很多年，她都没有独自一人爬山。她没有像成尚龙一样和牛山等好友两个人结伴进山，也没有像他一样，一大群人一道出游。从牛山他们聊天可以感觉到，成尚龙应该单独和某个女生爬过山，而自己几乎没有和异性单独见面过。这些都被王岑算作没有和成尚龙一起做的事情，或者没有去做的对应的事。那么就一一去弥补吧，有些事永远也弥补不了，这些是可以的，何况弥补本身也可以打发像阶梯一样树立在眼前的时间。王岑考虑要不要戴耳机爬山，想想还是算了，自己对山路不熟悉，应该多看多听。耳机让她想起来成尚龙本子上潦草的一句话：不要一边爬山一边放歌，不管放什么音乐都像是老年人。也不要放评书，不要放养生节目，不要放亢奋的投资节目，不要放一本正经的投诉类节目，不要放音乐，很多音乐只能静下来听，你在动，就破坏了音乐的队形。何况山有它自己的音乐，从铺天盖地的知了声到大雪后山谷里的寂静，还有远处传来的高速公路的轰鸣，都是它的音乐。王岑一边走一边想着这番话，不知道是成尚龙说的，还是牛山说的，或者是他们一起议论的一个结果。远处有人在大喊，往往是三五个年轻人，喊声此起彼伏，这也是山的音乐，几只鸟扑棱棱飞过头顶的树丛，这自然也是的。脚步声也是，喘息声也是，自己身上偶尔响起的穿过衣服的心跳声也是的，王岑微微停顿，深呼吸几下，上上下下的人还有很多，王岑突然觉得，上山的人和自己一样，顺着山道和时间一起往前走，而下山的人给人奇怪的感觉，似乎他们对着时间逆行。这种感觉不明显，需要找别人求证，王岑决定找时间问问牛山。她继续往前走去，要把这次预备已久的进山走完整，经历一次天黑和日出。她想过，把成尚龙的照片扔在山里，草丛里，树根下，或者埋在土里。她又觉得这样做可能太刻意，与其往山上扔什么，不如像一些人一样，自觉自愿地把各种垃圾从山上带走，让它干净。

牛山问王岑："你累不累，要不我们休息一会儿再从盘山路往山顶走吧？"王岑答应了，牛山又说，"你要是有兴趣，我们在山顶待一夜，看看日出再下山。"王岑不知道怎么回答，她想登顶，但没想过过夜。到了山顶，自己单独离开不合适，和牛山在一起似乎也不合适。牛山说："我本来想到天文台那里就下山的，你想到山顶，我其实有些不愿意，不过既然我们来了，就一定要在山顶待一夜，像那天一样。"

"罗老师，你走了谁给我们买单啊！"

"罗老师，一路走好！"

"罗老师，我还没请你喝喜酒啊！"

"罗老师，我们还没有一起去南极拍照，你不要走啊！"

越来越多人的走过来一起喊，有几个人突然哽咽了，一两个人干脆大哭起来。牛山有点沉默，没有喊也没有哭出来。每个人对去世的反应都是不一样的，别人悲痛的时刻你可能没有感觉，你悲痛的时刻周围什么人都没有。或者，从头至尾都没有感觉，毕竟死掉的是别人，不是自己，牛山只为自己必将死掉觉得悲伤，而其他人的逐一离开，都带走了自己的一部分，等所有重要的部分都离开后，自己也该走了。

"好的，我们就在山顶上等日出吧。"王岑答应，但这句话让她觉得很疲惫。现在不过九点，到山顶最迟不过十点，还有七八个小时日出，这么长的时间犹如一条漫漫长路出现在眼前，无边无际，让人觉得渺小而辛苦。"我真的不是拿尚龙跟罗老师比，我就是想到山里来散散心，也没有别人可以陪我。"牛山咳嗽几声，没说什么。王岑的语气表示出她愿意在山上待一夜，愿意看看每一分每一秒怎么排队出现，排队离开。

他们休息片刻就出发了："我们走盘山路吧，就是以前尚龙带你走过的路，走这条路时间长一点。"王岑点点头答应了，她低低地说："你说怎么走就怎么走吧，山里我不熟悉，我跟着你走好了。"他们从半山腰继续出发，走盘山道。通往山顶有两条常规的路线，一条是较为陡峭的台阶，一条直线直奔山顶，每一个上去的人都难免喘着粗气，满身大汗。另外一条是缓和很多的盘山道，足足有四公里，宽阔的水泥路面，可以会车，可以散步，甚至可以嬉戏打闹。深夜的盘山路和白天完全是另外一回事，两边充满阴森恐怖的丛林，迎面而来的黑暗似乎也包含着大量未知的事物。牛山从背包里拿出另外两瓶矿泉水，和王岑一人一瓶，又掏出强光手电，打开后对着前方挥了挥，笑笑说："我有准备的，不然真的不敢在盘山道上走。下面山谷都是古墓,我们这一路要路过明孝陵和中山陵,还有其他一些墓地,有一年我爬山时看到一个考古队在山谷里挖什么,应该是发现了古墓。"

王岑朝牛山身上靠了靠,手背碰到了牛山的手背。"不要怕,其实这条路什么都没有,只不过因为在晚上我们才害怕得要命。"

"那我们还是走台阶上去吧。"

"走台阶太快了,到山顶以后只能找个地方坐下来,风一吹又特别冷。我们还是多走走吧,"牛山又说,"真的没什么好害怕的,一个人可能会害怕,两个人马上就不怕了。"王岑哭了起来,牛山不得不用手揽住她的肩膀,不知道该说什么,手上微微用劲,似乎在把自己的力气传递到王岑身上。王岑在牛山的安慰下也略微好了一点,仰起脸往前走去。他们沉默着往前走,偶尔传来王岑的抽泣。牛山说:"有时候会遇到其他人,非常恐怖,特别是从后面赶过来的,你不知道到底是什么,也不好意思一直回头看,只能绷紧神经,让开一点。对面来的人反而好一点,一般都开着手机上的手电筒,远远就传来脚步。"

王岑小声说:"我知道。"

没多久,迎面果然有深夜爬山的人,大步流星顺着盘山道下来。牛山把手电筒的光圈调大,免得刺眼。一个五十多岁模样的人,穿着背心,背着老式军用水壶呼呼啦啦走过来,一边走一边还唱着歌。和牛山他们擦肩而过时,他的声音突然高亢起来:"鸿雁/向苍天/天空有多遥远……"然后是一阵哈哈哈大笑。王岑扭头看着那个人离开，牛山看着王岑，然后两个人相视一笑，牛山说："肯定是住在附近的人，到山里来跟在小区里散步没什么区别，他们上山下山，无非就是出门走一圈再回去。"

"顺路再买一瓶酱油。"王岑笑笑，离牛山稍微远了一点点，脚步也大了一点。牛山觉得还是抓紧走上去为好，山顶那里很开阔，可以看到四周市区的灯火，不像盘山道深藏在密林之中。他把手电的光圈调小，在有力的光束中加快脚步。

时间已经过了八点，前后的人也少了起来，但偶尔还是会有一些操着南京话的人擦肩而过，大声抱怨亲人，或者谈着某次难以忘怀的聚会，似乎他的一生都在这次聚会之中。浩浩荡荡的爬山队伍有一种势不可挡的气势，每个人都很伤心，但就爬山而言，大家都兴奋，而且充满安全感。有人在一片叽叽喳喳的交谈中问："罗老师到底是怎么死的？"这个人显然不是罗老师亲密的朋友。或许他和罗老师吃过很多次饭，或许他的好友也是罗老师的好友，反正他不是。

有人小声说："罗老师是自杀。"

"我知道，但是他为什么自杀呢？"

有人凑过来，语气里混合着兴奋、悲痛和好奇，断断续续地说道："罗老师应该是抑郁症，在此之前没有一点点征兆，但他自杀之后，所有的事情都很清楚了。罗老师在二月一号，风和日丽的，突然从自己位于三十层的家里跳了下来。他最后一个电话是打给自己的发小的，告诉他，上午十点你到我家小区楼下，记得带上相机，能拍到平日里拍不到的东西。等这位发小疑惑不已地来到楼下后,罗老师一边用望远镜打量他一边打电话给他说,可以把镜头打开了,对着我家。说完罗老师就爬上窗台,弓着身子,说了人生中最后一句话:'把镜头对着我家窗户啊。'十几秒后,两三次深呼吸之后,他不管发小是不是照办了,就一挺身跳了出去。罗老师用尽全力往前一跳,大概是想尽可能让自己出现在镜头里。"几个人都沉默了,周围只有树叶在夜风中的沙沙声。

"这位发小怎么能接受这种事呢?他有没有拍下来?"

"应该拍下来了,据说罗老师之前跟他聊过很多次,告诉对方自己实在是痛苦不堪,对方其实接受了罗老师去自杀,内心里一直在等这个电话。"

"这是什么人啊,为什么不能陪着罗老师呢?"

"都有自己的事情,总不能一直陪在身边吧。再说罗老师这么乐观的人,如果不是非死不可,不可能这样的。这个都不理解,几十年朋友就太假了。"牛山为那位朋友辩解。成尚龙看到牛山,感觉好了很多,走了一段路之后问道:"那个人今晚有没有来?"

"我就在这边。"一个声音飘过来,飘在黑压压的人头和树杈间。很多人用哀叹表示听到了,树林间一时间变得嘈杂喧闹,很快叹息声都黏在了树叶上,只有脚步声在安静中响起。成尚龙叹一口气,突然不想走了,也不想在山顶大喊罗老师。他渐渐慢下来,走到了前后五十多米长的队伍的最后,和王岑并排。王岑和罗老师见过几次,不算特别熟悉,但她那天也来了,始终跟在牛山的后面,不想走到核心地带。因为直接从单位过来的,她没有任何准备,拎着黑色大号手提包,穿着一双暗红色的高跟鞋,走路很不方便。成尚龙注意到了这些细节,就围在王岑左右,不断关心提醒,还提出来要帮王岑拎包。爬上最后一段台阶时,成尚龙突然冲进树林捡起一根树枝给王岑做拐杖,这让王岑顿时轻松很多。这一举动被很多人看来眼里,一个人说:"尚龙,我也要一根拐杖。"几个人压抑地哄笑起来。

成尚龙说:"你要是穿高跟鞋我就给你找一个拐杖。"

"要不把拐杖给我,你整个人去做王岑的拐杖吧。"牛山调侃道。成尚龙说:"王岑愿意我就愿意。"几个人又一次压抑地哄笑起来。在死亡的氛围里,成尚龙的殷勤充满了感人的细节和严肃认真的气息,似乎王岑即将要离开人世,成尚龙在给她张罗后事。

因为马上就要到山顶了,几个人又开始建议在山顶过夜。一个人不断强调他带了帐篷,另外一些人附和起来,有人说我还带了很多吃的,一听说爬山就想到要在山顶过夜。声音都往成尚龙这边传来,似乎在等他做一个决定。大伙儿是想多缅怀一下罗老师,也可以和王岑多待一会儿,想到这些成尚龙高声说:"我们到了之后不往下走了,就留在山顶过夜,等明天太阳出来,我们跟罗老师认真告别之后再下去。"

"实在不能留在山上过夜的,就从樱驼花园那边下去吧,下去就是市区了,板仓街那边有公交站。"牛山补充了一句。

到了山顶，成尚龙没有冲着万家灯火大喊，而是跟王岑要手机号码，理直气壮，似乎如果不给号码就不能办成罗老师的后事，王岑几乎用沉默满足了成尚龙的每个要求，脸上一直挂着害羞又冷淡的微笑。成尚龙问王岑住在哪里，王岑也只能照实回答，一丝一毫的虚假都有亵渎罗老师的嫌疑。成尚龙又问起王岑父母做什么的、还有没有兄弟姐妹之类的问题，王岑照实回答，并且适当解释。她想说话，一路上的沉默太让人压抑，一百多个人沉默着爬山，有种集体赴死的恐怖。另外，面对成尚龙的热情和直接，王岑也担心如果不跟他说话，他会做出更过分事情来。好在成尚龙很有分寸，一直在回想以前有没有和王岑见过。王岑很确定没有见过，一点印象也没有，成尚龙对此很失望，不断自言自语说为什么我们之前没见过呢，牛山为什么不喊你一起吃饭呢？王岑说，牛老师孩子还小，他自己都很少出来了。"但我觉得我以前见过你，而且还不止一次！"王岑笑笑，不说话，成尚龙确实像认识很久的朋友，说话一点不见外，不像别人跟自己说话那样充满试探，一旦自己不热切就迅速安全撤离。

半山腰的路深埋在树丛之中，随着道路的延续，树林越来越深邃，漫无边际地铺展在眼前。牛山尽量和王岑并肩，又时时保持落后半步，像是保护，像押送，也像是追随。周围传来一些嘶喊吼叫，像人在模仿动物，又像早已经死去的动物的鬼魂。王岑一直说害怕，会不会遇到鬼啊。牛山也害怕，但只能笑着说："紫金山的鬼魂都是赫赫有名的，朱元璋、孙中山、廖仲恺，都是大人物，不会跑出来干什么坏事。"

"无名厉鬼应该也有很多吧?"王岑问。

"我觉得不多,紫金山不是自杀的好地方,不像长江大桥,跳江自杀的人很多。"王岑没说话,牛山接着说,"长江边经常有人意外被淹死,那些才是厉鬼。"王岑扭头看看牛山,带着凄惨的笑容说:"我们好好的谈什么厉鬼。"牛山也觉得自己说过头了,连忙笑笑说,"要不我们边走边唱歌吧。"王岑没有回答,牛山回想认识她的这些年,确实没听她唱过歌,很多次大家饭后去唱歌,王岑肯定没有唱歌,是不是一同前往也有些模糊。王岑是个让人记不住的女人,沉默文静,虽然漂亮,但这种漂亮的外形可能太类似了,她没有任何漂亮之外的特点。牛山忽然笑起来说:"教你一个游戏吧,闭着眼睛走路。"

王岑有点兴趣,又害怕。牛山说:"没事,我给你看着路,这么晚也不会撞到什么人的,你试试。"王岑努力闭上眼睛走起来,每一步都很犹豫,几十步之后,开始变得有些放心,随即又犹豫起来,嘴里不停说着:"太吓人了,太吓人了。"

牛山抓住王岑的手说:"再走一会儿,很有意思。"

"什么都看不见,感觉太神奇了,你怎么想起来这样走的?"

"有一次几个人一起爬山,我们看到一个老人一直倒着走,觉得很厉害,就也学着倒着走。尚龙突然说,倒着走太像老年人了,要不我们闭着眼睛走吧。然后我们四五个人就闭着眼睛走路,留一个人帮我们看着路,提示我们左一点右一点。其实不会走到边上去,大家心里都有数,但是有人提醒心里还是放心。走着走着,赵志明突然感叹起来,闭着眼睛走路真舒服,周围明明这么熟悉,但是眼睛一闭,就像是关上了时间空间,根本不知道自己走在哪里,说自己走在太空也行,说走在夜里也行。"

"当时是白天是吧?"

"是的,而且几个人一道。后来我一个人也经常闭着眼睛走一段路,哪怕只有几米远。只要一闭上眼睛,立刻就感觉自己飞走了,不知道会去什么地方。闹市区不可能这样玩,山上可以。"

"你一个人也是在白天吧。"王岑又问。

"晚上也走过,就像现在一样,而且是一个人。"

"那你是什么感觉?"

"感觉像是死了。眼睛再也睁不开了,什么都看不到了。"

王岑睁开眼睛,做了一个明显的深呼吸说:"我刚才也感觉这样的,很短,一秒钟都不到,感觉你不在了,自己不知道要走到什么地方去,理智告诉我这都是假的。"

"理智背后还有个想法一闪而过,万一这是真的呢。这么一想,就会很害怕,赶紧睁开眼睛。"王岑笑了笑,把头靠在牛山肩膀上,牛山感觉到她有些疲惫,依靠的动作像工作一天后回家靠在沙发上,任凭身体落下来。两个人互相挤在一起,慢慢朝山上走去。远远地迎面走过来一个人,低着头,头发遮住了大半个脸,只剩下小半张脸,在夜色中像一个小小的肮脏的玻璃片,山里深夜的各种声音落在玻璃片表面，又反弹开。

他们还是走到了一起，不知道这个样子能持续多久，牛山是一个没有时间的人，随着年岁增长，他的时间越来越多地被各种事物占据了，这个一块那个一块，几件事情像彼此商量好一样把他的时间全部瓜分了，留下来的只是一些碎屑，各种各样的形状，都不大，有的长些，像一条深深的烙印；有的薄一些，风一吹就飘起来；有的不规则，连牛山本人都不清楚它的形状。牛山身上属于自己的时间就这么凄惶地落了一地，很多碎片他自己也不想拾起来了。

王岑慢慢迈着步子下山，因为害怕，她故意用恶狠狠的眼光打量着四周。都是雷同的树丛，雷同的阴影，雷同的因为密不透风带来的深邃和恐惧。背上沉重的包突然亲切起来，一件件物品像朋友一样带给她亲切感和世俗气息，努力让她感觉不是在深夜的紫金山深处，而是在某个商场闪亮的玻璃橱窗后面，某个长期拥堵不堪的街道的中间，某个小区大门旁的户外商店里。她咬着牙往前走，双腿已经酸痛，每一步都有些吃力。在这种费力的挪动中，"往前"变得不重要，进而不存在，她只是想一直走，既然已经从最难走的路上来了，那么随便从哪一条路下山也都可以。某种本能让她选择了最宽敞的一条，这条自己往上走过，在白天。现在往下，在夜里，都是一种对应。不过两边确实太黑，很多时刻，看看都有些让人畏惧。山路总是在拐弯，有时候一个急转弯直接拐到了自己的右后方，不看着两侧的树丛完全做不到。两侧的树丛中，树丛的深处、地下和过去,都有很多亡灵。王岑在心里默念着:"尚龙,如果真的有亡灵,你一定要告诉他们,我是你妻子,今天终于抽出时间到山里走一夜,我很想你。"另一个声音在王岑脑海里出现,但有些破碎。她不想成尚龙,起码不是那么想,她有些想忘记他,但最好不要很大声,让他一直在那里,在一些特定的地方,山里,树林里,照片的角落,漆黑的楼梯上,厨房的几个杯子里,阳台上的躺椅上……另外的地方最好不要去,不要到处都是,不要一直跟着她。是她跟着他,陪着他,走一段之后,可以真正忘记他。这么想着,王岑闭上嘴,害怕这些话会自己说出来。几个小时没说话了,嘴唇用力闭起来之后王岑感受到了一些苦涩,从背包侧面口袋掏出水杯,喝了一口水。在扬脸喝水的同时,她的头发滑向两边,整张脸暴露在迎面走过来的一男一女的目光中。他们还是依偎在一起了,不知道能维持多久。如果他们花费了太多的时间让这件事情开始,那么这件事情就已经耗费了很多,剩下的力量大概只能维持此刻的依偎的状态,不会像海浪一样冲向另外一个高度。只是此刻王岑很羡慕他们两个人,走得那么慢,在手电筒打出的一圈光芒的起点,不急不慢往前走着。手电的光芒在轻微晃动,左左右右地扫描着路面,偶尔抬高一点,从树根挪到了树干,让一些树叶反光,他们始终在光线的起点处,推动着这束刺眼的光线往前,在黑夜里拨开一大片黑暗。这大概是他们所能做的最漂亮的事情了吧。等天光大亮,无论他们把手电筒调到几档,他们都会身在更强烈的光线中,而不是像现在一样走在光线的起点。在白天,他们只是两个会留下阴影的人,无论他们朝哪个方向走去,都走不出白天那种剧烈的光线。

王岑朝山下走去,不停地喝水。她有些后悔没有和他们招呼一声,让他们小心脚下,因为是平整的水泥地,所以遇到一些沟坎和石块才更容易摔倒,还要让他们小心山顶风大,不要在平台上待太久,可以背靠着售票处已经关闭的门并排坐下来。现在是六月了,还要小心蚊虫蜈蚣和蛇。她张张嘴,但什么都说不出来。这些年她一直什么都没说,很多事情,如果不说就可以继续下去,她都会不说。连成尚龙问她是不是可以结婚,她都什么都没说,成尚龙认为这是可以,风风火火地准备起来,眼看什么都准备好了,她只能结婚了,不然人家的一切准备都落空了。让人希望落空,这实在是很不好的事情。

但是我的希望呢? 王岑想到这里,难过得直不起腰来,她奋力站直,使劲迈出每一步,简直是在怄气跺脚。啪啪啪的脚步声在黑夜里传出去很远,也在提醒上山的人,你们放心往上吧,我刚刚下来了。

终于到了山顶,牛山满身是汗,他摸摸王岑的脑门,也全都是汗,掏出纸巾给王岑。"不要脱衣服,风一吹很容易受凉。"王岑害羞地笑了笑,把雪白的衬衫微微拎起来透透气,这个动作似乎也告诉牛山,我还怎么脱衣服呢,脱了这件就什么都没有了。"我看你也有些累啊。"王岑一边擦汗一边对牛山说。牛山有点尴尬地笑笑说:"白天上了六节课,上午两节下午四节,一直没休息。"王岑嗯了一声,牛山连忙说,"说到底就是老了啊,不然让我背着你都没问题。"王岑笑着说:"早知道我把包放到你的背包里了,一路上拎着重死了。"牛山哦了一声,欲言又止,四下看看。他手电筒收好,仔细放回包里的固定位置,和王岑一起朝山顶小小的商业区走过去。几家白天卖小吃的热气腾腾的店铺都关门了,冰冷的铁栅栏门让人心慌。天气很好,月光落在空荡荡的山顶空地上,落在缓缓往下的山坡上,再往前是零星的灯火,深夜时分的南京城灯火有些稀疏寂寞,灯光正在逐一熄灭。每熄灭一处,黑暗就像被拉到眼前,更深处的灯光也同时冲到眼前。随即新的灯光也消失了,黑暗再次跳跃一下,隐藏着的灯光又被拉到眼前。灯火熄灭是一个循环反复的过程,最后,大面积的黑暗齐整地在眼前静默,它们有一种等待的姿态。

牛山介绍说:"这里以前有一个微型的游乐场,可以射箭、打靶、套圈,后来没有了,改成了一个草坪,上面就是山顶公园,正儿八经的那种公园,有很多健身设施和凳子椅子。你觉得滑稽吗,公园是为了给人来锻炼散步的,应该建在小区旁边,老人小孩随时进出。山顶公园意义在哪里呢,怎么会有人一路爬到山顶再慢慢逛这个公园。"

王岑说:"我记得的,射箭打靶我小时候就有了,现在没有了?"

"没有了,不过这个店一直都在,以前叫什么名字记不得了,现在取了个很年轻的名字,叫山顶能量站,小吃很多,除了代泡方便面,还有好几种面条和鸭血粉丝汤,还有几种套餐。门口这边卖里脊肉、烤肉串和关东煮,这边有个冰柜卖冷饮,最近他们进了一种玻璃瓶装的杨梅汁，十五块钱一瓶，非常好喝，感觉货真价实的样子。"

"杨梅汁能值多少钱，十五块钱很贵啦。"王岑笑笑说。

"山顶上东西都贵，也很难吃，这个杨梅汤真的很难得的算好的了。下次我带你来喝一杯，要天热，一路爬上来，一口气喝下去，感觉像飞起来，太爽了，不知道怎么说……""高潮。"王岑说着，低头笑了起来。

"下个月就可以了，过几天温度就超过三十度了，到时候我喊你。"王岑没回答，皱着眉头听着，一些若有若无的嘈杂声迎面传来，牛山紧张地看了看四周，大着胆子迎着声音走过去，王岑跟在后面。声音越来越清楚，很快他们几乎被吵闹声包围了，两个人大吃一惊。在他们互相看一眼时，喊声开始变得清晰起来：

"罗老师一路走好！"

"罗老师我们爱你！"

"罗老师，你永远活在我们心中……"

牛山和王岑顺着声音往南面走过去，路过一个景区常见的小亭子后再往前十几米，眼前有一个很大的平台，是山顶缆车站的屋顶，被改造成巨大的观景台，灯光彻夜不灭。黑压压的一群人和一片帐篷，仔细看，有的坐在地垫上，借着户外照明灯在打牌；有的坐在一起借着旁边微弱的光线吃东西。有的在帐篷里，两三个身影重叠着挂在帐篷上。有人站在平台边缘远眺、大喊。

"罗老师，你走了谁给我们买单啊！"

"罗老师，一路走好！"

"罗老师，我还没请你喝喜酒啊！"

"罗老师，我们还没有一起去南极拍照，你不要走啊！"

喊得最起劲的是成尚龙，他有些兴奋又有些恼火，一直在喊，根本不管别人。"罗老师你为什么这么快走了啊！为什么！"

"罗老师，等着我！"成尚龙骤然喊出一句。几个人都笑起来，有人小声说："成老师你才多大，罗老师要等你多少年才能见到你啊。"这句话又让大家哄笑起来。每个人好像都清楚，既然都会离开这个世界，为什么不笑着离开呢。

"罗老师，你要在天上看着我们啊！"滕鹏大喊一声，盖过了一切笑声。有人敬而远之，不过还是有人被他感染了，慢慢走到他身边，一起喊，起码，一起做出远眺、呐喊和送别的样子。好几个人的声音开始带着哭腔，有人忍着不哭出来，有人强迫自己哭出声来。很多人打开了手机上的电筒，光线像这些喊声一样，热切地从人群中喷涌而出，又很快消失在前面的丛林中。在光线的晃动中，一张张脸庞和一声声叫喊也晃动起来，哭声被晃成笑声，笑容被晃成了遗像。

王岑笑容满面，又严肃起来，走到牛山眼前说："尚龙也在这里，太好了，我要去找他了。这一路上谢谢你啊，陪我走这么长时间。"牛山看着夜色中的山岭和远处的灯火，心里默默念着，罗老师，一路走好。他冲王岑点点头，意思是你去吧，尚龙需要你安慰，我到处转转就好了。

走了几步后，王岑突然急转身说："牛山，你还是陪我一起过去吧，等天亮我们一起下山。"王岑提到了天亮，这让牛山想起成尚龙的一幅照片，就叫作《天亮》，拍的是天亮那一刻。突然之间，光线像千万个沉重的箭头一样狠狠射向树丛，树丛间一片闪烁，黑暗就此被牢牢钉在地上，和枯枝败叶泥土杂草混迹在一起，长达一整天都抬不起头来。